imaginist

想象另一种可能

理想国
imaginist

也不知道谁更疯

YOU DON'T HAVE TO BE MAD TO WORK HERE

Dr Benji Waterhouse　　A Psychiatrist's Life

一名精神科医生的
精神之旅

[英]本吉·沃特豪斯 著　高天羽 译

云南人民出版社

YOU DON'T HAVE TO BE MAD TO WORK HERE: A Psychiatrist's Life
by Benji Waterhouse
Copyright © Benji Waterhouse, 2024
First published as YOU DON'T HAVE TO BE MAD TO WORK HERE in 2024 by Jonathan Cape, an imprint of Vintage. Vintage is part of the Penguin Random House group of companies.
Simplified Chinese edition © 2024 by Beijing Imaginist Time Culture Co., Ltd.
All rights reserved including the right of reproduction in whole or in part in any form.
This edition published by arrangement with Random House, an imprint and division of Penguin Random House LLC
封底凡无企鹅防伪标识者均属未经授权之非法版本。

著作权合同登记图字：23-2024-081

图书在版编目(CIP)数据

也不知道谁更疯：一名精神科医生的精神之旅 /（英）本吉·沃特豪斯著；高天羽译 . -- 昆明：云南人民出版社 , 2024. 11. -- ISBN 978-7-222-23206-8
Ⅰ . I561.55
中国国家版本馆 CIP 数据核字第 2024X5H874 号

责任编辑：梁爽
特约编辑：EG
装帧设计：高熹
内文制作：EG
责任校对：欧燕
责任印制：代隆参

也不知道谁更疯：一名精神科医生的精神之旅

[英]本吉·沃特豪斯 著　高天羽 译

出　版　云南人民出版社
发　行　云南人民出版社
社　址　昆明市环城西路609号
邮　编　650034
网　址　www.ynpph.com.cn
E-mail　ynrms@sina.com
开　本　880mm×1230mm　1/32
印　张　12.25
字　数　248千
版　次　2024年11月第1版第1次印刷
印　刷　肥城新华印刷有限公司
书　号　ISBN 978-7-222-23206-8
定　价　59.00元

献给我的爸爸妈妈

作者说明

  为保护病人、同事和一些家人的隐私,本书对姓名、年纪、场所及其余可供辨认的细节均做了修改。

  我还删去了我在遇到大多数困难时脱口而出的粗话——只是为了让我显得聪明一点。

他们把你搞砸,你的老爸老妈。

不 定是存心,但就是这么做啦。

——菲利普·拉金:《这就是诗》

目 录

前 言　　1

序 章　　7

第一部　01　欢迎会（先学柔道）　15
前驱症状　02　格利克大夫（再学狠心）　29
　　　　　03　芭芭拉（"我来和明星结婚的"）　46
　　　　　04　格拉迪丝（"我是死人，不吃东西"）　59
　　　　　05　安 东（"药我没吃"）　74
　　　　　06　贝 琪（我奶奶）　84
　　　　　07　贾迈勒（"你们迫害黑人"）　91
　　　　　08　格雷恩（"有一阵子没来耶稣了"）　103
　　　　　09　约瑟夫（精神分析师）　115
　　　　　10　圣诞节（说好的救世主降生呢）　121
　　　　　11　利 昂（手和脚都从身上断开了）　134

第二部　12　科顿大夫（"我是在你前一天生的"）　151
疾 病　13　黛 西（32卷锡纸）　166
　　　　　14　马尔坎（"他安全吗"）　177

	15 埃丝特（"你样子还蛮可爱的"）	193
	16 佩 姬（"你已经是老油条了"）	198
	17 塔里克（"为了这家伙我也得活下去"）	212
	18 塞巴斯添（金融城职场人）	227
	19 罗 宾（"吃的全是金属味"）	246
	20 托马斯（"如果是你的家人"）	260
	21 本 吉（好像知道为什么想做精神科医生了）	275
	22 出岔子了（平常只在白天见到的病人）	281
第三部 恢 复	23 新冠病毒（这家里有个医生）	287
	24 安格斯（我双脚腾空）	300
	25 费 米（"把你们全杀了"）	308
	26 海 星（不逃避）	321
	27 逃离精神科（"应该办一场乒乓球赛"）	326
	28 家 人（痛快地哭）	337
	29 新开始（谢谢你）	354

致 谢	367
资料来源	371
译名对照表	373

前　言

我有一次坐飞机时,听到广播里说机舱内有紧急医疗状况。从医学院毕业后,我还是头一回遇到这种事,这个大放光彩的机会不能放过。

"让我过去,我是医生。"我边说边从聚集的人群中挤出一条路,像个电影中的英雄。

过道上,一位脸色发红、眼镜起雾的大好人已经对一具人体做起了心肺复苏,他冲我上下打量一番,问道:"你是哪一种医生?"

看来竞争之激烈超出我的预料。

我告诉他我是精神科医生。

他挑了挑一边的眉毛,视线转回病人,咕哝了一句:"我嘛,是急诊医生。好吧,如果我让他恢复了心跳,你就来问问他的童年经历好了。"

诚然,以当时的情形,不能为病人恢复脉搏,一切全都免谈。不过这次事件也反映了至今仍很普遍的一种心态:精神健康不像身体健康那么重要。

经过报纸、电台、电视、播客、推特和 TikTok 的宣传，公众对精神健康的认识已经发生了可喜的变化。然而目前大家关注的仍只是精神问题中较为温和、较易接受的那一端：焦虑、抑郁、强迫障碍（OCD）、孤独谱系障碍（ASD）或是确诊者越来越多的注意缺陷多动障碍（ADHD）。

至于那些带着慢性、重症标签的障碍，则被认为更加糟糕、丑陋乃至可怖，得到的关注也比较少，比如精神分裂、双相、人格障碍或者物质滥用障碍。

这本书写的是有后一类问题的人。对他们来说，在冷水中游泳和正念填色多半不会奏效。我希望做个潜伏者，记述我在这个医学中最神秘也最具争议的领域执业十年的经历，也希望纠正一些对于精神科的病人、医生和医疗活动的错误认识（就比如，诊室里其实没有软包墙）。

许多人依然相信，抑郁是"化学失衡"引起的，或者双相会使人成为创意勃发的天才，要么精神分裂患者都是挥着斧子的杀人犯，因为他们"脑子分裂了"。

你知不知道，精神科医生（psychiatrist）、心理咨询师（psychologist）和大神儿（psychic）*有什么分别？因为电视的误导，

---

* 精神科医生是专攻精神疾病的诊断与治疗的医生，有资格开处方药（也真的开了不少）；心理咨询师帮助的对象往往问题轻微，能够接受像认知行为疗法（CBT）这样的谈话治疗；大神儿则搞读心术、预卜将来，比如神婆（转下页）

大多数人认为我要么会读心术（那是大神儿的营生），要么能对付吃人的连环杀手（那是精神法医干的事），要么向躺椅上那些富裕的神经症患者询问他们母亲的情况（那是精神分析师，psychoanalyst*）。实际上，作为一名普通成人精神科医生，我平日（经常还有平"夜"）的主要工作内容是帮助，至少是尝试帮助患有严重精神疾病的人。

常有人说，精神疾病和断一条腿没有什么两样。我自己在医学院攻读六年之后又做了两年的低年资医生†，那段时间里我治过许多条断腿，主要在急诊部，往往还是在急诊部的过道里。

当时我看过的断腿，要么是一处歪斜的变形，要么运气较好，是有一截方便诊断的骨头戳了出来。给伤者查体时，我能用手摸出骨折的地方（虽然伤者可能更想我别摸）；如果摸了还是不能确切诊断，我还可以用验血来排除引起骨头疼痛的其他

（接上页）梅格（Mystic Meg）。这里说一件趣事：据说《太阳报》在2015年裁掉占星师时，编辑在解聘书开头写道"您肯定已经预知……"。（本书脚注若无特别说明，均为作者注）

* 精神分析是典型的弗洛伊德式形象：病人谈论自己的梦境和童年，身着羊毛开衫的分析师跷起二郎腿坐着，努力从病人的言语中听出无意流露的心结，比如你表面说的是一回事，实际指的却是你母亲。

† "低年资医生"（junior doctor）是个令人困惑的口袋概念，还没当上顾问（主任）医师的都算。所有医生都要在医学院学习五到六年，此后要接受两年全科培训，称为"F1"和"F2"，然后是时长不等的专科培训。做全科医生要培训三年，精神科和急诊医学是六年，儿科八年——要这么久，很可能是因为他们要浪费几年工夫劝说孩子那只大针头扎人不疼。只有经过了这一切历练，你才终于不算"低年资"了。

严重原因，比如骨髓炎；或者我也可以要病人拍个 X 光片，当场把伤情确认得黑是黑、白是白。断腿的有效疗法也是现成的：我会将伤者转给骨科医生，他们会用螺丝修复断骨，再敷上石膏固定，要不了多久，伤者就又能玩撑竿跳了。

可是精神科就不一样了。你看不见妄想障碍，摸不出双相，抑郁靠验血验不出来，X 光片也拍不出精神崩溃的人心中的参差裂缝。你也不可能把听诊器贴到某人头上，去听他幻听到的说话声。

那么从哲学上说，我们如何在所谓"正常"和"障碍"之间划出这些武断的界线？毕竟"正常"和"障碍"都会随时空而变动。在 20 世纪 70 年代之前，同性恋都还被认作精神疾病，要用厌恶疗法"治疗"。对于那些冒险走到我们的"正常"观念之外的人，又该如何治疗他们？而当一个人自认是耶稣，试图在当地泳池的水面上行走时（见第 08 章），真的还有时间留给我们思索这个问题吗？

另一处复杂在于，那些与现实脱节的病人，往往认识不到自己病了，因而自然也不愿意接受治疗。和他们相比，一个脚掌扭向身后的男子至少会怀疑自己是不是出了什么问题。

最后还有一个实际层面的隐患。从统计上说，四个人中就有一个会在一生某个时刻遭遇精神健康问题，虽然精神疾病在英国的全部疾病负担中占比达 28% 之多，它收到的英国国民健康服务体系（NHS）拨款却只有 13%。[1] 更糟的是，虽然对精神健康支持的需求不断增加，但由于精神卫生"去机构化"（社区康复）变革以及近来的财政紧缩趋势，英格兰的精神科病床数从 1988 年的 6.7 万张降到了今天的 1.8 万张。[2]

于是，紧急病房的月平均入住率超过了 100%，满员的医院在病房的沙发上开辟简易"病床"，在杂物间、禁闭室乃至医生办公室里摆放行军床。有时病人要被送到近 500 公里之外才有最近的医院病床。2019 年，精神科病人为了躺上"区域外"病床而旅行的路程，相当于环绕地球 22 圈[3]——你能想象让某个拄拐杖的人这样奔波吗？

我就是在这样的环境中治疗病人的——和伍迪·艾伦电影中那些静谧的曼哈顿治疗室判若两个世界。

NHS 的许多员工都用苦中作乐来对付这类窘境，所以我偶尔也会在书中说几个阴间笑话，希望你别介意。我认为喜剧是一件宝贵的工具，它能帮人应对艰难的课题。况且，如果在为精神健康争取与身体健康平等待遇的斗争中，我们因为在人体的孔洞中发现了五花八门的东西而开怀大笑，那我们偶尔也必须承认人心的黑暗与荒谬。比如有人要过量服药，服 99 片扑热息痛——因为他买了 100 片却掉了一片在地板上，又怕弄坏了肚子所以没有捡起来吃掉。

除了可耻的经费不足、人员短缺、粗疏的药物治疗、病人等候医治等得比医院网络加载用时还久以外，我希望你也能在本书中找到一些乐观的种子。

最后,这本书也是在写我自己,写为什么竟有神智正常的人选择成为一名精神科医生。我希望它能使你们明白,在医生那一袭白大褂下面,或者就我来说是那件手肘打了补丁的外套下面,同样是一个人。并且在所谓"理智清醒"和"精神疾病"之间的那条模糊界线,并不总能由医生清晰地划定。

序　章

　　凌晨 4 点。员工电水壶的开关轻轻弹起。我在杯子里放了两个茶包，搞个双倍浓度，再倒入滚水，还有一大股标明属于"安琪拉"的脱脂奶，我知道这时间此地就我一人。

　　在顶楼，我在磨破的地毯上拖着沉重的步子，经过空荡荡的医生办公室继续朝里走。我年资还低，办公室只能在一个没有窗户的橱柜间，其实就是一只大柜子。我试过在办公桌上放一盆植物来增添一点个性化，多一点生气。可那是一盆仙人掌，一种沙漠植物，只靠最少的水分勉强生存，用来比喻 NHS 再合适不过。我们的团队秘书谢丽尔是个园艺迷，她总是把我的仙人掌移到过道里，说它需要自然光。而我每周五天一直待在这个没自然光的角落，倒似乎没人关心了。

　　手上的茶杯传来的温暖是一份小小的慰藉。我吸溜几口茶水，坐进椅子开始这一班的工作，之前干了七个小时，之后还要再干六个。我已经接待了八个病人，隔离了其中五个，病历记录还一条没写。

有个男的来看急诊,想让外科医生摘除他的耳朵帮他停掉耳边的说话声。还有个神经性厌食的女孩,因为不肯吃东西被担忧的父母送了进来。还有个睡不着觉的退伍军人,不是第一次来了,他有创伤后应激障碍,嘴里老能尝到血腥味。然后就是一个接一个的令人沮丧的普通醉汉、过量服药者和自残者。

我对休眠的电脑感到一阵妒忌,伸手把它唤醒,接着揉揉眼睛,开始记录方才接待的患者:一名男子,吸食了冰毒,在急诊室对着镜子吃三明治想喂饱镜中的自己。

每个白天,伦敦都有数百名精神科医生照看着这座城市东南西北区的混乱心灵。可是到了夜里,在我所处的这块横跨三个行政区、涵盖100多万居民的首都地面上,却只有我们五个在留守(因为精神病人如果有什么出名特征的话,那就是他们漫长而惬意的睡眠)。

待命的医疗团队是三家精神病院各出一名低年资医生,再加一名级别稍高、称为"注册(主治)医师"的低年资医生——也就是我。我要在电话里向他们三个提供指导,一边还要骑自行车巡游伦敦,到各家医院的急诊部现场评估精神科急诊病例。

精神专科医院和综合性医院总是分开的,就好像心灵和身体并不连着。去精神科得过一条马路,从"主"院区前往"其他"院区——"其他"是精神科的委婉说法。*

---

* 我在全科短暂工作过一阵,照看了一位虚弱的老太太,她有个好丈夫,(转下页)

我们还有一小支精神卫生护士和社工队伍，协助我们接待从急诊部、下了班的全科医生、警方以及医院病房转来的如潮水般的病人。哦，如果我们实在应付不过来，还有一位主任医师在家待命，能通过电话给予指导。

我才打了几个字，传呼机就响了，又一次。*

"真他妈的！能不能……别……呼我了"我朝着那只小黑盒哀求。幸好在拿起电话前的几秒钟里，你说什么对方也听不见。

我在办公桌的电话上狠狠摁下呼机屏幕上发亮的四个数字，接着变戏法似的换了一种人格。

"你好，精神科，有什么可以帮你？"

电话彼端，一位直率而烦躁的急诊部女护士长给我转了个病人过来。"有个人给你。"她说。

或许我当初应该做外科医生。从来没人这样对他们说话。

"嗯？有个什么？"

"一个精神病人，亲爱的。你是今晚值班的精神科主治吧？"

"嗯，是我。能再说详细点吗？"

电话中，我听见一声恼怒的叹气。接着是一阵翻记录的沙

(接上页)每天都来探望。一天他来的时候发现妻子病床已空，有人说老太太"到上面去了"。老先生感谢了治疗团队所做的一切，独自回了家。几天后，他的悲痛被一通电话意外打断，那是妻子从顶楼的老年病科打来的，问他怎么不来看她了。

* 虽然手机已经问世，我们今天仍在用呼机。你如果想进一步了解NHS的先进通信系统，不妨给他们发一份传真试试？

沙声，背景里有脚步声、轮床的吱吱声，以及安慰医护人员病人还活着的机器哔哔声。

"……34岁，跳自杀桥的。"护士长说。

我那缺乏睡眠的大脑开始游弋。

市政是不是该给"自杀桥"重新取个名？更振奋一点，像是"别想不开高架"或者"会好的天桥"？

"沃特豪斯大夫？"

"抱歉，我在。"我感觉这个病人或许能打发走，那样我就能处理一些文件，甚至喝掉这杯茶了，"这类病人不该由急救人员处理吗？人应该……还活着吧？"

"哦，因为你空着啊。病人运气好，掉在了一片荆棘丛里。表皮有好多划伤，都叫整形科缝好了。一只手腕骨折，骨科也打好石膏了。就等往你那儿送了。"

我看了一眼堆积如山的文书。还有一张牌可以打，一个把这位病人推给别人的机会。

"人是从自杀桥哪一侧跳下去的？"

"啥？"

"是北边对着教堂的一侧，还是南边对着购物中心的一侧？因为这座桥是南区和北区应急小组的分界。我们是北区的。"

"老天爷……"她不屑地嘟囔了一声。

我告诉自己，这不是冷血地置人命于不顾，而是NHS就是这么组织的。我自己已经忙得上气不接下气，为什么还要接收可能属于另一支团队的病例？这就像是飞机即将坠毁，你永远要先自己戴好氧气面罩，然后再去帮别人，对吧。

我听见护士长在翻救护车记录，于是决定抽空看看我的手机。老妈八小时前在 WhatsApp 家人群发了一条消息，措辞很简单："我觉得奶奶快死了。"我的三个弟弟没有一个直接回复，就连一个悲伤的表情符号都没有。这不是因为我们谁都不爱祖母，而是因为我们的老妈阿碧盖尔女士向来风格夸张，老是说这类话。

下一条消息来自我弟弟盖布，是几小时后发的，说的是："大家都看到这个了吧？！"还附了一张一只足球炸开的动图。这个回复很不寻常，但想来大家都在以各自的方式应对着祖母迫近的死亡。我转念一想，忽然记起今晚有英格兰队的比赛。又错过了一次文化盛事——做了 NHS 的雇员，就免不了要把它们连同生日、婚礼和圣诞节一起放弃掉了。

电话中继续传来护士长翻找文书的声音，我满怀希望地在手机上打开 BBC 体育网站，读起了英格兰队的点球壮举。

"好，找到救护车报告了。"护士长宣布，"报告说病人身上酒气强烈……说只想死……最好的朋友昨天死了……哦，就在这儿。病人是被一个遛狗的人发现的，地点在圣马丁教堂的停车场。所以就是你的！"

我 ×。

我打开全国网上数据库 Carenotes（"诊疗记录"），它好比精神病人的脸书。

"病人的 NHS 号是多少？"她报出编号，我敲进系统，点下"搜索"，趁老掉牙的电脑载入的时间喝了一大口茶。

屏幕上显示出了名字。是我认识的人。

如果生活是一部电影，此刻我的杯子就该失手掉下，碎瓷片以慢动作在地板上四散溅出。我多半还要发出哀号，尖叫着扯几把自己的头发。但眼下的气氛一点也不电影。我早已学会了用机器人般的职业态度吸收最极端的情绪，管它是震惊、恐惧还是悲伤。感情迟钝了，工作就容易了。

"马上过去。"我不假思索地说，然后匆匆向急诊部赶去，将那杯冒着热气的茶水留在了办公桌上，周围是其他喝了一半的茶水堆成的坟场。

第一部

前驱症状

predrome（名词）：疾病全面发作前的早期征兆

01　欢迎会

"我们没把今天的日程打印出来,因为本地区 NHS 信托欠了 2000 万英镑的账,我们要在纸上省一点钱。"说话的是莱恩大夫,时间是三年前,我的新人入职仪式。这位南丁格尔医院的临床主任是个高个子,剃着光头,西装干练,态度之温暖堪比冰棍。"新闻报告是真的。"他站在一张显示我们日程的 PowerPoint 图表前,继续说道,"NHS 陷入了危机。眼下正有一场精神卫生疫病,全国的医院都床位短缺,得到一张病床比任何时候都难了。大家都干劲不足,扣除物价因素,医生的工资也持续暴跌。但还是要欢迎你们。"

第一天到精神科上班,我仍然戴着父母买给我的那条好运红领带,是当初为医学院的入学面试买的。我面试那天表现不佳,不单把癌症说成了一个"增长产业",还在被问到怕不怕血时,热情过头地表示"很盼望伴着体液学习",但竟然还是通过了。

身为低年资医生时,已经有其他专业的同事对我说精神科大夫不算"真正的医生",我没往心里去。有一次,医院里有病人心脏停搏，我是现场的第一急救人，很幸运地把人救回来了。*当人被急匆匆地送去加强监护时，我当时的上级主任医师深情地捏了一下我的肩膀，说："真可惜你要去精神科了，本吉，浪费了这么好一个医生苗子。"

我甚至没听家人的意见。我祖母和我妈关系很亲近，但是当我告诉她我将走上一条和老妈有些相像的职业道路，只是不选心理学而是精神病学时，奶奶却摇着头说："你妈都那个样子，你怎么还相信那套鬼扯？"

这些我全没放在心上，于是一步步走到了今天，和我一起受训的精神科新人，大概都在困惑自己是否选对了路吧。

在这场入职仪式上等待我们的，是九个小时的 NHS 表格打钩练习。

首先，我们摆好姿势拍一张要贴上工作证的照片，照片会由一台微型打印机"吐"出来。也是在那张塑料卡片上，信托自称它目前的 CQC（医疗质量委员会）评级是"中等"，以此向病人保证他们将获得满意的治疗。

在喝咖啡的休息间歇，我们这些新人趁机交流了一番。我向一名口音上等的金发女子碧翠丝介绍了自己。"你叫本吉？"

---

* 心脏停搏现场的第一急救人，就像婚礼上第一个进入舞池的人：总要有人来开头，但你更希望那不是你。在抢救的某个阶段，你也很可能像在婚礼上那样哼起比吉斯乐队（Bee Gees）的《活下去》（Stayin' Alive）："啊，啊，啊，啊"（地实施按压）。

她说,"还有人叫这名字啊。我妈妈以前有一条金毛就叫这个。"我们说起了之前全科培训那兵荒马乱的两年,也说了最初是怎么选择了医学。我精心讲述了自己的家庭故事:母亲是创意十足的儿童心理咨询师,父亲一个人就修好了家里的房子,我这个璞玉之才从小生长在诺森伯兰郡乡下,四周只有绵羊做伴,最后破天荒考上了医学院。我故意略去了几件事情没说:14岁那年我爷爷出钱供我上了私立学校,因为之前我在商店行窃(偷了一运动包的纽卡斯尔联队球员小手办)被警方正式警告了。还有入学考试之前,我爸和我一道复习了学校寄来的一份不可思议的"练习卷"——不知是因为什么行政失误,学校寄来的不是练习卷,而是考卷本身。考完了试,我问我爸是否该告诉学校。"还是别了。"他说。我就这么默默进了医学院。但我虽然事先看过所有题目,成绩还是没到平均分。

我们回到座位,准备午餐前的最后一个环节:"面对暴力和进犯的预防及管理"(PWVA)训练——另一个叫法是"柔道"。

"这些是你们或许要对病人使用的自卫技术,"莱恩大夫对我们说,"你们最好穿宽松衣裤,我曾经在抱摔谢姆大夫时撕坏过工作裤,那会儿训练还没开始呢。"

他肯定每年都说这个笑话。

他向我们介绍了基思,一位没有废话的中年退役警察。

我们把椅子堆到一边,踢掉鞋子,围着基思站成一个半圆,就像一群孩子即将攀爬充气城堡。基思指着我的领带说:"不想勒死就别戴这个。"我解掉领带,强忍住没像兰博似的扎到头上,而是将它塞进了裤袋。

"那工作吊牌呢?"一名队友问道。

"它们都是防勒的。"基思淡淡地回答,"如果有病人抓住你的NHS挂带,断的会是上面的夹子,而不是你的脖子。"

基思令我想起学校里那些夸张的禁毒宣传员,他们暗示只要吸一口大麻烟卷,你就会直接因海洛因过量而死。

他在我们面前站立,挺着肌肉发达的胸膛,双臂摆好架势,就好像每条胳膊底下各夹了一卷地毯。

"光是去年一年,就有近七万起针对NHS雇员的袭击,其中大多发生在精神治疗环境中。"有几个新同事开始不安地动弹,大概是在寻思放射科那边的培训机会还开不开放。"这门课程借鉴了好几种武术技巧。我将要教给你们的技术,并不需要你们身体强壮、结实。"基思嘴上打消我们的顾虑,眼睛却径直看向了我。"有时最好的防卫就是进攻!"他说着劈出一掌,以助声势。

不知"最好的防卫就是进攻"是不是NHS的正式规定?

莱恩大夫见状挑起一侧眉毛,上前一步,想恢复一些权威,但没穿鞋的人是很难保持权威的——特别是袜子上还写了日子,而你又在周三穿了写着周一的那双。

"我们也必须强调,针对员工的暴力是罕见的。"他说,"我们只是为大家准备最坏的情况。大家要尽量避免束缚病人的身体并给他们注射镇静剂,因为镇静剂可能要半个小时才起效。"

这就是暴力的缺点：太费时间了。

"为了病人也应该避免暴力吧。"有人大声说道。

"确实如此。"莱恩大夫像是第一次想到这个似的，"暴力还可能对员工造成身体和心理的伤害，员工因此请的病假*会使信托财务受损。所以大家永远要首先尝试软技巧，比如给病人泡杯茶。"

"不过，"基思像斗嘴的离婚一方似的又蹦了出来，"针对精神卫生雇员，最常用的武器就是滚烫的热饮。所以千万不要给病房里的病人倒热茶。"

莱恩大夫注意到了我们惊愕的面部表情，知道大家都在想象一股滚热的泰特利红茶泼入眼睛的场面，于是上前安慰我们说："这类事故其实非常少见。避免它们发生是最好的做法。我们有一些简单的窍门，比如始终坐在靠门最近的位置，好有路可逃，还有使用紧急报警器立刻召唤救援。"

"如果电池没用光的话。"基思补充道。真是没一句好话。

"大家还可以使用积极倾听的技巧。"莱恩大夫已经完全不顾基思了，"这能为你塑造非常专注、设身处地的印象。我们来练习一下如何展示共情吧。"他建议道。

---

* "不请病假"的戒律在培训早期就烙进了医务人员的心底，因为请病假会为本就负担沉重的同事增添工作量。我做低年资医生时短暂地待过一阵急诊部，当时有位同事腹部剧痛仍坚持工作，最终不支倒下。不过好的方面是，如果你非要顶着阑尾炎工作到你那只油腻腻的阑尾破裂为止，那么还是在离手术室不到 50 米的地方硬撑更好。我那位同事后来在病床上写完了文书。

"好了好了。"基思忙不迭地想要回归主题，练习如何与病人搏击，"能出两位志愿者吗？"

他指了指我，还有一位戴方头巾的学员纳菲莎，示意我们进去绳圈和他站在一起。他接着让我俩介绍自己，我忍住了没用"世界摔角娱乐"（WWE）的报名方式"红角是……"，而是保守地稍微挥了挥手，点了点头。

"好，我要你们中的一个发动言语攻击，别留情面。"他命令我们，"另一个试着安抚对方，开始！"

"你想先攻击还是我来？"纳菲莎问我，和善地一笑。

"我都行。"我礼貌地说。

"嘿，秃驴！看我把你的头剁下来吃了！"纳菲莎咆哮一声，看来她已经决定抢先攻击了。

我感觉大家的眼光都投向了我，有几个甚至记起了笔记。"唔，我们还是坐下来谈谈怎么样？"

"行啊，我们坐下来谈谈我怎么剁掉你的秃头再吃下去……"

我忍不住心说纳菲莎演得有点过火了。我刻意露出了一个顺从而局促的微笑。

"你在笑话我吗？"纳菲莎接着表演。

"不不，我没有。我来给你泡一杯温温的茶水如何？"

"好……停。"几分钟后莱恩大夫开口，终止了这场言语屠杀，"大家对这个场景都有什么感想？我们从好的方面说起。"

"唔，本吉显得很镇定，就算对方冲他大叫。"有人说道。

"我同意。本吉，你曾经和激越或暴力的人相处过吗？"

在工作上没有过。

我摇了摇头。

"唔，你的温柔举止在病房里会很有价值。还有其他好的方面吗？"

一名敦实的学员多姆说我没有反击病人、揍她一拳，这也是好的。莱恩大夫点头，似乎在他眼里就没有愚蠢的答案。其他人都在心里记了一笔：要看紧这个多姆。

"好了，我们再来说说有什么可改进的地方？"

碧翠丝有着女校曲棍球队长那种沉静的专注，她看了一眼自己的笔记本寻找灵感："唔，要我说本吉不算秃，应该叫稀疏……"

"确实，但头顶那块还是看得很清楚的。"纳菲莎防御性地反驳说，"他就是把头发梳上去挡住了。"大伙都点头表示同意。就连莱恩大夫也偷偷瞥了一眼我的头顶。

比秃头的尴尬更糟的，是现在常有人说我怎么那么像我的父亲约翰。有时我望向商店橱窗，那倒影就像他在朝我回望。如果说我已经继承了他的发际线，那还有什么是我也继承了的？

莱恩大夫打断我的思绪。"现在咱们对换角色。这一次换本吉对纳菲莎发动进攻。还是不要留情，开始！"

在之后的汇报环节中，碧翠丝说她觉得我一遍遍叫纳菲莎"傻瓜蛋"不够凶悍。多姆觉得我可以说几句仇视伊斯兰的狠话激起反响。你又得一分，多姆。

看时间宝贵，基思将我们引导回重点节目。

"我们先来热热身，活动一下关节，放松放松肌肉。"基思一边说，一边向两侧猛力伸展。

"难道病人会等我们拉伸好腘绳肌再攻击我们？"纳菲莎悄悄问我。

基思展示了最常见的攻击类型：拳打、脚踢、抓、抱和扼喉，还有如何化解或躲避这些攻击。接着我们组对练习。

"最后要注意几个特殊动作。"基思说，"别人抓你的头发怎么让他松手？曾经有人连头皮都被揪掉了；还有人像布娃娃似的被拖着走，最后脖子断了。细节太血腥我就不说了。"最后这句应该提前一句说。

他告诉我们，被抓住头发几乎不可能摆脱，因此最好的办法是不让人抓。他建议我们留短发，或者把头发扎起来。他查看了我们的发型，然后指着莱恩大夫和另外两位全秃的主任医生说："棒……棒……太棒了。"

午饭时，纳菲莎和我走过医院食堂里那条冷清清的沙拉台，加入了油炸热食前面那条一动不动的长队。在今天的某个时刻，纳菲莎似乎看准了我们能做朋友。

"来玩个游戏吧？"排队时，她对我说，"游戏叫'精神病人还是医院职工'。猜中更难的有加分。我先来。"

她环顾餐厅，朝一名衣冠不整的女子扬了扬下巴，女子正独坐着吃一只青苹果,把苹果核都吃下去了。她的衣袋中戳出一截听诊器,泄露了身份。

"医院职工。"纳菲莎说。

轮到我了。我移动眼神,落在了排我们前面的一个大个子先生身上:他衣着邋遢,没戴工牌,正在自言自语。

"病人。"我低声说道。

"别光猜简单的啊。"纳菲莎说。

一个戴网帽的食堂阿姨从一只油腻的银色空盘上方探出身,对排队的人群喊道:"有人不要薯条吗?"大家不为所动。

忽然,排在我们前面的那名男子转身面向我,猛地伸出一只手来。我一哆嗦,捏起拳头,准备像刚才练习的那样挡开他的攻击。

"劳驾,先生。"男子说——我这才意识到他正指着我的手表,"请问现在什么时候了?我下午2点要回病房去吃药。"

那天下午的学习内容:搀扶搬运理论;滑倒、绊倒和跌倒;还有如何控制感染,避免无意间引发一次埃博拉疫情。我顺利通过了洗手培训,现在可以写在我简历第一行正中间了。防火安全环节的最后做了一份测试,我知道了如果有一台电脑着火、通了电的电线闪着火花跳来跳去,最好的应对方法不是"D. 照常使用电脑"。

另一个环节是提醒我们支付英国医学总会(GMC)和英国

医师协会（BMA）的会费；还有医疗赔偿保险，那是医生锯错病人一条腿时要用的——这在精神科更是要加倍担忧。

又一次咖啡歇时，碧翠丝告诉我们她打听到新人医生的时薪是14.09镑，[1] 那么我要想支付伦敦的房租、专业期刊订阅费、必须参加的考试费还有我欠学贷公司的3万镑，就必须工作许多个小时——也是运气，反正我本来就要工作许多小时。

到一天结束时，莱恩大夫用PPT列出了我们未来一年的岗位。明天一早，我就要去某位格利克大夫那儿报到了。

"最后说一下'下班时间'轮值表。"莱恩大夫换了一页PPT，它将限定我们没有在睡觉、上班或者复习时的社交生活。

"我对今晚值班的人抱歉，但班总得有人值。"莱恩大夫说。

我以为自己多半会抽中短签，但中签的是多姆。好吧，我猜他在刚才的"平等多元"课上已经打过瞌睡了。

傍晚时分，老妈打来电话。这类重要的日子她从来不会落下。

"亲爱的，今天怎么样呀？"她问我。她的声音灿烂又安详，正是刚喝下一杯酒，心情最好的时候。

我跟她说了莱恩大夫和基思，也说了几个一起受训的同事，很小心地没有提任何女性的名字。

"遇见什么不错的人了吗？"她不经意地追问了一句——"不错的"是个暗号，指的是"可能给我生孙子的人"。

我没理她。

"大家喜欢你的领带吗？"

"谢谢啊，妈，他们可喜欢了。"

"真好啊。我今天的工作可差点要了我的命。"她回了句。

听我妈说话，你会以为她是冲进失火建筑的消防员，而不是帮助有特殊教育需求的儿童的心理咨询师，总之在她的交流风格里，一切都会带上要死要活的闹剧色彩。即便我小时候，给床上的我掖被子，她也会说："本吉，就算你杀了人我也爱你。"这句话她说过好多回，而不仅仅是简单的一句"我爱你"。所以从小时候起，我就隐约觉得附近会冒出来个什么人被我杀掉。

"爸在吗？"我问她。

"不在，亲爱的，他在谷仓里。"

在我7岁那年，我们一家从纽卡斯尔搬到了诺森伯兰乡下，为的是圆我爸的一个浪漫梦想：在遥远的乡村为家人造一座房子。

都说搬家是压力极大的一件事，更何况我们还要抛弃中央供暖、自来水和一片覆盖整座房子的屋顶，去换一座荒废的水力磨坊，我父亲还打算亲自修缮，虽然他并不是一名合格的建筑工、管道工、电工或建筑师。但在当时，我爸还有四个茁壮成长的儿子，分别是7岁、3岁、2岁和1岁，他们个个能搭一把手，再难还能难到哪儿去？

现在30年过去，我和我的弟弟们早已长大离家，老爸却还在努力完成这座家宅。他有点像那个日本军人：二战早结束了，他还保卫了几十年的丛林。

所谓"谷仓",其实是一间乱糟糟的巨大棚子加车间加堆场,就在我们田地的尽头。老爸在里面存放了各种工具,各种尺寸的木材,还有几幅窗框,一袋袋水泥,一罐罐各种规格的螺丝、钉子和铰链,还有他在废料桶里找到的各式杂物。他也因此为某些情况做好了准备,以防谁需要一架破钢琴、一只铸铁浴缸,或是40把小学课椅。

"今天他砸了一堵墙,砸的时候不知道,现在他觉得这墙全是石棉造的。"老妈补充了一句。

我爸对健康和安全问题一直是放任自流的态度。从小,我和几个弟弟就学会了摆弄电动工具和重型机械,但面罩、护目镜或安全帽之类我们是从来不戴的。但这也无妨,因为老爸还兼任家庭医生。他在一家医院的心内科干了几年技师,人体可吓不倒他。当我弟弟从树上掉下来摔破了头,或是我被一把小折刀割伤流了两升多血,老爸都会自己想法给我们处置,免得开车50分钟去麻烦专业人士。奇迹是,我们都还活着。

如果说老爸常见的形象是穿一件溅了油漆的连体工装裤,那么老妈就很注重仪表的了。当我们一家开旅行拖车出门度假时,往往只有她会带上一块熨衣板,免得她的白色T恤变得皱巴巴。我和弟弟们都记得她的一桩逸事,她自己是否认的:她曾经在跨出浴缸时滑倒,把常用的那只手摔成了手腕骨折。当时,就连大大咧咧的老爸都意识到这非送医院处理不可,但老妈硬是要老爸先帮她吹干头发,再送她去的医院。

"但我打来是为了听听你的情况呀。"老妈在电话中继续道。

我跟她说了我的入职培训,包括健康与安全内容、柔道,然后我又提到了下午一节有趣的课程,内容是发现关涉儿童的安全保障疏失或家庭暴力。

"真惨。"她打断我说,"简直太惨了。我为本地市政工作时看了太多这种事。"

老妈是一位杰出的儿童心理咨询师,她在家里有一整只抽屉,里面装满了感激的父母和孩子寄来的感谢信。能对孩子们的人生做出正面影响使她感到幸福。但每次她都只能获得短暂的满足,于是她就成了一个工作狂。那也是她谈话的主题之一,在跟我们几个儿子谈话时也老说这个。

她的诊查对象不限于为当地市政工作时接待的那些孩子。她有时会给老爸贴上孤独症的标签,要不就说他是"谱系人士";每当我和弟弟们搞不懂她的观点,她也会打趣说我们也是"谱系人士"。一次在起居室的沙发上,她把网球运动员安迪·穆雷(Andy Murray)也诊断成了孤独症,当时电视上的穆雷刚接受完赛后访问,依我看他只是太累了不想说话而已。

"你真幸运,能度过那样一段无忧无虑的田园式童年。"她在电话里说。我听见她在吞咽,然后是玻璃杯再次注满的声音。

"是啊妈。"我顺着她应了一句,"对了,我今晚还有阅读任务要完成。"

"你真像我,亲爱的。你继承了我的工作伦理。可别让我提你父亲。他对事业那叫——"

"妈——"

"好了好了不说了,总之我为你自豪,宝贝儿。"

我当上医生,没人比老妈更开心,她一有机会就在聊天时提这个。

"我儿子是伦敦的精神科大夫了!"她还在说着,"你会造福许多人的!"

02　格利克大夫

翌日早晨8点。我进入一幢混凝土大高楼,走过一条长得似乎没有尽头的灰色过道,最后来到一扇加固的金属门前,门后就是"黄水仙病房"了。*

我按响了未来一年工作单位的门铃,然后一边等候,一边端详几块塑料压膜的注意标识。其中一块是违禁品图示,提醒我不要将大砍刀或炸药棒带来工作场所。另一块恭敬地恳求病人和访客不要袭击医务人员。经过昨天两小时的训练课,我倒想看看他们攻击一个试试。

透过一小块看着好像防弹的玻璃,只见一名编着辫子的女子朝我走来。她解锁了倒数第二道门,转身重新锁上,然后找到匹配的钥匙,打开了最后一道门。

---

* 现代精神病房往往用欢快的事物命名,像是本文化的英雄、宝石或者花朵。我听说有一家医院甚至用上了迪士尼动画人物,想来是为了和形象极差的传统疯人院(asylum)划清界限,叫人不要联想起锁链、老鼠和极度的疯狂。实在不如给病房起些常规的名字,像是一个能听见镜子说话的女人,或是一个认为自己的毯子能飞的男人。

"嗨，我是本杰明，新来的医生。"我向她解释。

"我叫布莱欣（Blessing），这里的护士，幸会。"我上前几步走入"气闸室"，她又重复了一遍上锁、开锁、再上锁的冗长流程。"上班路上顺利吗？"她问我。

"很顺利，谢谢过问。我是骑车来的。不过我也很高兴看到员工停车很容易，如果我有汽车会很方便。这里的车位太空了！"

"那是因为大家总是接连离职。不过确实，停车很方便。"她硬挤出一个微笑。

布莱欣锁好最后一道门，把那串丁零当啷的钥匙重新挂回腰带上。我跟着她走过一条过道，刷成芹菜绿的墙，墙皮已经剥落。过道两侧，我们经过了似乎是病人卧室的房间。一名护理员勤勉地透过卧室门上的观察孔向内观望，查看还躺在床上的一具具身体。

"观察员，"布莱欣比了个手势说，"就是看有没有人自杀。"

我即将得知，要在精神病房里自杀可不容易。在这里腰带和鞋带统统要没收，门上也没有把手可以挂住绳索。用剃刀刮胡子时要有人从旁监督，餐具也要在每一餐后清点。不单如此，病人日日夜夜受到监视。每次护理员看到室内的病人还有动静，就会在一块写字板上草草签名，表示病人受过检查了，就像清洁工打扫完加油站的厕所后做的那样。

接着布莱欣领着我来到一大间娱乐室，几只早鸟儿已经在沙发上就座，弓着身子围观电视，电视机外罩着一只有机玻璃盒子。最魁梧的那个病人把持着遥控器,音乐开得震天响。

"这里是起居区域,病人的活动包括看电视还有……对,这里就是娱乐室。"布莱欣说道,"我们是一间有18个床位的混合收治病房。病人都是常规途径住进来的。格利克大夫经手的病人住院天数全院最短。她喜欢在72小时内就让病人出院,或是转到治疗病房。"

"就像免下车餐厅。"我说。

布莱欣看向我,眯了眯眼:"哟,你还蛮风趣的嘛。我们真走运。"她把员工办公室指给我看:在这片起居区中央,四块大玻璃组成的一只巨型鱼缸,从里面随时可以观察外面的病人。

"你在这里等着开晨会吧。格利克大夫很快就到。我发完早上的药就来加入你们。"

我走到那只玻璃箱子跟前,在门上敲了又敲,敲得指节都疼了。里面的工作人员都身着便服,在键盘上噼里啪啦打字,似乎铁了心要假装没听到我。最后我只好将工牌贴到玻璃上,就像电影里的警察。一名穿着牛仔裤和T恤衫的壮实护士从位子上跳起来给我开了门。

"嗨,我是本杰明,新来的医生。"

"你好大夫,我是奥马尔。真抱歉,我还当你是病人呢。"

我进去等,里面的员工努力专注于无穷无尽的行政工作,外面的病人则一刻不停地敲打玻璃,提各种要求。"我能请假回家吗?""我能再吃一顿早餐吗?""大夫给我打的什么药,我怎么变成青蛙了?"

傍9点的时候,一名一身黑衣的女子走了进来。她头发挽了个发髻,紧得就像她抿成一线的嘴唇。她的鞋子闪闪发亮,都照出了我疲惫的面孔。"你就是本?"她问我。

"对,本杰明,叫本吉也行。"我微笑作答。

不知为何,我一直不喜欢"本"这个昵称。现在,我至少可以在这段精神科生涯的开端立下规矩,表明我绝对不叫"本"了。

"本,我刚才一直在办公室等你。下次早点来。"她说。

她没做自我介绍,于是我细看了她那块一晃一晃的NHS工牌。果然,"伊娃·格利克医师",我的主管兼导师。竟然有人拍医院工牌照的时候也不笑?

"我们就开始吧?早,布莱欣。"她向着手拿病人服药表走进来的布莱欣打招呼,"对了,我们这儿有幸来了一位床位管理员。你好,布莱恩。"

一个面色苍白、戴着玳瑁边方框眼镜的男人走了进来,他手拿一本笔记本,口衔一支圆珠笔,在桌边没人的地方坐了下来。

奥马尔站到了一块白板边上,那里的记号笔还有点墨水。"早安,各位。昨晚我们新收了六个病人。"

"六个?"大家都嘟囔起来。

"是。我也不知道具体情况。昨晚连满月都不是呢。先说一床,来的是佩姬·布朗。"

"她怎么又来了?"布莱恩质问。

"一定是昨晚的值班大夫收的她。"

"她的记录上不是已经写了吗？'不要收治，住院无效'，全是红色大写字母。值班医生看不懂吗？"布莱恩说。

"别忘了，昨天是黑色星期三*。"格利克大夫说。

坐在电脑旁的布莱欣说道："昨晚值班的大夫叫……多米尼克·鲍恩？"

格利克大夫皱了皱鼻子："我不认识，听上去像新来的，我会跟他谈谈的。"

我紧张地跟着大伙一起笑话这个幼稚的错误，其实并不明白多姆到底做错了什么。

格利克大夫转向我这边，塞了几张纸质记录到我手里。"对了，本，我们来以毒攻毒，看看你怎么理解你这位同期的决定，他为什么觉得佩姬·布朗需要紧急住院。"

我哗哗翻看记录，坐在办公椅上的众人都转过来看向我。我扫视着潦草的字迹和打钩的项目，一直看到最后多姆对病人的"印象"。

"嗯，原因其实相当清楚。"我确信这个病例一目了然，并无疑义，"这位布朗女士需要紧急收治，是因为她表示要自杀。"

话音刚落，众人爆发出一阵大笑。

---

* "黑色星期三"是所有低年资医生换岗的日子，这一天的病人死亡率会有统计上的显著提升。不要把它跟"黑色星期五"混为一谈，后者是大家冒死抢购便宜货的日子。至少有人差点抢到半价电视了。

"她要自杀，我就叫圣诞老人。"布莱恩说，"来我们这儿的都是素质最高的规培医生吧，格利克大夫？"

"给你上第一课，本。"格利克大夫说，"你知道一张 NHS 医院病床要花费多少吗？每晚 400 镑，比丽池酒店的房费还贵。"

"不过我听说丽池的早餐更好。"布莱恩说。他还在嘬他那支圆珠笔，我稍微幻想了一下笔杆卡进他喉咙的场面。"她只是有人格障碍，本。"他接着说，"她是我们这里的'常旅客'*，出了名的喜欢霸占床位，至少记录上是这么写的，我倒是还没有这个荣幸见过她本人。"他又转向格利克，"相信你今天就能叫她出去？"

"我尽力。"格利克说。

布莱恩又转向了我："本，能让格利克大夫做导师是你的幸运。她是第一流的。"

我觉得格利克大夫是笑了，但我没太看出来。

布莱恩将佩姬的名字在他的本子里划掉："好，下一个是？"

"4 床，特里·科尔。"

"特里·科尔！"大伙哀号一声，"他怎么也进来了？"

---

* 我后来得知，"常旅客"（frequent flyer）是对那些经常去急诊部求医的人的贬低性称呼，有时也叫"讨药的"（drug seekers）、"边缘人"（borderlines）或者"浪费时间的"（time-wasters）。不像多数飞机常旅客，他们很少有特殊待遇，受欢迎程度约等于廉价航班上一名尖叫的婴儿。在美国，有的电子系统甚至会在这类病人名字边上缀一个飞机图标，以此辨认他们。

会议结束后,格利克大夫又塞了几张纸到我手里。"来,本,我说你写。"听到指示,我乖乖跟在她后面进了1号病房。

佩姬·布朗就躺在我们眼前的病床上。我震惊于她的样子竟然这么年轻,扎成马尾的头发自己漂染过,一双海蓝色的眸子却布满沧桑,仿佛经历了几世。昨天她被人发现倒在街上不省人事,胳膊上还扎着根针头,当时她瞳孔呈针尖样,医护怀疑她过量使用海洛因,并做了相应治疗。她在急诊部醒来时,一名护士问她要不要喝杯茶,她却说宁可从卧室窗户跳出去,于是被转来了精神科。而多姆在昨晚的工作,是判断佩姬真想自杀,还是仅仅厌恶喝茶。他判断是前者,可是团队里的其他人显然另有想法。

格利克大夫眼神直勾勾地盯着我们这位病人。"你好,佩姬,我是格利克大夫,精神科主任医师。我知道你昨晚和我们的值班医生聊了一些事情,但我们现在还需要把每件事再过一遍。我听说,你想要自杀?"

"对,我已经受够了。"

"受够了什么?"

"人生,我的人生,每天都只有痛苦没有别的。"

格利克大夫目光仍然十分坚定,毫不动摇。

"听起来真是筋疲力尽啊。"我回道,急着要向格利克大夫显摆我在医学院学到的沟通技巧,"再跟我们多说几句好吗?"格利克大夫听得睁大了眼睛,就好像我刚刚邀请了佩姬和我们一起去运河上乘船度假。

接着佩姬一边说话，我一边匆匆记下了我在这15分钟的精神科生涯中听过的最惨经历：她从小就受到可怕的漠视，还有她父亲的各种虐待。"但这些还不是最惨的，到后来——"

"好了，谢谢你佩姬。"格利克大夫打断了佩姬，就像在阻止一个吃了太多彩虹糖的孩子，"你是否在服什么药物？对什么东西过敏吗？"

刚才谈及往事，让佩姬的眼神迷离起来，她正要泪汪汪地退入心中的那片秘境，到那里体会流动的痛楚、喜悦和感伤。然而面对她的眼神，格利克大夫只报以了教堂滴水兽式的共情。

"呃，没什么过敏。药的话就是晚上吃点美沙酮、抗抑郁药和抗精神病药[*]；还有地西泮，吃了能麻木些。"

啊哈，这里出现了一条侦查线索，一扇打开的窗子，一根掉落的头发。"佩姬，你为什么想要麻木呢？"我问她。

"因为那样就不疼了。如果不吃药，我脑子里就老是闪回从前的事。"她的声音沙哑起来。

"别哭，佩姬。"格利克插了进来，"你是否有任何疾病，高血压、糖尿病什么的？"

格利克大夫在遍历她的问题清单，就像有人逛超市那样：

---

[*] 此类药物针对的是狭义的（重症）精神病（psychosis）；精神病学（psychiatry）、精神疾病（mental illness）所涉范围则广得多，会更多提及。——编注

先是果蔬区，接着烘焙区，再是乳品区，依次买完。她给人一种强烈的感觉：仿佛病人就像不听话的蹒跚幼儿，只会一路乱跑，拿起她不想要的东西。

"唔，我撞过几次脑袋，脑子倒没怎么出血，就是断过几根骨头。昨晚我好像又断了根肋骨。这些止疼药什么用也没有，能给我开点更强效的吗？"

"你在用什么毒品？"格利克大夫问道。

"我可没说我吸毒。"

我们都不说话，佩姬在这片留给她的寂静中叹了口气，又低头看了看被尼古丁染得棕黄的手指。"好吧，应该有过一点海洛因、一点快克，有时候来点可卡因，别人给的大麻也吸一点。但是我绝对没碰过冰毒。"听她的口吻，似乎很了解那条底线。

"明白了。"格利克说。

佩姬听了大笑，露出一口发黑的牙齿。"外面那些吸海洛因的总开玩笑，说你们这些出身上流、家庭美满的医生只会装模作样地说'明白''懂''理解'。可你们怎么会明白？不是针对你啊。"她最后补充道。

"我们还是继续精神访谈吧。"格利克大夫说，"你坐过牢吗？"

"我不想说这个。"

"我读到你因为袭击你父亲给判了重伤罪。"

"要是你看见他走在街上一副无动于衷的样子，你忍得住吗？你到底管不管我的肋骨？"

"你在伦敦登记过全科医生吗?"格利克大夫继续发问,仿佛她已经找到了冷冻食品,正径直朝付款口走去。

"快滚吧!"佩姬吼起来,"我受够了,你到底听没听我说话?你们这些人从来指望不上。我他妈肋骨疼得要死。"

"如果你坚持使用攻击性语言,我就不得不终止这次问诊了。"格利克大夫说,她的平静令人火冒三丈。

"别操心了,我反正要自杀的。"

"真的吗,佩姬?"格利克大夫毫不退让,"我在你的记录上看到,你在急诊部说了好多遍要自杀,可现在你还活着。"她的口吻就像一个对学生不满意的老师:你得再加把劲啊。

佩姬把腿荡到床边,跳下了病床。

"你真要走我也不拦。"格利克大夫让到一边,"但还有一件事情,我们就都问完了。"她要放飞内心的名侦探,打破砂锅问到底,"你跟护士说想从卧室窗户跳下去,那么你住几楼?"

"二楼。"*佩姬提起几塑料袋的物品说道。

"哦,行。"格利克大夫说,"再见。"

我乖乖跟着格利克大夫纤瘦的背影来到她的办公室,心里完全不明所以。我虽然之前对多姆并无好感,但读了他昨晚的评估,觉得他也算是一位相当有关怀的精神科医生。如果昨晚

---

* 英国的二楼相当于中国的三楼。——编注

值班的是我，我的做法肯定也没有两样。

格利克大夫的办公室里没有植物、照片或是图画。房间里空荡得如同病人住的防自杀病房，只除了她那台笨重的电脑显示器。她示意我在那台电脑上录入我们方才的评估。

"无真正精神疾病，"格利克大夫一边口授，一边隔着我看向屏幕上的光标在空白页上一闪一闪，"只是人格障碍和索药行为，针对此问题没有灵药。"

"唔，她的冲动性会不会是 ADHD 的一个特征？"我还在手忙脚乱地想表现自己。

"她的阶层还够不上这个。要是她出生在另一类地段，她的老爸老妈倒可能从哈利街*为她买一份亮晶晶的 ADHD 诊断书。但这里是 NHS，他们都已经停了我们的经费，那么我们就实话实说，佩姬就是纯粹的人格障碍。"

真话像重磅炸弹般迅速落下。别再跟着别人念经了，说什么精神疾病会不带歧视地影响每一个人，就像腿部骨折——没有的事。这时我才明白，社会阶层会影响一个人得到何种诊断，我之后还会明白，性别甚至种族也有这个影响。另一个因素是你找了国立还是私立的精神科医师来做评估。

格利克大夫开始在房间里来回踱步，手背到了身后。"记录里一定要写明，她用了攻击性语言，且不顾医疗建议自行出院。

---

* 哈利街（Harley Street），伦敦市中心的医院/诊所一条街。——译注

我们反正什么也做不了。病人拒绝治疗。收治住院只会令她更依赖医疗机构。她总是威胁要跳楼,却又从来不跳。最糟还能糟到哪去呢……怎么了?"

我意识到自己在打字的同时皱起了眉头。我真得练练怎么做到面无表情才成。

"她住几楼来着?"

格利克长长叹了口气:"本,今天很可能有不止一个病人威胁要从自家窗户跳下去。二楼是死不了人的。"我感激地翻开笔记本,准备记下这段即兴授课,笔悬在了一页新纸上。

"本,精神科医生的主要工作就和其他医生一样,是让病人活下去。"

"让病人活下去。"我匆匆写下这几个字,又在下面画了道杠。

"如果是你当班,有病人说要自杀,你该怎么做?"

这题我会,我也相当确定考试里会出。"将病人收进医院治疗,确保病人安全。"我说。

格利克大夫皱起了眉头:"每个病人都收进来?你从哪里变出几千张免费病床?"

在她的电脑上,我看见有 6 万封未读邮件,同时每一分钟都有新邮件进来,许多都标了"紧急"。她的目光从收件箱飞到我身上,再飞回去,就像有人要横穿一条繁忙的机动车干道。

"你只能收治自杀倾向最强的那几个。"她继续道,"心里闪过自杀意念并不罕见,但这未必代表他们会自杀甚至想自杀。"

我心里有一部分变轻松了。对那些闯进来的烦人念头我有切身体会,有时当我站在一道悬崖顶部,或是高速列车驶近站台,我脑海中便会响起自己的声音,说跳啊……快跳!但我压根不想自杀。现在听说这并非病态,几乎可算正常,我可松了口气。

"只要病人不是马上要自杀,你就可以放他们出院回家,交给危机小组去处理。"格利克大夫接着说。

"那要怎么分辨自杀倾向的强弱?"我问。

"靠风险评估。这是精神科的家常便饭。你要观察他们说了什么,又是怎么说的。要考虑他们的精神疾病史,或者真实的自杀企图。他们进来住院是否有什么附带收益。有没有什么保护性因素或东西可能让他们活下去。"

"所以这里也有一门科学?"

"算是吧。"她说,"还有直觉。但最后真自杀的总是你最料想不到的。就算最好的精神科医生,也免不了会有病人漏网。"

这算是句安慰吧。我忽然觉得热得不行。"咱们能开扇窗吗?"

格利克大夫打量着六层楼下方的停车场。"这里的窗是打不开的,为防止有人跳下去。"

"啊?在精神科大夫的办公室里也要这样?"

"精神科大夫办公室尤其要这样。"她说。

我决心换一个话题。"我今天还可以吗?"

"我还见过更糟的。但我们来这里不是交朋友的。守住你的边界。一个好的精神科医生不会讨病人喜欢。如果你受病人喜欢,就说明你还没有准备好做出艰难的决定。"

我没把这句记在本子上，我觉得它实在有违逻辑。

"还有，你问了太多不相干的问题。你得控制一下。"

"抱歉，我会努力更快一点。也许我哪天能观摩你的门诊？"除了管理病房之外，格利克大夫还有一份责任，就是每周要抽出一天在门诊接待社区病人。

"如果你病房工作应对自如，那没问题。"

她办公桌上的电话响了，她没有接，然后她的手机也嗡嗡响了起来，她也没理。"下面，最重要的，"她敲着桌子以示强调，"病人的病症聚类信息（cluster）必须每次都输入 Carenotes。要是不输入诊断，信托就拿不到钱。"

"但如果不知道怎么诊断呢？"我问。

"反正要写点什么进去。"

虽然精神病学对各种不同的健康状况都有命名，教材也引导我相信精神健康分类与哮喘或糖尿病的诊断没有分别，但这时的我已经发现人类的病痛似乎有各种形式和规模。我们可以将佩姬归入多个诊断格子里，但其实把她归进哪里都格格不入。

"后面都可以改。"格利克安慰我说。*

---

* 实际上，有些标签贴上就很难再改。2017 年，一名根本没诊断出精神健康问题的美国男子被错认为另一个精神分裂患者。他告诉医生他们搞错了人，而这反倒成了他患病的证据。他被强制住院，用药并监禁了两年之后，才终于有人相信并释放了他。（《卫报》，2021 年 8 月 4 日）

她桌上的电话又响了。

"行了！"格利克大夫双手一拍大腿，示意对我的督导已经完成，"这个看来得接了。你去问问布莱欣接下来看哪个病人。"

我找到布莱欣时，她正彬彬有礼地向一名男子做着解释，男子带着一条模样吓人的大狗，布莱欣告诉他不能把这条模样吓人的大狗带入病房。怕狗的我躲到了一旁，等男子离开后才到诊疗室门口与布莱欣会合，她刚开始给病人发药。她给队列中的头一个病人递了一只纸杯子，里面盛着粉色、白色、蓝色的药片。病人就着一杯水将药片一口吞下，然后张开嘴、抬起舌头，布莱欣确认他确实吞下了药片后才放他走人。多数病人一天要服药四次，有些人是五次。

队列缓缓向前移动，布莱欣跟我打了个招呼，说她马上就来。我在回办公室的半路上又见到了佩姬，她眼泪已经干了，正等着病房开锁放她出去。

"你自己保重啊。"我对她说。

"你是新来的吧？"佩姬说。我的头一定是低了下去，因为她又加了一句："对了，这不是在批评你。"

我感觉心里有点堵："佩姬，我能问你件事吗？"

"问吧。"

"我很同情你小时候的遭遇。可你那些文身，我注意到你的胳膊上有一处，文的是'老爸'（Dad）？"

她看向自己袒露的左臂，把皮肤抻开来端详。那是蓝绿色的"老爸"字样,包在一颗褪色的心里,和右臂文的"老妈"(Mam)构成了平衡。

她停了停,想着怎么给出圆满的解释。"我爸是做过不少坏事。"终于,她说,"但在别的方面他也是个好人。在我住院的时候,只有他给我寄生日卡片。他又毕竟是我爸,所以我对他总是有那么一点爱。家人的事就很复杂,你懂吗?"

"懂。"我说。

我下班回到那间单卧公寓里,我和小弟弟山姆才搬进去不久。我的NHS薪水比他这个自学技术勉强糊口的银匠稳定,所以房租我出大头,也因此我占了卧室,他只能睡我们塞进楼梯下隔间的那张单人床垫,就像哈利·波特。好在我们的成长环境基本上就是工地,他就算头顶着一只保险丝盒也能安然入眠。

我和弟弟们向来在情感和物理上都很贴近。乔希小我4岁,现在是个艺术家,和他的伴侣住在离我10分钟的地方。比他小1岁的盖布,是每周工作80小时的大厨,说起来住得也离我很近,但其实他始终生活在餐厅的厨房里。

在漫长的一天劳作后,能回到家的温馨港湾实在不错。只有一个小小的问题,租房时中介没提:和我们这套公寓只隔一道飞薄的墙壁,是全欧洲最大的健身房。我们也已经发现,那里的肌肉男放杠铃时动作并不轻柔,即使你客气地向他们提议。

我走进我们那间刷成黄色的厨房兼起居室,山姆正从纸箱里往外拿我们的东西，隔壁传来的哐啷声回荡在我们四周。

"嗨本吉，你这会儿才回家？"他说，"妈刚给我发消息了，问你是不是还活着。"

"我就在昨天，才和她通过话。"

"唔，她说你今天还没回她消息。她问你在医院有没有遇见什么不错的。"他说这话的时候刻意不动声色。我这人总是无法维持一段长期的恋情，这始终是我的家人津津乐道的一个话题。

"你跟她说，第一天上班就约病人出去好像不太对头。"

他咧嘴笑道："她还说，她的人生就还缺个孙子孙女……啊，得烧水！"说着走到水池那儿去给水壶接水。他又问："那你今天救了不少条命喽？"接着修正为，"抱歉，是救了不少心灵？"

"好几百个呢。"我打趣道。

我们坐到地板上喝茶，我想告诉他，精神病学这门技艺，其目的似乎并不是挽救心灵，而更多是关乎节约床位，并且找到好的理由支持资源有限的 NHS 只能提供有保留的治疗。"怎么可以不帮你"才是这里的潜台词。

那天后半夜我睡不着觉，但原因不是隔壁的噪声。自有记忆以来我就一直想做精神科医生，部分动力就是我渴望帮助佩姬这样的人过上更快乐、更充实的生活。我从没想到我要去质疑别人的痛苦，使用"霸占床位"这样的字眼，要在病人跳的楼层够高、能造成足够大的动静时才去帮她。

03　芭芭拉

我正在急诊部值我的第一个周末班。以后我还会来急诊部许多次，直到成为这里的一件死沉的家具。*

到现在我已经从格利克大夫那里学到，精神科的工作就是使人的思想、行为或情绪回归"正常"，因此，对抑郁的病人要尽量提振其心境，对其他病人则要反向操作——虽然当我的第一个病人转来的时候，这一模式好像显得不合常理了。

"我急需对一个躁狂病人做精神评估，我很担心她的情况。"急诊部的学生护士在电话里对我说，"她说她的幸福感量表拿了满分10分，人都飞上九重天了，她说她从来没感觉这么好过。"

"哦，这听起来可完全不正常。"我不假思索地回答，"好，我去看看能不能让她恢复正常。"†

---

* 急诊部的家具和精神病房一样，都会多加配重，为的是防止病人偶尔抄起家具砸到我们头上。

† 双相，曾用名"躁狂抑郁症"，有些人很乐意将这个标签随意贴到自己身上，甚至有人渴望正式染上这病，因为它关联着为心病所困的天才，像（转下页）

挂电话之前我追问了一些细节："她吸毒吗？……好，大概不是这个原因。有已知的躁狂发作史吗？……没有，好的。哦，你说她是美国人？嗯，我想可能是这个……啊？你说她是飞过来和哈里·斯泰尔斯结婚的？*我马上来。"

"芭芭拉·埃弗里？"我对着拥挤的候诊室问了一句，希望声音不像前两天刚来的时候那么心虚了。

一名女子从座位上跃起，蹦蹦跳跳地过来跟我打招呼。"早啊，大夫，见到你真高兴！"

我一时纳闷我们是不是在哪儿见过，一边伸出手去拖延时间。哪知她并不满意这个正式的礼节，还没等我有时间反应，她就在我脸颊上种了一记热吻。

"这些是给你的。"她说着将一把医院订的花塞到我手里，我跟在她后头，沿过道走向急诊部的精神疾病诊室，一路上她对我说："大夫，今天你的眼睛真蓝、真大！"

我这才认定了我这辈子从没见过芭芭拉。

她在我的转椅上大刺刺坐下，在电脑屏幕上读起她自己的病历："芭芭拉·埃弗里，1966年3月12日生……"

（接上页）罗宾·威廉姆斯、斯蒂芬·弗莱（Stephen Fry）或是凡·高。但其实疯病和创意间的关系被说得太浪漫了，你当然不是非要割掉自己的耳朵才能成为一名优秀的艺术家。真正的双相障碍往往并无好处，我也从没见过艺术星探蜂拥到黄水仙病房的艺术疗法小组来找人。

* 哈里·斯泰尔斯（Harry Styles），歌手、演员，"单向组合"（One Direction）成员。——译注

"呃，芭芭拉，我们换换位子吧？那个位子一般是精神科大夫坐的。"

"放心啦，我对精神科已经什么都知道啦，有些人可认为我长了俩脑子。快坐下吧，"她说着指了指她身边那张空椅子，"我来教教你精神科的事。"

她说起话来又密又快，词像老虎机吐硬币似的从嘴里吐出来。我被她的精力裹挟，放弃了挣扎，将花束放在办公桌上，过去坐到了病人椅上。我试着重拾一些权威，但发现很难做到，现在我成了那个被困在角落里的人，离房门最远。我急匆匆说出了学生护士担心的那一串症状。

警方是根据第136款将芭芭拉送进来的，精神卫生法中的这一款授权警方能将某人带离公共场所去接受紧急精神病学检查。当时是清晨7点，芭芭拉穿着婚纱在伦敦的一座火车站找到警察，打听去圣保罗大教堂的方向。和"单向组合"那位万人迷的婚礼大典下午3点才举行，警察向她保证，如果检查结果一切正常，她肯定来得及赶到教堂去说"我愿意"。

她反正是登上了一架飞越大西洋的班机，并顺利通过了海关，一路未受阻拦：一名穿着婚纱的中年女子，在飞机上告诉其他乘客她要飞去伦敦嫁给《魅力》（*Glamour*）杂志评选的世界第六性感男士，竟没人觉得异常。或许大家都觉得美国人就是这么自信吧。现在和她对面坐着，我不禁想象她竭力不让飞机餐洒到婚纱上的场景。

"唔……对……有意思……很有意思。"听我一一列出警方的担忧，芭芭拉郑重地说道。她啪嗒啪嗒按着我的伸缩式圆珠笔，仿佛卡通片里的精神科医生，学得还真挺像样。

"好。"她完全不理会我刚才说了什么，"关于精神病学，你首先要知道，这玩意儿其实并不存在。这个学科根本没有真实的证据。它只是一种社会控制手段。我读过托马斯·萨斯（Thomas Szasz）的《精神疾病之谜》（*The Myth of Mental Illness*）。你们这些现代心理医生确实废除了疯人院，不再往人脑袋上钻孔，也不再用冰锥把人的脑子捣烂。可是你们的病人又穿上了化学束身衣，变成了僵尸，不是吗？"

我了解过那些著名的精神病学反对者，像是托马斯·萨斯、R. D. 莱恩（R. D. Laing）和欧文·戈夫曼（Erving Goffman），为的是准备考试中的"精神病学史"部分。他们质疑精神病学的所谓"疾病"在科学上的严谨性，也质疑从业者叫以对病人采取的手段：出了精神病院，这些手段都可以算作侵犯人权。*

说来也怪，我竟部分同意这个身穿蛋白酥样的婚纱、宣称要嫁给哈里·斯泰尔斯的女人。但要是我向芭芭拉承认了这个，我在她面前的信誉就会荡然无存。

---

* 精神病学是医学的一个特殊分支，它的"幸存者运动"搞得轰轰烈烈，但不是因为病治好了（类似癌症幸存者），而是针对其诊疗手段。另一点特殊，是有一场运动的全部目的就是将它废除，叫"反精神病学运动"（Anti-Psychiatry Movement）。相比之下，并没有"反皮肤病学运动"，也很难想象人们走上街头抗议邪恶的 E45 润肤乳。

"芭芭拉，谢谢你送我花。"我努力将诊疗向前推进，"但你真的不该破费。"我已经注意到精神科医师收到的礼物较别的科室少，但真收到了又会担心。"你近来是不是买了许多礼物？"我之所以这么问她，是因为躁狂的一个典型特征就是乱花钱。*

"买了又有什么关系？钱不就是纸吗？所以我才要飞商务舱。反正大家都在种树，钱是永远印不完的！"

问题是，有时候在躁狂发作期间，病人会做出日后懊悔的事情。格利克大夫跟我说过有病人一个劲儿地狂刷信用卡，买了三辆兰博基尼，还有价值1万英镑的冰雕，到第二天一早就在地毯上化成了水；或者是把存款全取了，从泰特美术馆顶上往下撒钱雨。

我在笔记本上写下"过度消费"的字样，转而问起另一个可能令人担忧的症状："芭芭拉，能不能跟我说说你和哈里·斯泰尔斯的关系？"

"你直接叫他哈里就行。"她说，"我们是一见钟情。你知道那感觉吧？就是心里一下子就确定了。"

我不知道。我没本事给人做恋爱咨询。不过这听起来很像我的父母和祖父母总说起的，他们彼此初次见面时的情形。

芭芭拉如饥似渴地盯着她的手机屏保看，那是一张哈里·斯

---

* 如果你读这本书时，身边还摆着某次躁狂消费中买下的一模一样的49本，请立刻去急诊部，但去之前不妨先去亚马逊或书评网站Goodreads上留条评论。

泰尔斯的照片，他赤裸上身躺在白色床单上，向下凝望相机镜头。能拍下这种照片的，要么是一个情人，要么是一位 GQ 杂志的摄像师。

芭芭拉告诉我，哈里·斯泰尔斯第一次向她当众示爱，是在康涅狄格州的单向组合世界巡演上。他当时望向满座的人群，但眼里其实只有她一个。对芭芭拉来说，决定性因素是哈里在望向她时，手指还划过了秀发。那正是爱的密码。

我怀疑芭芭拉躁狂的原因是"被爱妄想"，有这种妄想障碍的人会产生一种不可动摇的信念，觉得某个高地位人士发疯似的爱上了自己（抱歉用了"发疯"字眼）。*

芭芭拉说，自两人初次邂逅，哈里·斯泰尔斯就一直在通过推文、歌词和 YouTube 视频与她交流。他是在一则音乐影片里向她求的婚，当时他身穿一件黄色套头衫，那是她最喜欢的颜色。他还说到了生日，意思是他俩应该在她 60 岁生日那天结婚。急诊部记录里她的生日确实就在今天。"祝你生日快乐。"我努力装出替她高兴的样子。

有些事芭芭拉并不感到奇怪：她和这位心目中的未婚夫从

---

* 在较早的一例被爱妄想中，一女子在白金汉宫外伫立数个小时，她相信窗帘的任何抖动都是国王乔治五世（1865—1936）在秘密传达对她的爱意。这类病人的钟情对象往往是富裕、有名、拥有权势或地位的人物，比如演员、音乐家、教授、政治家，有时甚至还有医生——但想必不会是 NHS 的医生。

未真正彼此见过,两人生活的地方也相隔万里,还有,根据小报新闻,哈里·斯泰尔斯正在与泰勒·斯威夫特恋爱。

"有人或许会想,"我采用了一种巧妙的提问方式(我从格利克大夫那儿学到了"有人"这个好用的词,它其实指"我",但少了对抗的意味),"哈里·斯泰尔斯摸头发也好,穿黄衣服也罢,都不见得表示他爱你、想娶你。你会怎么回应这样的人?"

"我会说他们屁都不懂。那种感觉绝对是真的。"她说着同情地将脑袋侧向一边,"你从没谈过恋爱,对不对?"

我听得一哆嗦。

"咱们可不是在谈我的事。"我说。这是精神科医生转移话题的一句巧妙措辞,可惜用在我妈身上就没效果。我决定推进诊疗。"话说,哈里·斯泰尔斯不是在和另一个著名歌星约会吗?"

她语气陡变。"你说泰勒?那是假恋情,装给报纸看的罢了。他可讨厌她了!"

她主动交代她今晚订了一间酒店用来和他圆房,还问我有没有听过那个叫"旅客之家"(Travelodge)的地方。

我知道精神科医生不能给思维设限。相较于名流在经济酒店约会神秘年长女性,更奇怪的事也发生过。何况精神疾病患者的话也并非全都不可靠。

比如不久前,黄水仙病房收治的一男子提出要请假出院去拜会女王。格利克大夫当即驳回了申请,认为他除了其他毛病之外又添了夸大妄想。但后来证实,这位病人真的获得了员佐勋章（MBE），授勋当天让女王陛下好一阵等。

"好吧，我们把各种可能都来想象一下。假如哈里今天不来大教堂呢？"

"那我就去他家，我知道一定是泰勒那瘪三不让他来见我。"

不妙啊。

"你是只想去谈谈，还是……"

"我他妈杀了那女的！"仿佛是为了防止语言引起误解，她还用手指在脖子上抹了一道。

老天爷啊。

无论芭芭拉这么说是不是种比喻，我都觉得拦她一把也能救我自己。"但是我想，你应该不知道哈里·斯泰尔斯住哪里吧？"

"我当然知道！"她一下子提高了声音，"他在网上给我留了地址。我的礼物和信件都是寄到那儿去的。都被那贱人半路截走了。"芭芭拉将手机解锁，凭记忆在谷歌地图上输入了一个地址："离这儿很近，只有 1.7 英里*，走路 35 分钟就到。"

穿高跟鞋还是会慢点，我心说。

我想象芭芭拉出现在哈里·斯泰尔斯的豪宅门口。妄想的定义包含了"不可动摇"一项，所以一切迹象都只会证明他对她永不磨灭的爱。即使他和那位著名恋人牵手站在门前，大喊"我不爱你芭芭拉，马上从我家滚开！"，她也很可能回应："哎呀，

---

* 本书所涉英制—公制单位换算：1 英里=1.61 公里；1 磅=0.45 千克。——编注

哈里，这话说得真有你的范儿。"

芭芭拉不会自愿住院的，但她说了一些令人警惕的话，可能危害到泰勒·斯威夫特甚至哈里·斯泰尔斯本人。我从未想过今天我竟会为这两个人担忧。

在《精神卫生法案》的法律框架下，如果认为有人会对自己或他人构成危险，可以将其收入医院，甚至违背其意愿开展治疗。这个俗称为"隔离"（sectioning）的做法可是不一般的超级权力，必须有两名独立的高年资精神科医师加上一名护士或社工的一致同意才行。这是为了预防过去的种种虐待行为，那个年代，只一名精神科医生，就能以最牵强的理由将某人无限期关入疯人院。我现在年资还低，谢天谢地，限制别人自由的责任不在我肩上，暂且还不在。

"芭芭拉，我希望你和我的一位上级同事谈谈。"她还想跟在我后头走出会谈室，却被两名身穿防刺背心的魁梧保安拦住了。她叹息一声，重新坐下，开始在手机上播放单向组合的《什么令你如此美丽》（What Makes You Beautiful）。

我打给了值班的高级主治医师，他答应带上必要的人员过来。我写完记录，然后在急诊部尖利的音乐、哔哔响的机器和电话铃声中，努力阅读下一个病人的情况。这时，一名卧床的老者从他的隔间里用虚弱的嗓音呼喊："有人吗！"见没人前来帮忙，他又喊了一声："有人吗？"

所有护士和护理员都忙着。几个医生也都脑袋低垂，目光汇聚在各自的文书工作上。

"帮帮我！"这虚弱的男人继续叫喊。他徒劳地按着"求助"按钮："快来个人帮帮我吧！"

我走过去给他帮忙，幸好只是件小事，他只想要杯水喝。我给他拿了水过去。虽然因为帕金森病抖个不停，他还是成功地将大部分水喝进了嘴里。

后来芭芭拉企图潜逃，保安把她关在门里，透过门上的玻璃窗监视她。另一边我和一个小伙子坐在一起，他和恋人分手后割了腕——这才是恋爱造成的精神健康危机的主流。这时我听见芭芭拉开始砸门。

终于我的同事们到了，评估了芭芭拉，然后做了收她住院的必要安排。很残酷，她的运载车辆到达时正是下午3点。来的不是一辆马车或加长豪华轿车，而是一部要将她送去精神病院的救护车。她不肯安静地离开，我听见她一路尖叫："你们怎么能这么对我？在我大婚的日子？！"我向身边的小伙子道歉，然后透过我们这个区域的纸帘子探看外面的骚动。一阵短暂的扭打后，保安护送芭芭拉沿过道离开，几名护士带着她的物品跟在后面，像一列伴娘。

虽然严格来说，隔离芭芭拉的人不是我，但我还是禁不住觉得我对这一连串事件有肇始之责，结果不单剥夺了她的自由，也决定了哪些强力药物将流入她的静脉。历史上有很长一段糟糕的时期，男医生也常因微不足道的小事把女性关进疯人院，比如婚外生子、自慰或所谓的"歇斯底里"。[1]

虽然我相当确定芭芭拉有被爱妄想，但也开始怀疑精神疾病是否真像我们认为的那样绝对了。像是抑郁、精神分裂、双相或被爱妄想这些问题，你都可以假装相信某人有或者没有，这样想比较安心，也更简单。80亿人，最终只归结为"正常"或"发疯"两个阵营。

但我感觉，在现实中，这些疾病的概念更多是程度性的，存在于一条谱系之上。譬如，关于别人对自己的真实感想，我们平常人又能体会得多准呢？

忙里偷闲到餐厅抓紧吃午饭时，纳菲莎始终在解析她男朋友发来的神秘短信，虽然对方已经表白想和她共度余生，她好像还是拿不准对方的真实心意。

我自己在乘火车来首都做精神科医生时，也好像一度和邻座的美丽女子产生了强烈的联结。在我们相与谈笑之时，我不禁幻想未来一同生活的情景（是我搬回纽卡斯尔还是她搬来伦敦？），直到她提起她的未婚夫和即将来临的产假。

从小到大，我见过人与人之间决绝的彼此伤害，程度之深，或许足令一些人主张爱并不存在。如果说我自己的父母之间也没有爱，一切都是他们的妄想，那他们也算得了被爱妄想吗？

我下班后去超市购物，这些念头就在我心里不断呼啸而过。在货架间挑挑拣拣时，我注意到了周围的家人相处场景：一位母亲推着购物车，正用薯片（Pom Bear）安抚里面坐着的幼儿；一对惬意的年轻情侣正默默朝同一个购物篮里添加食材，准备回家一道烹饪。

我这阵子有紧张性头痛，或许是压力、病房噪声和明亮的电脑屏幕共同造成的，于是我放了几盒止疼片到购物篮里。

"我没有权利卖给你三盒扑热息痛。"*穿着公司发的抓绒外套的收银员干练地说。

我感觉疲惫，头痛欲裂。"为什么不行？"我气冲冲问她。

"超市规定。再说，你没准想今晚自杀。"

我以前从来没有过自杀的念头，此刻我望向传送带上的其他物品：一公斤装的糖泡芙（Sugar Puff），超高温灭菌牛奶，还有一大罐马麦酱，够吃十来年的。也许我这个年纪还在吃"糖泡芙"会使人警觉，但这位收银员真认为我最后一餐会吃这些奇怪东西吗？

我想告诉她："我肯定不会今晚自杀，因为第一，我买了长保质期牛奶。"

我不情愿地交出了一盒扑热息痛。我想看她露出惊恐的表情，于是盘算着问一句能不能把药换成漂白剂或剃须刀片。

回到家时，清冷的公寓空无一人。山姆还在工坊干活。甚

---

* 对包装尺寸和非处方销售的限制确实显著降低了过量服用扑热息痛造成的死亡。自杀者必须跑几家商店才能囤够剂量，多花的时间能让自杀冲动平息，也让自杀者重新考虑。

至一墙之隔也没有哑铃砸地或男人的闷哼与我做伴。我从购物袋里取出刚买的东西,又看了眼手机。没有消息,连老妈都没发。

根本没人喜欢你。不如把这个塑料袋套到头上?

谢谢关心,脑子兄。它有时候是会甩给我这类毫无裨益的建议,但至少我已经从格利克大夫那儿知道,我这样没问题。我在餐桌边坐下,摆好茶、吐司和马麦酱。我边吃边读起了食品包装背面的文字,这个童年就养成的习惯令我安心,它让我的心思可以在营养信息中暂做逃避。

在"完美黄油"(Utterly Butterly)的客服电话边上,一行亲切的字体写着:"想聊聊吗?"我心中真有那么一点儿想打一个电话过去。

04　格拉迪丝

"要谈谈近况吗？"格利克大夫在周一早晨问我。

照规定，我们每周要会面一小时，回顾一周，反思手头的工作。但因为时间永远不够，我们迄今只在我干完第一周的时候回顾过一次，还只谈了13分钟。此刻我点点头，憋回去半个哈欠，睡眼惺忪地跟着她进了她的办公室。

"那么情况如何？"她关上门问我。情况嘛……

我该不该告诉她，我对造成芭芭拉被隔离、被剥夺自由感到内疚？或者是我已经习惯了随口打发那些在我值夜班时来堵我的"常客"，速度快得我自己都感到不安？要不就问问她，既然病房里没有做谈话治疗的心理咨询师，我们何不备一台自动售货机来卖抗抑郁药、抗精神病药？我前不久因为这些向布莱欣诉苦，她拍了拍我的胳膊说："本杰明，难的只有你哦？"

但这些我都没说，我只告诉她，努力适应黄水仙病房的节奏令我有点疲惫：有那么多血要验，要安排和跟进检查，要评估新入院的病人，再验更多的血；还要一边值班一边复习迎考。

格利克大夫点头表示理解。我猜她自己也是培训的时候明白这些的。"本,你为什么选择精神科?"她问。

无论如何,不要提父母的事。

这个问题有些出乎意料,这是她第一次对我显出了一点好奇。"我也不太明白,反正这行一直很吸引我。"我说。

她向后靠到椅背上,双手从办公桌上捧起一只杯子,表示她今天很空,可以听我慢慢说。我知道在精神科医生面前安静如鸡是没有用的。在保持了七八秒钟高贵的矜持后,我告诉她:"也许是因为,精神科医生能比其他科室早退休五年。"

她听后眯了眯眼:"那只是因为统计上咱们更容易倦怠和自杀,你不会不知道吧?"

我真不知道。*

"还有,这个制度多年前就取消了。"她补充了一句。格利克大夫拿起杯子抿了一口,五官皱成了一团,看来咖啡已经冷了。"你有接受心理治疗吗?"她问我。

"没,没有!"我连忙否认,仿佛她在要我描述最喜欢的性交体位。

"唔,我有义务告诉你,你应该去看看。我们这里大家对这个还有些扭捏,但在美国,每个人、每条狗都接受治疗——我

---

* 我现在知道了,精神科医师患精神疾病、滥用物质和自杀的比例高得出名。我觉得在预期寿命表格上,他们只比驯鲨员稍高,比普京的食品试吃员略低。

不夸张，针对狗的认知行为疗法现在可是热门。"

我本想打趣说狗又不让上沙发怎么做治疗，但及时打住了。

"我一般都推荐规培医生接受心理治疗，尤其是如果他们要献身某项事业却不知道为什么。"她冲我抿了抿嘴，我觉得那是个微笑。她有点像在跟着某本指导手册照本宣科，但至少她在努力开解我了。"你要是愿意，我把我以前的治疗师介绍给你？"

"你也看治疗师？"我难掩惊讶地问道。格利克大夫看着可是坚不可摧的。

"当然。医学总会的执业准则要求我们照顾好自己，这样才能诊治病人。还有一种情况下它也有用，就是病人说疯的是你，叫你去治病，这时候你就可以告诉他你已经在治了。"

"可是我真的不用。"我抗议道，语气大概有点激烈过头了。我不过是不总能睡着，晚上磨牙，有时还从睡梦中大叫着惊醒罢了，就跟大伙一样。

"也许吧。"格利克大夫说，"但选这个专科总有些奇怪。哪个头脑正常的人，会主动在职业生涯里围着别人心里的痛苦打转？精神卫生从业者本来就需要求助于同行，这没什么不好意思的，就像理发师也需要理发师。要是人人都给自己理发，那该成什么样子！"

我家的人正是给自己理发的那一类人。她说得太对了。

"以前精神科医师接受心理治疗是免费的，但现在经费砍了，你懂的。跟我的治疗师说是我叫你去的，他也许会给你打折——"

她在一片纸上写了几个字递给我,"好了,我们抓紧时间看新的入院病人吧。"我看了一眼时钟。还是 13 分钟。

格拉迪丝直挺挺地坐在病床边缘,凝视前方,仿佛在等公交车。虽然这间病房和医院其他地方一样闷热,她却不肯脱掉那件粗呢大衣,因为她觉得冷。对了,她还宣称自己死了。

"格拉迪丝,你看起来不太舒服的样子。"我站在格利克大夫身边说道,"你女儿说你已经一个礼拜没睡觉了。不如躺下休息一会儿吧。"

"你们带我去墓地我就躺下。"她嘟囔了一句。

她也许很快就要和造物主会面了。她的那件磨损厉害的大衣显得太大,而大衣下面的身躯已经瘦得叫人担心了。她皮肤蜡黄,只比我在医学院的大体老师"克莱夫"多了一些些粉色,像层玻璃纸似的紧紧包在她的头颅上。

没人能在精神病院里展现最好的一面,我眯起眼,试着透过病容看清她本人。我只能想象她原来的样子:据说她是位好心的科学老师,平时会告诫孩子们别在走廊里奔跑。

前不久,格拉迪丝表示她的器官都长错了地方,引起了女儿的警觉。她说她的心脏长到了肺的位置,脑子被塞进了子宫,肠子却在脑袋里。于是毫无意外,她被送来了我们院急诊部。

因为不肯喝水,她出现了电解质紊乱("紊乱"/deranged 现在仍可以用来称呼钾和钠的水平处于极端,说人 deranged/"精神错乱"就不行了），但其余检查一切正常。正式的结论是：格拉迪丝并非百分百健康，她有营养不良和脱水，但器官都在正确的位置，她也无疑还是活人。* 于是她被隔离，接着转来了藏在主院区后面的"其他院区"。

格利克大夫看了一眼床头柜上没有动过的水壶："格拉迪丝，你得喝点液体进去。"

"死人不喝东西。"格拉迪丝直勾勾地盯着墙壁说道。

格利克大夫咳嗽了一声："我看你的抗抑郁药没起作用。我们要试试其他法子，今天下午开始。"

她领着我大步出门，回到长长的过道里对我说："她在急诊部也是那么说的。这是典型的科塔尔综合征，† 能亲眼见到是你的运气。"我们走到护士办公室坐下。"她需要的是电痉挛治疗（ECT）。"格利克大夫补充了一句。

我几乎笑出声来，但随即想到格利克大夫从不说笑。

"呃，我们现在还用这个？"我问。我知道家里有一个亲戚

---

* 医学生要用五年时间学习分辨活人和死者，但有时五年都还不够。波兰有一名女子，在太平间的冰柜里待了 11 小时后开始活动，然后回家喝了点热汤暖和身子（BBC 2014 年报道）。最险的也许要数一名委内瑞拉男子，他醒来时躺在病理医师冰冷的工作台上，正要和一把解剖刀亲密接触。他悲痛的妻子原本是来认领遗体的，看见等在过道里的他目瞪口呆（路透社 2017 年报道）。

† 科塔尔综合征，又名行尸综合征，是一种罕见的妄想障碍，患者认为自己死了、内脏都没了或身体正在腐烂。有一个早期病例，患者要求给自己穿好衣服入殓。那是 1788 年，家属别无办法只能照办，甚至替病人办了一场假葬礼，但病人仍不罢休。躺在没开口的棺材里时，她还在抱怨裹尸布的颜色搞错了。

接受过电休克治疗，但已经是很久之前的事了。

她叹了口气："本，少看电影，多读教材。休克治疗仍是精神科最有效的疗法之一，效果比用药快多了。她要是再不喝水就会死。怎么你还有更好的法子？有什么新的精神科妙招没告诉我？"

我望向地板，不响。

"她运气不错，切莱蒂医生同意把她作为紧急病例，插到今天的ECT名单里。"她见我还是一脸茫然，说，"你应该去观摩。不，你应该亲手做一回。反正你的培训计划里本来就有这项。那样到了年末我才能签你合格。先给她验血。在向日葵套间，顶楼，下午5点。"

周日才把人隔离，周一就做电休克。到周二我该给人动水刑了吧。

我不情愿地到诊室里取了几个采血瓶、几根针头和一根止血带，然后乐观地到食堂找起了格拉迪丝。食堂里，病人们沐浴着春日的阳光，坐在固定于地板的餐桌旁，正用塑料刀叉进餐。门口有工作人员来回巡视，确保病人都在安静自觉地吃饭。病人还要尽可能保持"正常"，他们知道一旦行动出错，比如试着用叉子喝汤、在吐司的两面都抹黄油或是吃香蕉前忘了剥皮，都可能被报告给格利克医生，被延长住院时间。唯一的声响来自几位打饭的食堂阿姨，加上一个新来的躁狂病人，他还没搞明白这里的规矩，吃两口就唱一句"铃儿响叮当"——现在才4

月份。但没有格拉迪丝的影子。

我穿过食堂来到她房间。只要能说服她吃饭喝水，电休克就可以取消了。水壶烧开了，我开始寻思，用电流击打我们两耳之间那团 1.5 公斤的冻冻，究竟能治什么病？

"我能进来吗？"我两手各端着一杯茶问她。我放下茶水，又从两个后裤袋各取出一只包了塑料纸的三明治。"我这是来做客房服务啦！"

格拉迪丝仍保持着 20 分钟前的姿势丝毫未变。真是教科书一般的紧张症。

"我应该正式介绍下自己，我叫本杰明，这儿的一名医生。"我说着拖了把椅子过来，"有火腿西红柿和奶酪西红柿的，你喜欢哪个，格拉迪丝？格拉迪丝？"

我换了一种方法，喝下一大口茶水，咽下后满足地"啊……"了一声，就好像在哄骗一个幼儿喝尤糖果汁饮料（Fruit Shoot）。

然后我又故意沉默下来，大部分人都受不了周围一片死寂，会忍不住打破它，比如在电梯里面吹口哨什么的。不过也许这样对她的压力太大了。我放松下来，坐回椅子，眼望窗外，盘算起今天下午的安排。

我敢于抱着良心反对吗？还是就像那项臭名昭著的研究的参与者一样，*一味地服从身穿白大褂的权威人物，电击她的脑

---

* 20 世纪 60 年代，斯坦利·米尔格拉姆（Stanley Milgram）探究了"服从"（转下页）

子，这套宇宙中最灵敏的计算机系统？

十分钟后，想到原本已经落下的病房工作，我放弃了。"好吧格拉迪丝，我不来烦你了。"我说着拿起给她的那杯凉掉的茶，"三明治就留下了，万一你饿了可以吃。"这也勉强算是一种结果。

"死人不吃东西。"她小声说道。

我重新坐下，试着向她内心理性的一面发出呼吁："格拉迪丝，你女儿说，你从前是生物老师？"

"一直教到退休。"

"我爸也教过一阵子生物！"我想套套近乎，可她脸上毫无波澜。老实说，老爸的故事也并不高明。"你教生物，也就是研究活物喽？"她点点头。"可你要真是死了，你又怎么解释现在跟我说话呢？"

这个问题让她思索了一阵："一定是你也死了。"

原来如此啊！看来我着实前途堪忧，死了还要为 NHS 工作。

我彻底死心了，给她扎紧止血带，从她纤细而蠕动的静脉中挑了一根，将针头刺入，深红的血液涌入针栓。在等待采血瓶进血时，我寻思自己莫不是在做一个怪梦。可当我离开格拉

(接上页)能否解释平常人为何会做出像纳粹大屠杀那样的暴行。参与者在研究中扮演"教师"，并向一名被绑在电椅上的"学员"提问（其实"学员"是一名演员，他身上的电极也没有真的通电）。每当"学员"给出错误答案，一名身着白大褂的"实验员"就命令参与者对他施加电击，且电压不断增加，从 15 伏一直加到了 450 伏。纵使演员怎么哀求、惨叫，直到后来不省人事，所有参与者都把电压增加到了 300 伏，这是致命电压 450 伏的 2/3。

迪丝的房间，我攥着的小玻璃瓶却是对现实的可喜证明。我能在瓶子里看见她深红色的血。而且我的手心也感到了血的温热。

现在连我都吃不下食堂的饭菜了。每看向三明治里的虾肉，我就看到它微小的大脑。傍下午5点，我过去向日葵套间，房间的名字用可爱的 Comic Sans 字体标在门框上方。

在刷着玉兰色墙面的等候室里，收音机放着古典音乐，格拉迪丝坐在一张病床上，穿着一件 NHS 病号服。马路对面主院区过来了一位干练的麻醉医师，穿着刷手服和手术靴，正试着给格拉迪丝插静脉导管，但格拉迪丝却向他解释自己体内没有血管。看着麻醉医师为难的表情，我觉得他挑选这门让病人入睡的专业是有原因的。

病床另一侧，一名正在查阅清单的护士抬头望向我。"切莱蒂大夫正在苏醒室做准备。"她说。

"进来进来！"里面一个矮小生动的男人向我招呼，他正热切地在一台烧烤架大小的电疗挛治疗机上摆弄开关。我有点意外，机器上竟没有"高压电危险"的卡通贴纸。似乎是为了补全"疯狂教授"的形象，他还有一头狂野不羁的乱发，仿佛自己也刚刚接受过电击治疗。

"你一定是本杰明吧。"

"是的，你好，切莱蒂大夫。"

"谢谢你给她做了检查，血的情况还不错！"他兴冲冲地说，

"有点急性肾衰竭,但也不意外,毕竟这可怜人干巴得就像一张纳税申报单。格利克大夫说,是你主动想做这一例的?"

我可绝对没这么说过。

但是我正在扮演热衷学习的规培医师,于是没有否认。

他就像电器行(Curry's)里一个亢奋的导购员,自豪地向我展示了最新型的引线、屏幕和电极。他已经开好处方单,上面写的不是药物名称和多少毫克的剂量,而是电流强度和持续时间。

"我们开始之前还有什么问题吗?"切莱蒂大夫说。

"我问的这个大概有点蠢:ECT是怎么起效的?"

"这个谁也不知道。"他苦笑着说,"这是生命的一大谜团,但有点像是把死机的电脑关了再重启。"

哦,原来这么高科技。

"知道ECT的历史吗?"他问道。

我摇摇头。

"'休克疗法'起源自古希腊人特别是希波克拉底的一个早期观察:发疯的人会在一次癫痫发作之后有好转。于是在20世纪30年代末,医生就开始试着靠人工手段主动引发癫痫,先是用化学品,然后用电。发展到现在,就是我们这样了。"

"哦哦,明白了。可是,唔,怎么会有麻醉医师在这儿?"

他不解地望向我说:"当然是为了实施全麻啊。你不会认为咱们要给人醒着做ECT吧?"

我不想承认，直到此刻，我对电痉挛治疗的全部知识都来自电影《飞越疯人院》。

"最早病人确实是醒着做 ECT 的，但后来麻醉发展了，就可以让病人先睡过去了。"他摇摇头，又追加了句，"老天，这又不是旧社会。"我以为他要说"旧石器时代"来着。

他把机器推过苏醒室的双扇弹簧门，停在了格拉迪丝的脑袋后方，然后接入墙上的插座。

麻醉医师将格拉迪丝的身体放平，给她戴上氧气面罩，接着又注射了一针肌肉松弛剂。切莱蒂大夫悄悄告诉我，这是为了使她浑身瘫软，以免癫痫发作时造成"不必要的骨折"。再接着麻醉医师又注入了乳状的麻醉剂丙泊酚。"椰林飘香来喽。"他说，这句笑话在综合性医院可能会引出礼貌的微笑，但我们这位病人并不搭理。见病人没有反应，他又补了一句："想象你在一片白沙的海滩上放松休息，我们半小时后见！"

格拉迪丝失去了意识，我们在水槽边用几块烂糟糟的粉色手术皂洗了手，切莱蒂医生吹着口哨，就像一名工匠要替人翻修阁楼。

"本杰明，有些学医的说他们绝对不干精神科，因为在这里救不了人命。但就在这个 ECT 套间里，我救过几百个。"他用纸巾擦干双手，接着补充了一句，"推车上有牙垫，可以防止她在癫痫时咬伤舌头或者咬碎牙齿——对，就是那个。"

我撬开格拉迪丝干枯的双唇，把这个橡胶零件安放到位。

"行了都妥当了……本杰明,贴电极吧!"

我犹豫了:我真的要这么做吗?

"最好在丙泊酚失效前搞定哦。"麻醉医师边挖苦我,边用球囊面罩为病人通气。

我感觉周围局促起来,我的手肘似乎撞上了病床边的其他人。我们挤得太近,我都能闻到麻醉医师呼出的咖啡味了。

"本杰明?"切莱蒂大夫叫了我一声。

我听从他的吩咐,努力稳住颤抖的双手,将电极贴到了格拉迪丝的太阳穴上。收音机里仍在传出钢琴和浪漫弦乐混出的不和谐音。接着切莱蒂大夫按下了红色按钮。

我等待着火花四溅,电力在空气中划出之字,病人双目圆睁、剧烈痉挛、紧闭的牙关咬断木勺的场面。但这些并没有发生。格拉迪丝只是把眼闭得更紧了些,仿佛是不小心冲进了洗发水。她的牙床切进了胶制牙垫。她的身子僵直了,但并未痉挛。通电不到一分钟就结束了,她的躯体随之在床上松弛下来。广播里的管弦也轻了下去,空气中浮起片刻宁静,接着那位古典调频音乐主持人的甜美嗓音又开始絮叨。

切莱蒂大夫打印出了一张脑电图,上面显示着格拉迪丝的脑波活动,他得意地将图纸举起来说:"看看这个,多漂亮!大伙干得好!一次完美的癫痫!"

我以前从来没庆祝过癫痫,对相关的礼仪也不熟悉。我应该鼓掌吗?护士和麻醉医师干脆地将格拉迪丝推进苏醒室,等她在大脑的 Ctrl+Alt+Del 重启后苏醒。

"她没事吧?"我问切莱蒂大夫。

"应该没事。"切莱蒂大夫说,"她大约 15 分钟后醒。"他扫了一眼墙上的时钟,快 6 点了,"你早点下班吧,本杰明,我来填表写文书。然后由我们把她送回病房。"

回到家,公寓里就我一人。我之前和山姆清空了所有纸箱,东西都堆在起居区,我俩的卧室也理好了——他那间没花多少工夫。

我最近在读社会学家安德鲁·斯卡尔(Andrew Scull)写的《文明中的疯癫》(*Madness in Civilization*),为考试中的"精神病学史"模块做准备。我在书中读到,人类的痛苦经历是历史长河中不可避免的常态,可是我们要怎么用概念描述它,怎么称呼它,又怎么试图管控它,这些都已经变了。

对疯癫(精神疾病的旧称)的治疗曾经包括:在脑袋上钻洞"放跑"邪灵;把病人关进笼子浸入冰水直到几乎溺死,好把他们从疾病中"吓"出来,就像在治打嗝;把病人绑在一张转椅上飞速转动;摘除身体部位如牙齿、扁桃体、结肠和宫颈,这些据信都是会感染疯癫的病灶;给病人注射氰化物、疟疾或巨量胰岛素以引发昏迷;将一件类似冰锥的锐器插入眼眶把脑子搅成糊糊。在当时,以上每一种疗法都被奉为神奇妙方。发明额叶切除术的埃加斯·莫尼兹(Egas Moniz)甚至在 1949 年领到了诺贝尔医学奖。但其这些疗法都被夸大了好处而淡化了害处，如今皆已废除。只有电痉挛保留了下来，但争议也不少。虽然有一些证据支持其功效，但我也读到过，说许多病人在接受"假 ECT"之后也有好转（先将你麻醉，醒来后告诉你已经做过电痉挛了，但其实没有；相当于安慰剂）；还有令人略感担忧的是，支持 ECT 的研究，自 20 世纪 80 年代以后始终没人重复出来。它的批评者还举出了其长期危害，包括头痛、记忆减退，最坏的情况还会造成持久的脑损伤。

"今天有什么趣闻吗，本吉？"山姆一进家门就问我。

将一台人肉电脑关上了再打开？这么说好像太粗暴了，连我都尴尬。加上我对今天的事还没有形成确切的感想。我不由想起了另一个在复习备考时学到的概念："邓宁-克鲁格效应"，这是一个令人不安的现象，意思是你学得越多，反而会觉得自己懂得越少。

在历史上的许多时刻，精神病学家都以为自己的做法是对患者有益的，然而日后这些做法都被揭示为伪科学，甚至更糟，干脆就是野蛮行径，一想到这个就令人发怵。

我啪的一声合上书本。难怪大家只看电视。

"谈不上有趣。"我说，"我们来看《与我共进大餐》（*Come Dine With Me*，真人秀）吧。"

山姆一屁股坐到我身边的沙发上，去开电视。遥控器不灵，他在手上用力拍了几下，拍好了。我心想要是明天格拉迪丝没有好转，是否也要用这个法子。

翌日早晨，我径直去了格拉迪丝的卧房。没人。糟了。
我冲进办公室问道："格拉迪丝在哪儿？"
布莱欣从昨晚的入院记录上抬起头说："你也早，她在食堂。"
"什么？"
"格拉迪丝在食堂。"
"她在那儿干吗？"
布莱欣疑惑地望着我："你觉得呢？"

我顺着培根的香味，沿过道来到食堂。一列病人正在电磁炉前排队，领取热粥或现制热早餐。边上是一碗没人动的水果。

一边独自坐在桌旁的那个挺拔背影不是别人，正是格拉迪丝。穿回了粗呢大衣的她看起来依然羸弱。但她面前纸杯里的苹果汁已经几乎喝完，餐盘上除了剩下一点湿漉漉的焗豆子之外，也都吃干净了。

单一病例研究很难证明ECT"有用"，未来在黄水仙病房里，我还将目睹许多它毫无作用的例子。但它对格拉迪丝奏效了，至少暂时如此。没人知道原因，但既然进了这门神秘专业，似乎什么办法都要拿来试试。首先，不要伤害；第二，尽量做点好事；第三，一定要输入诊断代码，让信托能拿到钱。

05　安东

一名接待员把脑袋探进格利克大夫光秃秃的办公室:"你两点钟的病人刚取消预约,说他房子跑水了。"说完就没影了。

"好的,本。"格利克大夫难掩喜悦地说,"我正好处理几封邮件。"她打开收件箱,我记得里面还有 6 万封没读。

在黄水仙病房工作几个月后,她让我观摩了几次她的门诊。我手脚变麻利了,每天都要接待新入院的病人,记录他们的病史,给他们做精神状态检查(MSE,好比心灵的车辆年检),还要查体并验血以排除任何器质性病变。接着我会选择一个诊断名目,将合适的"聚类"输入系统,这实际就是将范围广大的人类体验化约为一个简单代码,其中包含一个字母和若干数字,然后格利克大夫就可以开展治疗了。

病人如同加工线上的水果,区别是水果上贴的是"苹果""橘子""香蕉"等小标签,而我们这里的畅销货是精神分裂、双相、抑郁,以及情绪不稳定型人格障碍。

格利克大夫教导我,窍门是看有没有关键症状,比如心境低落还是高涨，有无幻视幻听，有无被害妄想或夸大妄想。还有不能陷进病人的所谓"个人病史"，其实就是他们的人生经历。

现在的我，值夜班时能更自信地独自评估病人了。我越来越善于用创造性的办法将患者拒之门外，以此取悦上级，什么邮政编码错误啦，身体太差不能住精神病房啦，病人可能"只是"有人格障碍啦，还有病人只是像有精神疾病其实是在吸毒酗酒啦，等等。我只收到过一封住院部主任医师写来的粗鲁邮件，指责我"不恰当地"收治了一个流浪汉，此人谈吐完全正常，只是我不忍心半夜1点把他踢到大街上。不过我迄今最大的成就，是不久前说了一个段子，差一点把布莱欣都逗乐了。

我还和我们病房的食堂阿姨建立了良好关系。也许是出于健康、安全或保险的考虑，医院里每年要浪费6000吨没人碰过的饭菜，不准医护去吃。而我来之后，病人午餐的剩饭菜就不再统统丢掉了：我说服了食堂阿姨将装满食物的外卖盒小心地堆进一只干净垃圾袋，等我有空的时候来大快朵颐。有时她们会在离开病房时冲我挤个眼，就好像我们是电影《十一罗汉》中的人物，正在盗窃赌场金库。我一天中的高光时刻，往往就是享用一顿免费的"垃圾桶午餐"，一气吃下四块蔬菜馅饼、土豆泥、豆子、海绵蛋糕和巧克力酱，或是当天菜单上的任何东西。

这种对于粮食的悍然浪费，外加医院里开到最大无法关掉的暖气，使我对气候变化无法感到安心：洪水、干旱和野火等自然灾害已经是新闻中的常客，我们这儿还在这么糟蹋。不过我或许不必担忧 NHS 的环境足迹——为了兑现某个"绿色计划"的承诺，我们这个信托刚在它的电子邮件页脚里加了一片叶子。

看到格利克大夫在她的电邮中艰难跋涉，我趁机从外衣口袋中掏出《牛津临床精神病学手册》（*Oxford Handbook of Psychiatry*）研读起来，它的书页已经很破旧，页角也打了卷。

"你读到哪儿了？"片刻后格利克大夫问我。

我抬头答道："精神病诊断系统。"

她眉毛一挑，手上打字不停："我还是指望你跟电影学吧。"

这是格利克大夫在说笑话吗？

我们这里和英国其他医院一样，采用的都是 ICD–10，即"国际疾病分类第 10 版"，它给每一种病症包括精神疾病都编了码。所有疾病都收录在内：糖尿病、精神分裂、肺源性心脏病，全部编成了字母加数字的代码。其中所有精神与行为障碍的代码都以字母 F 开头，叫人不知是不是代表 fuck 那个脏字。*

这也意味着，在接待一个病人后，我绝不能单单写下"抑郁"。我还要断定他是轻度抑郁发作（F32.0）、中度抑郁发作（F32.1）、无精神病性症状的重度抑郁发作（F32.2）、有精神病性症状的重度抑郁发作（F32.3）、非典型抑郁（F32.8）、未特指的抑郁

---

* 不要将其与所谓的"精神科圣经"，即美国《精神障碍统计与诊断手册》（*DSM*）混淆。一些精神科医师会根据在临床实践中看到的现象，率先将各种病症录入此书。1952 年的 *DSM*–1 收录了 106 种障碍，到今天的 *DSM*–5 已经膨胀到了 400 多种，宛如某种"沃尔玛商品名录"，刊登着人类精神痛苦的所有品牌。使人略微警觉的是，最新一版的编写者中，69% 都与制药公司有经济往来。

发作（F32.9），还是复发性抑郁障碍（F33）。

在医学院念书时，我曾经纳闷为什么现代医学坚持采用这套技术性极强的语汇，非要把病人哄得晕头转向才行，后来我才意识到这正是这套语汇的功能之一。当医生下的诊断是"同步膈肌颤振"而非"打嗝"，我们就更容易对他肃然起敬。

"我们能快速复习一下治疗方法吗？"我试探性地问道。格利克大夫按下鼠标，电脑"嗖"一声寄出了邮件，然后她转过身看我。一封处理了，还有59999封。

"来吧。"她说。

"F32.0……"

"抑郁发作。临床抑郁症的首要疗法是'选择性血清素再摄取抑制剂'，简称SSRI。研究认为它们的起效机制是纠正脑内的化学失衡。"

我心说很有道理，于是老实记下了她说的这种机制："我如果在社区工作，有权给病人开SSRI吗？"

"你是医生，开药是你的职责。"她说，"如果不能开药，你比心理咨询师又强在哪儿？"

我还没意识到，心理咨询师与精神科医生双方还处于对战状态。语言对战化学武器。我妈对战我。

"这个拿去。"格利克大夫从第一格抽屉里取出一件东西递给了我，"之后的工作肯定得用上。"

收到我自己的精神科处方笺是一个重大时刻，就像第一次在脖子上挂上听诊器，或者在你的银行卡上看到"博士"字样。

我翻着处方笺的一张张薄页微笑起来。处方单是绿色的，是生命和成长的颜色，也是漫画里钞票的颜色。

我照着吩咐出去叫了"两点半的病人"，他叫安东，是一名22岁的艺术研究生，全科医生把他转来时附了一份症状清单——医生能提前知道症状总是开心的。这也是为什么病人绝不应该在谷歌上搜症状——那样会使医生的工作成为重复劳动。

安东坐在候诊室里，肩膀前扣，头也用帽子盖着。我叫出他的名字，他在过道里拖着磨损的匡威运动鞋慢吞吞走了过来。到了格利克大夫的诊察室里，安东褪下黑色连帽衫的帽兜，露出染成粉色的头发，此时已经显出了新发根。

"怎么了？"格利克大夫问。

安东说他对工作丧失了兴趣，对其他事也打不起精神。他还刚刚和男朋友分了手。

"我前几天又见了他，本以为自己已经放下了，"他主动说起来，"可是接着我就明白，就像坐在一列停靠站台的火车上，满以为是自己在前进，但忽然意识到是边上那列车在动。"

格利克大夫点点头，没空理他的比喻。"你现在感觉如何？觉睡得着吗？有没有开心的事情？"

"我感觉很糟……睡不着……也没开心的事。"

"吃饭呢？"格利克大夫接着问。

"也不怎么吃。倒是想过喝一升漂白剂。但大概不会真喝。"

"知道了。"格利克大夫伸手拿出处方笺,"这些药要每天吃,两周后来复诊。本会带你出去的。"

等我回到诊室,格利克大夫边在电脑上打字记录,边问我会怎么诊断。

换作不久以前,安东还会被诊断为"同性恋",接受厌恶疗法甚至化学阉割。感谢时代进步,1973 年"同性恋"从 DSM 中删除了,但这仍在令人不安地提醒我们,我们在精神病学中使用的词汇并不完全是硬科学。

"抑郁障碍,很可能是中度。"我答道。

"为什么呢?"

"因为病人有两项核心症状,还有一些生理症状。典型的表现是普遍的心境低落,睡眠困难,注意力涣散,丧失乐趣,丧失胃口,有自杀意念并考虑过手段。这些都已经持续了两周以上。"我将课本上现学的东西原样"吐"出。

"那你会怎么治疗?"

"用一种 SSRI,比如你开给他的 20 毫克氟西汀。"

"要是两到四周后还不见好转呢?"

"那就增加剂量。如果加到了最大剂量仍不好转就另换一类抗抑郁药,或者根据指南增加米氮平或文拉法辛。"

"很好。"她说。这句来自老板的稀有称赞令我自豪:我终于开始慢慢掌握精神病学的诀窍了。

不过我的内心有一部分仍在怀疑：安东真是脑子出了故障，还是仅仅在经历爱情天然的起起落落？他这样子显然就是GCSE（普通中等教育证书）英文考试里莎士比亚对爱情的描写，要不就是罗密欧与朱丽叶也患有未经诊断的重度抑郁症，代码F32.2？

"唔，格利克大夫。"我开口想要问她。

她推开键盘，抬头看我："怎么了？"

就在这时，接待员的头再度从门口探了进来。我们的"3点钟"已经在等了。

有时候人生本身就够复杂了。我说了句"没什么"，然后出门去领下一个病人。

两周后的礼拜五，病房里安静得出奇，我又趁机到诊室观摩格利克大夫接诊。这一次，安东的脑袋在候诊室抬得高高的，和我对上视线后，他一下从椅子上蹦了起来。

"感觉怎么样，安东？"诊察室里，格利克大夫手握着笔问道。

"我现在挺好，比之前好多了，谢谢。又睡得着，吃得下了。想法也积极多了。"

"还想喝漂白剂吗？"

他听了大笑，想到两周前自己的滑稽样子直摇头："那东西我都倒进下水道了。"

"太好了。"格利克大夫说。她和我对视一眼，让我感觉这场胜利是我俩共同创造的——事实当然是,药物占了最大功劳。

"好了,我看我们已经帮不上什么忙了。接下来给你转回你的全科医生那里。我会要他继续给你开药的。"

我陪着这位心满意足的客户回到过道,感谢他允许我观摩这次问诊。

"我学到了很多。SSRI对你这么有效可真好。"我夸张地说。

"S什么?"

"抱歉,我是说抗抑郁药,就是格利克大夫开给你的那些。"

或许是相仿的年纪使安东对我格外信任,又或许是两个男人之间较少拘束,抑或是在格利克大夫那间传送带似的诊室里,他根本没有机会说出心声。

"哦,那些我都没吃。"他讪讪地说。

"啊?可你看起来……大不一样了?"

"大概是因为我和前任复合了吧。"他说着咧嘴笑了。接着他走出医院的玻璃大门,去和外面抽着卷烟的男朋友团聚。

我目送他们手牵手离开,想起了我向来不太明白的那句伏尔泰的话:"医学的技艺就是取悦病人;大自然会治疗疾病。"*

---

* 说起来,许多精神疾病都有"复发和好转"的性质,也就是说它们会来了又去。有个统计学概念叫"均值回归",就是平均而言,出现某些异常的病人往往会自行好转。比如,帕斯特纳克(Posternak)发现,即使不做治疗,85%的重性抑郁也会在一年内消失。因此,如果在这段时间里引入某种药物(并且真的服下),就会使人错误地断定是治疗产生了效果。这有点像玛雅人献上人祭取悦众神,却不知即使他们不把那可怜的活人剖腹取心,太阳也会照常升起。

回到办公室，格利克大夫正在打转诊通知书给安东的全科医生。"本，你来说说氟西汀在安东脑内的作用机制？"

"呃，其实……"我刚开了个头，她的脸就沉了下去。我看得出她在忧虑：或许这个病例并不像我们打发的这么简单？

我不想节外生枝，加上我还需要格利克大夫签我合格，让我能进入下一年的培训。反正安东已经好转，至于为什么好转我想并不重要。

"他的心境改善可能是因为突触内的单胺类神经递质水平增加了，主要是5-羟色胺。"这么回复肯定比"他和男朋友复合了"听起来像样。

"很好，沃特豪斯医生。"她恢复了镇定，"你的谈吐越来越像一名真正的精神科医生了。"

在我骑车回家的路上，心底积压的想法纷纷涌了上来。

我记起念医学院的时候，我告诉过一位心脏病学教授我想当精神科医生，他说："你想当个挂着听诊器的社工？"

直到现在我才明白他的意思。我在极短的职业生涯中也见了许多病人，他们的状况，除了用所谓"精神疾病"来解释，也可以说是生活遇到了难题。

安东的难题是与恋人分手，其他人是工作压力、贫困、反社会的邻居、糟糕的住房、亲人去世、孤独、没有机会或目的或希望，或是缺乏充实生活的必需要素。

有时我也怀疑,那些听起来医学味十足、我被迫要输入无数张表格的诊断、聚类和代码,能不能老老实实地替换成"NFI"(no fucking idea,鬼知道)、"SLS"(shit-life syndrome,日子糟糕综合征)或者"PNA"(pretty normal actually,特别正常)。但没人有时间去探究别人的生活,社保体系已经跌落神坛,无力改善民生,更周到的治疗轻易也无法获得,我又怎能苛责不堪重负的全科医生或精神科医生?他们感到必须"做点什么",然后用不到一分钟的时间开出一张SSRI处方,这不是很自然吗?

我到家时收到了纳菲莎的一条消息:"还活着吗,还是被病人用一杯热巧克力烫死了?"

糟糕,我白天说好了下班要去和几个规培医生到酒吧碰头的。我回了条消息向她道歉,并保证下次一定去。

"那你还好吗?"她又回了一条。

我对自己选中的这门专业产生了根本的信仰危机,怀疑自己是否铸成了大错。我生怕自己成为又一个"野蛮"的精神病医生,站到历史错误的一边,而我今日份的忧虑,是有时候精神病学是否错误地将日常生活当成了需要自己治疗的疾病?

我在手机上寻找着能够完美涵盖这一切的表情符号。但是我终于放弃,只回了一个绷紧的肱二头肌过去。

06 贝琪

这个周末不值班,于是我北上去看望我的奶奶贝琪,和我妈常挂在嘴上的说法不同,她绝对不会马上就死。对此她自己也很失望。

"你爷爷去哪了?"奶奶又一次问我。

我犹豫地望向几张黑白照片,上面正是她已故的丈夫,胸前还佩着那些海军奖章。我爷爷是那种老派的暴脾气,随时都会发作。参与第二次世界大战的经历并没有使他平和,对那场战争他也从来不说。他去世前,我们一起去探望他时,我妈会从汽车前座伸手过来,亲昵地捏一把我们的大腿,然后还会说:"小伙子们,记住不要提战争、放假和同性恋。"爷爷动辄因为一些无伤大雅的小事敲打我们的后脑勺,比如反戴棒球帽。我5岁时第一次学骑自行车,只因为没能在他从花园里收集的几根藤条之间S形骑行,他就拾起一根藤条抽了我的脸。他心气很高,性子又暴,但也有着一副慷慨的好心肠。他曾因志愿服务当地社区获得员佐勋章,而且他毕竟教会了我骑自行车。我觉得我爸就继承了他的实干精神,还有他的体格。

我以前总提醒奶奶说,爷爷已经去世了,但她已经患了痴呆,结果一天悲痛二十次,并且第二十次和第一次一样伤心。她的悲伤和短暂失去伴侣的安东同样强烈。再这么提醒她似乎是一种不必要的残忍了,于是近来我改换了策略。*

"他应该是出门买牛奶去了。"我说。她再问,我就说爷爷在四处闲晃干干杂活儿、晾晾衣服、寄寄信什么的。

"哦,他可真是好人。"她说。也许爱情真有他们说的那么伟大。

前不久,她难得兴奋,结果呛住了,护工好心地打了急救电话,救护车一路蓝灯将她送进了医院。我妈总以为奶奶离死不远了,但她又似乎坚不可摧。

现在的她一如往常,裹着毯子坐在轮椅里。中风后的肌肉将她的四肢扭成不自然的姿势,她的屁股老是动个不停,想要找到那个她已经找了20年的舒服体位。

"你最近怎么样?"她第无数次问我。

我用缺了边的王室庆典杯子抿了一口茶,杯子的把手是用强力胶粘上去的。"还那样。你上次送医院后情况怎么样?"

"上帝嫌我不够努力,又把我打发回来了。只有好人能年纪

---

* 不同于精神科的大多数疾病,阿尔茨海默病和血管性痴呆的病原学(原因)和病理学(疾病进程)都是已知的,其影响也可以在头部扫描和脑部尸检中看到。但可悲的是,这些知识无助于痴呆的治疗。

轻轻就死掉，本吉。"说话间，她冲我顽皮地一笑。

"那你可永远死不了了。"我配合地接住她的噱头。

因为探望过太多次，我几乎能一字不差地知道我们的对话会如何进行。她在上次呛到之后也说了这句笑话——中风常会麻痹你的吞咽，不单是四肢。中风对记性也没好处。

我为她添茶的时候，她会说"加双份威士忌"，但实际上她滴酒不沾，还曾在派对上把葡萄酒倒进花盆。然后她会问我有没有遇见意中人，当我说没有，她又会打趣说："你的好时候已经过去了，24 岁了，没人要啦。"然后我会再告诉她，如今大家不一定和 18 岁认识的第一个对象结婚了。我不会提我几年前就不是 24 岁了。跟着她又会问我："医学学得怎么样？"当我提醒她我现在专攻精神病学，她便会抛出金句："你妈已经混成这样，你怎么还相信那套鬼扯？"

奶奶中风的部位是额叶（通常是主宰自控或说"抑制"的脑区），这带来一个小小的好处，就是她过去可能藏在心里的那些念头，现在都不藏着了。*对于大多数人，"抑制解除"就是在酒吧爬上桌子跳舞，而对于我奶奶，则是对别人说"你长胖

---

* 1848 年，美国铁路工头菲尼亚斯·盖奇（Phineas Gage）成了"神经科学的开创者"，因为一场事故，一根铁棒扎穿他的头颅并从另一端飞出。他奇迹般活了下来，但因为额叶大片被毁，朋友们都注意到他性情大变。由此也产生了目前公认的一个观念：不同脑区行使不同功能（大概安全帽的使用也是那时兴起的）。

了"——对我则是说"你变秃了"。她现在还会肆意散播家族秘闻。她和我的外公外婆是朋友,所以我爸我妈才会在14岁成为初恋,她也因此对老妈家的情况十分了解。"你知道吗,你妈6岁就第一次看精神科了?好像是因为难过吧。和她姐姐的关系一向不好。"

每次我向老妈提起此事她都矢口否认,还说奶奶痴呆了净说胡话。

"这是家族遗传。"奶奶会接着说,"她祖母也是在精神病院死的。"

这一点就连我妈也不否认。她那位爱交际的祖母之所以被关进医院,是因为有几个精神科医生认为她"无法管理",到后来甚至用手杖袭击了别人。我问老妈怎么从没跟我说过这个,她说"你没问嘛"。

如果说我家有什么家训的话,那一定是"你没问嘛"这几个字。或许还要写成拉丁文"Non Postulasti",免得别人打听。你只有直接发问,才可能知道任何家族秘闻——当然前提是你得到的是如实的回答。

我又望向奶奶,她仍然扭个不停,还在寻找那个舒服的坐姿。我爸一家对于他们这边的精神疾病有些遮遮掩掩,但说还是会说的。我小时候要是有怪异举动,家里人就会威胁"送你到圣尼克(St Nick's)去"——那是纽卡斯尔的一座现代精神病院,前身是维多利亚时代的一座疯人院——就像一些恼怒的母亲看到孩子不吃光绿叶菜就扬言要把他们脑袋塞进烤箱一样。我们北方人教育孩子就是这么扎实可靠。

我的家人不是个个都待在了精神病院上锁的大门外面。就在已故爷爷的照片旁有一张我爸小时候和他弟弟的照片,是两人在恩布尔顿(Embleton)的海滩上过暑假。我那位古怪的叔叔托马斯不知是什么原因,在沙滩上还穿着全套校服。这个爱恶作剧的男人也喜欢冒险,一次他和几个朋友一起,从多佛划小船到了法国加莱。他后来上了约克大学,20多岁成了一名建筑师。一年春天,他突然毫无征兆地试图把车开下一座桥,认为有拷打者在后面追他。幸好他在事故中活了下来,但急救医生很快就猜他精神并不完全正常。他被隔离,住进了一家精神病院。他后来又多次被长期隔离,第一次时我爷爷拒绝前去探望,甚至不认可他精神分裂的诊断,宁愿相信托马斯只是"那天心情不好"。于是,我奶奶只好独自去看儿子,看他的还有我爸,托马斯叔叔第一次住院了六个月,老爸几乎每天都去。

我和弟弟们从小就觉得托马斯叔叔少言寡语。他有时会陪我们踢踢足球。坐在沙发上的时候,他总是时不时地摇晃脑袋,我现在知道那是他吃的抗精神病药的一种副作用。我们那时就知道他偶尔会回去住院,医院会将460伏的电通进他脑袋。

一如所料,谈到某处,奶奶就会转移话题,她会凝视我的双眼,说希望我能帮她解脱苦难,因为她的官能已经"开始"失灵了。这时我会紧张地打个哈哈,说我做不到,因为我会很想念她。然后她又会说："如果我是条狗，你早让我死了。"这一句我到现在还不知怎么作答。

痴呆症无法治愈，法国的医保体系已经不再资助抗痴呆药物，因为它们收效甚微。现在吃再多的鱼油、玩再多的数独，也无法挽回我奶奶了。痴呆只会不断进展，病人和家属只能眼睁睁看着大脑残忍地关机。

因为这个，我有时也会幻想怎么帮奶奶解脱，要么搞到必要的药片组合，要么干脆蒙一只枕头在她脸上。但即便我下得了这狠手，家人们也不会个个谢我。再说我还会坐牢。*

那么"自愿安乐死"又如何呢？也就是消极旁观，任凭自然带走病人。譬如又有一块肉走错了路，再次掉进她的气管，而我站在一旁什么也不做。

幸好，这是我在现实中不太需要担忧的道德两难。因为当那位总是乐呵呵的匈牙利护工丽塔送来我奶奶的烤肉晚餐时，她已经完全把烤肉打成了一团绿色、米色、棕色混成的肉泥，宛如一杯周日午餐果昔。

"丽塔这么做是因为前几天我呛住了你知道吗？"奶奶说。

"我知道的，奶奶。"

一旁的电视嗡嗡作响，一个明星大厨正在烹饪我奶奶再也

---

* 瑞士的 Dignitas（意为"尊严"）机构已经开始提供辅助自杀服务，瑞士航空还登了一条略显病态的广告，宣传他们的"59 镑单程机票"。

吃不上的饭菜。

"上帝嫌我不够努力,又把我打发回来了。"她接着说,"只有好人能年纪轻轻就死掉,本吉。"

"那你可永远死不了了。"

她笑了笑:"那么,你找女朋友了吗?"

07　贾迈勒

"你们这些恶心货管这叫娱乐？"贾迈勒盯着闭路监控摄像头嚷道。他转过身，褪下裤子露出大光屁股，说要"给千百万观众瞧瞧"。实际上，看到一眼的只有我和几个同事。

贾迈勒是几天前刚收治的，他认为自己正在拍一个电视真人秀，他这种病俗称"楚门妄想"（Truman delusion）。在有的精神病房，工作人员会带随身摄像头，既记录他们自己遭遇的虐待，也保护病人不受粗暴对待。但这些闪烁的红灯和嗡嗡作响的摄像头偏偏煽起了贾迈勒的妄想，令他认为自己在拍真人秀《老大哥》（Big Brother）。这也刺激他在不久前袭击了一名护士，弄坏了她的随身摄像头。

当脑力行不通时，精神科就会以诉诸臂力。遇袭的护士激活了求救警报，结果几十名护士冲进来制服了贾迈勒，接着把他拖进了禁闭室。现代禁闭室已经取代了旧式疯人院中那些臭名昭著的"软包墙病室"，只留下一方空疏的白壁空间，旨在将过度刺激降到最低。它们是为那些特别错乱或特别危险的病人准备的。*或者精神科医生在没有更好的办法时，也可能把病人送进去。

剥夺一个人的自由，将他不仅限制在一座精神病院内，还要关进一小间只有一块床垫和一只马桶的单间，这种做法是有争议的。因此，对关在里面的病人必须日夜开展细致的检查，就像我、布莱欣和应急小组现在所做的这样。应急小组的成员由其他病房抽调，往往最是魁梧，还学习过身体约束，他们入选的标准不是软技巧，而是有肌肉。再加我一个。

格利克大夫将这个病人交由我处理，她自己有门诊要看。

我深吸一口气，最魁梧的那名护士猛地将门打开，我们一行人走入了禁闭室——贾迈勒管它叫"独白室"。这时我讲话已经不带纽卡斯尔土音，在目前的情况下大概是件好事。应急小组在贾迈勒周围站成一个半圆，再后面才是我。

"嗨，贾迈勒，我叫本杰明，这儿的一名医生。"

"得了得了，我想和导演谈。我选择退出。快把必须要签的文件给我。"

"贾迈勒，你在一家精神病院里……"

"我知道这些都是设定。就算疯人院也不能烂成这样。"

听到对这家上佳精神病院的尖刻评语，我努力压住了一丝

---

* 20世纪50年代，软包墙病室和束身衣之类的身体禁锢装置一起遭到淘汰，因为当时出现了强有力的精神药物，可以用化学手段有效约束激越的病人了。

笑容。

"我知道这个房间什么也没有,但这确实是一家精神病院。"也许我该用那片宽敞的员工停车场来加强说服力。

"得了得了,我知道你是假大夫,说的都是脚本上的话。他们连个像样的演员都请不起。制作烂,脚本烂,演员也烂。"

听人说你演的精神科医生很烂,对于减轻你的"冒充者综合征"*实在没有帮助。

为了抓住一根证明自己货真价实的稻草,我向贾迈勒展示了工牌,就是八个月前在入职仪式上领到的那张。

"这也是假的,和你根本不像,照片里的那个没你这么秃。"

我脸上发热,看向布莱欣、奥马尔和其他人。他们的面部肌肉正格外努力不笑出来。

"唔,贾迈勒,我们带来了你的药。"我结巴着说。

"我才不会吃这些假药片。它们连颜色都不对。"

布莱欣向我注视,这是一个无声的信号,提醒我该向他说明另一种选择了。

"如果你不吃药片,恐怕我们就只能给你打针了。"

贾迈勒望向护士大军。再望向他们身上以高清画质记录一切的摄像头。然后望向已经看得眼熟的弯盘,里面有一只灌满

---

* 冒充者综合征(impostor syndrome),指病态地怀疑自己的成就或地位并非应得,仿佛是在冒充别人。——译注

药液的注射器，还有一只盛着药片的纸杯子，两样必须选一样。

我不知道哪种情形看起来更可怜：是束缚一个病人并强行给他注射，还是先关他 72 小时禁闭，等他身心俱疲、明白了事态的通常走向时，再让他自己弯下腰来接受注射。贾迈勒不情愿地褪下内裤，露出我们已经相当熟悉的一对光屁股蛋。当针头刺穿肌肤时，他的脸挤成一团，接着他就倒在了床垫上。

"谢谢你，贾迈勒。你有什么想问我们的吗？"

"有啥好问？"他昏昏沉沉地说，"这里反正人人都扯谎。"

"你问我吧。"我说，"我肯定不扯谎。"

他缓缓从脸上拂去一根脏辫："如果这不是一场真人秀，那难道，这是什么混蛋的社会实验吗？"

"你这话什么意思？"

"你们这些白人医生，对我们黑人做尽了医学研究。给我们都打针，我不知道打的什么，是增白剂，还是让我们生不了孩子的化学品？"

"我们真的没那么做，贾迈勒。给你注射的是抗精神病药物，目的是帮你更清醒地思考。这和种族没有关系。"

"那为什么在这间病房里大多是黑人？病人，清洁工和食堂服务员都是。"说着他对布莱欣、奥马尔和应急小队挥了挥软绵绵的手腕，"而我见到的每一个医生，比如你和格利克大夫，都是白人？"

健康领域的不平等不仅存在于两性之间，也与种族有关。

有时许多心智正常的人不敢承认的事，要靠病人说出来：比如我后退的发际线，又比如现在这个疑问。贾迈勒现在说的全是令人不安的真相。

我脸上又一阵热。但这一次的情绪更深了，不单是尴尬，更多了羞耻。我不再去看小组成员以寻求支持。我也能感到没有人在笑了。

精神病学在种族问题上可谓劣迹斑斑：前有德国精神科医师与纳粹共谋优生项目，后有美国精神科医师将民权抗议者说成有病的"疯子"。在17世纪初，他们甚至想给争取自由的黑人奴隶贴上"漫游狂"（draepetomania）的标签，以此来解释他们要从奴隶主身边逃走的"奇怪"渴望。

即使到了现代，被精神病院收治的黑人男性仍然多得不成比例，他们被隔离的概率比白人高4倍，被诊断为精神病的概率则高10倍。[1] 他们也比白人患者更容易被束缚身体、关禁闭、送进精神加强监护病房（PICU）、强制用药并在院中死亡。

这么高的精神病诊断率并未在非洲或加勒比地区复现，说明原因不是生物性的。研究也不再认为这与生活方式有关，因为统计显示白人男性与黑人男性吸食大麻的量大致相等（其中强效大麻尤能提升精神病风险）。那么，是不是黑人群体因为历史上针对他们的丑恶做法而对公共服务缺乏信任，于是较少寻求帮助，导致他们在真的与公共服务机构接触时，会感到格外不适并需要更激进的治疗呢？还是表现为种族主义的社会歧视才是引发其精神分裂的肇因，一如其他创伤性社会事件那样？又或者是我最担心的一种情况，即精神科医师会无意中对黑人男性做出最严重的诊断，他们（我们）在心底就认为黑人对社会具有"危险性"，因而更容易对他们实施隔离或强制用药？*

"我对你们很失望，兄弟们。"贾迈勒对应急小组说。镇静剂开始生效，一条口水从他嘴边流到了床垫上。"在这里我们都是没锁链的奴隶。"

我想在关于种族的对话中尽量减少防御感。当我在禁闭评估或者员工碰头会上注意到自己是唯一的白人、"房间里的大白象"时，我无法装成"色盲"。要真不敏感才怪呢：我是在英格兰东北部的偏远农村长大的，那是全英格兰种族多样性最低的地区。在我们当地的商店里，有一次我发现连荷兰埃丹奶酪都被归进了"异国食品区"。

"贾迈勒，我承认这里的病人之间，甚至医生和其他医院员工之间存在令人担忧的种族差异。但这些广泛的社会问题多半不是我们今天能解决的。况且，假如有一个白人患者袭击了医院员工，还弄坏了她的随身摄像头，那么他肯定也要关禁闭的。所以我认为这件事和种族主义无关。"

---

* 2018年出现了一份针对《精神卫生法案》的独立评估，旨在理解医院里的大量种族差异（可惜评估报告仍被命名为议会"白皮书"）。报告的建议之一是增加非洲及加勒比族裔员工在医院高层的代表，并尝试纠正决策中的偏见。但现在几年过去，情况似乎并没有多大不同。

"我希望你是对的。"他说。

我一直在尝试融入同期的规培医师中间,于是这天下班后,我去了碧翠丝新租的公寓参加暖房派对。在公寓楼前的阶梯上,几个潇洒的时髦人正随意抽着大麻烟卷,我想让自己也显得有趣一些,于是在进去之前将衬衫下摆从裤子里抽了出来。

起居室里,纳菲莎正翩翩起舞,她一边大声唱着碧昂丝《单身女士(给我戴上戒指)》(Single Ladies)的副歌,一边冲我挥手。

"你好啊新来的,你终于来了!"她说。我示意要把在街边店买的啤酒放去冰箱,同时走向厨房。"努力享受!跟上节奏!就把自己想成另一个人!"她在我身后大声嚷道。

我平日里会尽量避开噪声和人群,就算壮着胆子参加派对,一般也会往厨房躲。我的脚趾会在鞋子里抠着,啤酒也紧握在手心,像捏一只压力球。这或许就是我儿时生活的副作用吧:那时周围只有旷野,旁人则只有弟弟。也可能我真像老妈偶尔打趣的那样,有孤独谱系障碍 F84.0。又或者只说我不善社交就行了,不必再挖别的原因。

音乐震动着公寓的单层玻璃,我不由替可怜的邻居担心起来。"这儿挺吵的哈?"我对倚着厨房台面的一个女孩说。她一手拿着一罐西打酒(Strongbow),另一手正用钥匙试图从一只小袋里抠出什么神秘的白色粉末。

"啊?什么?"

"我说这儿挺吵的!"

"派对嘛。"她开始环顾四周,寻找更有趣的对象。

她脸上的闪粉已经脏了。她努力将大部分粉末吸进鼻子,然后用钥匙尖又盛了一些递给我。

"是K粉。"她说。

我宁可喝一杯热茶,但在这次之前,我曾经因为在派对上用水壶烧开水被骂过。"我不用,谢谢。"我说,就好像我今天足足地用上了给马用的安定剂。

她耸耸肩,吸掉了给我的那份。"你做什么事的?"她问我,"就是问你工作。"

我的职业生涯虽短,却已经在社交场合遇到过这类提问,我一告诉人家我是精神科医生,他们就生怕我能读出他们的想法,就会找借口离开。纳菲莎一直告诉我要放松,要找找乐子,要试着做一回别人;而我心想,这个女人反正再也见不着了。我喝了一大口拉格培养灵感,然后任由脑子胡编了一个职业脱口而出。"当兵的。"我说。

"哦?真的吗?"

听到这个答案,谁的惊讶也比不上我自己。我的家人都是贵格会信徒,是出了名的和平主义者。

"是啊,我刚刚从……阿富汗回来。"

"哇,那里现在什么样?"

"好多土。"

她使劲点了点头。我说得越少,她对我说的每一个字就越在意。饱受创伤的战争英雄总是自带氛围。

"我能不能问你,呃,一个很私人的问题?"

"随便问吧。"我大方说道,我已经相当入戏了,或许我毕竟是能做一个有趣的人的。

"呃,你,杀过很多人吗?"

我思索了片刻,身为士兵,要怎么回答才好呢?往多了说肯定是对的。我的脑子抛出"当兵"这个假想职业多半不是巧合。这完全是医学的对立面——在医学领域,死亡人数太多通常会令人瞠目。

她仍在期盼地望着我。

我不想说得太多或者太少,于是含糊其词。

"很难说。"

她点点头,眼神充满敬意,知道不要追问。可这时我已经管不住自己了。

"大概……几千个吧。"我补了一句。

她脸色一沉。几千个肯定是说多了。她蓦地转身离开,我要是自称精神科医生她可能都走得没这么快。

我又盯上了烧水壶,这时碧翠丝的另一个朋友过来介绍自己,说她叫克莱儿。我们交谈起来,她说我好像隐隐带点口音。我告诉她我老家在纽卡斯尔,她醉吟吟地咕哝道,也太巧了吧,她三年前去纽卡斯尔参加过一个女子单身派对。我看向她身后,见纳菲莎又到冰箱里取了一瓶果汁饮料。她瞟见克莱儿,对我挤了个眼,夸张地竖了竖大拇指,又回了舞池。克莱儿告诉我她是一名时装设计师,接着自然就问起了我"做什么"。我今天已经找够了乐子,于是老实说自己是精神科医生。

"哇,那你肯定不愿和我扯上干系,我很疯的。"她说。

我想到了关着禁闭的贾迈勒。说来真不公平,像他这样的人在"精神健康对话"中鲜有发言机会;而通常主导话语的那些"高功能"人士,要么症状非常轻微,要么凭空自我诊断。

我内心有一个声音想对克莱儿说:"是吗?你觉得自己是埃及女王?或者是用自己的经血在墙上写字?还是你会拔掉自己的牙,因为你相信军情五处在你补牙的填充物里装了窃听器?"

但我只是礼貌地笑笑说:"哦是吗?怎么会?"

她告诉我她有ADHD,只是"未获诊断"。她容光焕发,脸上自豪地笑着,仿佛中了一次加勒比海全免费度假。这种情况是不是也有什么礼节?我是不是得恭喜她?但我拒绝给她一个大拥抱,告诉她这是大好消息。我知道有些人觉得我们那些不乏争议的诊断对他们有利,但把这些诊断当成时尚配饰就似乎有些变态了。

我问她具体出现了哪些症状。

"哎,我老是看手机。浏览器总开着20来个标签页。还有对那些无聊透顶的工作我总是很难集中精神。"

有时我不禁觉得,对心理健康提高"认识"固然是一个崇高的目标，但这也使得日常生活中的难题都被打包成了"精神疾病"。我明白从目前 DSM 的 400 多个医学味十足的标签中选一个来将不可取的行为病理化、合理化是多么诱人，但对于那些真正因为严重精神疾病而无法自理的患者，这么做却是在淡化、稀释他们的痛苦。像贾迈勒这样在精神病院中囚禁了数周、数月、数年甚至数十年的病人，反而不为大部分社会所知。

也可能是我已经养成了一套冷酷无情的心态，我作为 NHS 的精神科医生不断扑火，必须给病人分诊，脑力储备只能留给最严重的病例。就像面对一位急诊医生，你反复说自己有拇囊炎，能维持他的注意吗？假设我们有充足的精神科医师和充足的精神卫生资源可以共享，这一切都将不是问题，但我们没有。

"这些嘛，我也都有。"我说。

"那你也该给自己做个检查。"她说。

出于好奇，我前不久在网上试用了一件筛查工具，惊讶地得知我有"与 ADHD 相吻合的症状"，应"寻求医疗建议"。我平时常常分心、躁动，有时甚至凭冲动行事，但我觉得，与其说那是某种脑疾的症状，不如说是生活在 21 世纪的结果：在这个数码世界里，我们的注意力已经成了科技公司争夺的商品。

"可这些不都是……正常的吗？"我轻轻反驳。

眼下，她静静伫立，并不躁动，和我说话也是交替发言，没打断我。老天，我小动作比她还多呢，而我一点不觉得自己有 ADHD。唯一稍显古怪的，是她在室内也戴了一顶宽檐软呢帽。

她不以为然地对我摆摆手,转换了话题:"好了,你这位精神病大夫,来说说什么是幸福的秘诀吧?"

这又是一个常有人问的问题。和其他问题一样,这么问的人,也希望能凭三言两语把生活的复杂性利落地解释掉。

"这实在是很简单。"我想这样说,"你只需要有健康的降生、安全的依恋、快乐的童年,创伤极少或没有,有强大的抗压能力,有要好的朋友、家人和伴侣,工作有成就感,经济上安全,有可达成的目标,每晚睡足八小时,经常锻炼身体,健康饮食,接触大自然,对酒精、药品和社交媒体都要限制使用,有信仰或精神性,能接受失败和死亡,懂得化解悲痛,天生有积极的态度,或许再养只宠物,写写感恩日记,抗抑郁药可吃可不吃,心理治疗要有,再给手机充上百分之百的电。"

但我什么都没说,只是徐徐啜饮啤酒。

"我认为是要没有炎症。"她自问自答,"我在一篇文章里读过,抑郁都是肠道菌群给闹的。"

真是福音啊:到 2030 年抑郁症将成为西方世界最大的疾病负担,而我们只要让工厂多生产养乐多就能治好它了。

后来我给自行车开锁的时候,先前脸上闪粉脏了的女孩正在公寓前的台阶上抽烟。她向我道别,庄重地敬了个军礼。

08　格雷恩

人会在人生的不同阶段发现耶稣。使徒保罗是在去大马士革的路上。圣奥古斯丁是听见一个孩子的声音敦促他"拿起《圣经》来读"之后。而对于那些下午三四点钟在健身休闲中心参加水中有氧运动高级班的人,是当耶稣在泳池深水区试图水上行走,结果需要被救生员救的时候。

当那人自称上帝之子,大伙觉得他需要的不仅是游泳课了,于是叫了救护车。他被送进急诊部,经评估后转来了黄水仙病房。现在他正身穿一条医院发的白袍子坐着,等自己的衣服干。

他来的时间也很糟糕,这会儿下午 6 点刚过,我正打算逃出医院去和几个弟弟会合,因为弟弟乔希的一幅画入选了"英国石油肖像奖"(BP Portrait Award)。乔希刚给我发来消息,问那个邀请展我还去不去。品着葡萄酒面对艺术作品点头,感觉好像是另一个世界的雅事。我回消息说,等我处理完耶稣复临下了班就过去,现在他已经知道这就是"不去"的意思了。

在员工办公室里,布莱欣向我交代了病人背景,然后递给我一张纸片，上面写着他的姓名、NHS 号和出生日期。我注意到他不是公元元年 12 月 25 日生的。

虽说人不可貌相，但在精神科，在没有任何客观的检测可供参照时，我们只能到自己的思维宫殿里去找蛛丝马迹。

"那么他就是那个穿着……"我望向外面的起居区域。

"光脚、穿白袍、长头发的那个，就是他。了不起，福尔摩斯。"布莱欣从夜间值班表上抬起头来说，她正在为上面的人员缺口伤脑筋，"他要是来施展神迹的，你能让他今晚再变出几个人手给我吗？"

我走出办公室，那人招呼我过去，好像我是寻求疗愈的群众之一。我不想强化他那个"神子"夸大妄想，于是只用他记录上的正式名字和他交谈。那也是教名。

"你好，格雷恩。"我说，"我叫本杰明，这儿的病房医生。"

"我知道你是谁，我的孩子。"

"你介意我做点记录吗？"我指着我的记事板说。

他用和蔼的榛果色双眸看着我："你想记下我说的福音？"

"唔，也不是，只是不想把你说的话弄错。还有，你跟我说的内容，我想去告诉我的团队，可以吗？"

"当然可以。"他面露微笑，对于我将要传播他的宝训相当自豪，"告诉他们这个喜讯：拿撒勒的耶稣，众王之王，已经从死里面复活，来拯救他们的灵魂来了。"

"好的，我一定转告。"我潦草地奋笔疾书，将他的话一字不差地抄录下来。

我记完抬头，见他正在打量这片新的生活空间。"你觉得我应该干什么？"他疑惑地问。

"唔，我觉得你目前应该留在医院里。"

"是啊，你大概是对的。"他说着，深深叹了口气。

竟然这么顺利？也许他终于对自己的病有了一丝自知力？*

"我必须留下，治愈这里的病人。"他补充道。

我这才明白，格雷恩之所以不怎么生气，是因为他自认为是来工作的。或许他是听到了布莱欣要求增加人手的祈祷。

"我将竭力救治。"他谦卑地说。

我怀疑格雷恩是双相情感障碍复发，正在经历所谓的"夸大妄想"。

精神分析学派认为，精神病是因为不堪现实而产生的一种天然防御机制。变身为无所不能、治愈疾病的耶稣，成为上帝的得力助手，能够帮格雷恩逃脱庸常，使他不再意识到自己是遭到社会遗忘的成员——还能给他一个他从来不曾有过的父亲形象。这个构想很有意思，可以找一位心理咨询师来一起探索。但很可惜，即使我们病房里真有一位咨询师，大家也不认为心理治疗会对症状充分的精神病有多大帮助。†

---

* "自知力"（insight）一词我们用来描述病人认识自身疾病的能力。不过它有时也指病人认可了精神科医师下的诊断。

† 20 世纪 60 年代，心理学家米尔顿·罗克奇（Milton Rokeach）将三名（转下页）

目前，西方精神病学的主流模型是脑部缺陷和化学失衡说。这也是格利克大夫操持的唯一一种语言，是"真正的医生"该说的话。我的处方笺还在我包里，等着我的下一次部署。格利克大夫现在也让我在住院病人的药物卡上开药了。

"你觉得吃药怎么样？"

"什么药，像复合维生素那样的？"

我很想说"对，就是复合维生素"，然后顺势让抗精神病药物进入格雷恩的身体，可是我隐约记得说谎是七宗罪之一。要么就将格利克大夫最喜欢的抗精神病药奥氮平拌进病房的稀饭里，给每人喂上几勺。就像我小时候发烧，老爸也会将我咽不下去的扑热息痛粉片碾碎，夹进果酱三明治里。但今日崇尚的是自主，家长制的作风已经过时，偷偷下药行不太通了。

"不，那是一种叫'奥氮平'的抗精神病药，但也有点像复合维生素，应该能让你恢复健康。"

"为了传道，我必须强健，这药我会吃的。"

趁他还没反悔，我赶紧在服药本上给他开了20毫克剂量的奥氮平，叫他晚上服用。

（接上页）妄想症男子放进同一间治疗室，他们都认为自己才是神的独子。罗克奇希望，三人在发现彼此的说法抵触之后，妄想就会治愈。但结果并未奏效。这三人都认为另两个要么是疯子，要么是机器，甚至还打了起来，这稍微有点违背神子的形象。事后这位谦卑的心理学家写道："我没能治愈这三位基督自视为神的妄想，但他们倒是成功治好了我的——我也有一种神一般的妄想，就是自认为能治好他们。"

再抬头时，只见格雷恩正在翻阅一本蓝色皮制封面的钦定本《圣经》，想必刚在他睡袍口袋里来着。就像酒店客房，我们的病房里也会放几本《圣经》，它们和杰弗里·阿切尔（Jeffrey Archer）、P. D. 詹姆斯（P. D. James）等作者的畅销小说一起，构成了病人的"文库"。

"本杰明（便雅悯）是个很好的希伯来名，"他用手指叩着《圣经》说，"是雅各的第 13 个孩子。"然后他庄重地看向我："本杰明，你信神吗？"

我应该是不信的，连洗礼都没受过。不过当年因为我们的村校没通过英国教育标准局（Ofsted）的审查，老妈成功把我和几个弟弟塞进了镇上的天主教小学，虽然我们既不住在那个学区，也不信天主教。

格利克大夫遇到这类私人问题时，通常会回一句教科书式的托词，即"咱们不是在谈我的事"或者"我们还是继续精神访谈吧"。但我有时候觉得，说两句心里话，试着抹平一点权力的落差，也没什么要紧，这种落差格雷恩或许还没觉察到，但他要是拒绝服药或试着离开上锁的病房，就会很快觉察到了。我意识到了自己是多么幸运：可以自由来去，在外面体验种种美好——至少理论上可以。"谈不上信与不信，我持不可知论。"但这样说好像还不够大方，于是我又说，"不过我倒很羡慕我的朋友纳菲莎，她相信神无时不在关照她工作上的决策，还有——"

他忽然打断我："她叫'纳菲莎'？她信哪个神？"

我说她的神是安拉。他霍地站起身,椅子在油毡地板上磨出一声尖啸。

"不不不不。"他连连摇头,"本杰明,你必须选择正确的神。"他的声音是一片担忧的热切。"地狱之火是很烫的,弟兄!"他叫喊着,手指在我鼻尖前面摆动,"地狱之火是非常烫的!"

也许这就是为什么医生通常会避免介入这类话题。

"格雷恩,咱们可不是在谈我的事。"我说,"还是继续精神访谈吧?"

我走出医院大门时,乔希那边的葡萄酒杯大约正被放进艺廊的洗碗机里。我给他打电话想要道歉,但他挂断了。

我打开自行车锁,穿越夜色骑行回家。此刻的我格外在意基督教堂、犹太会堂和清真寺,这些地方我每天经过,每天都有虔诚的信徒排在外面等待晚祷。踩着踏板,我想到一个问题:有些人自认为是神的孩子,而格雷恩自诩是神的独子,他们之间有什么区别?怀着信仰,每周日去敬拜一个 2000 年前的巴勒斯坦犹太人,吃他的身子、喝他的血,算是一种疯癫吗?在《上帝的妄想》(*The God Delusion*)一书中,演化生物学家和无神论者理查德·道金斯就断然将宗教比作了一种精神疾病。

我不像他那么激进。对我奶奶这样的人来说,信仰的作用是很大的。是信仰给了她社群和朋友。我想,要是某个信仰不被一种文化广泛接受,还威胁到了信仰者本人或其他人,那么它就会进入精神疾病领域。比如你尝试在水上行走，结果却差点淹死在当地的泳池里。

甚至可能真有神。不过现在假先知如此泛滥，就算耶稣真的复临，要救人类于气候灾变与核战之中，恐怕用不了多久也会被我们关进精神病院吧？

翌日早晨，奥马尔刚刚开始主持晨会，床位管理员布莱恩就走进了团队办公室。

"抱歉我来晚了。"他在一张工作台的一角上坐下，"外面有警察用笼子装了一个人来，说我们不收他们就不走。有床位空着吗？"

格利克大夫摇了摇头。

布莱恩摘下眼镜，揉起了太阳穴："好吧，我们把病人都过一遍。"

"各位早安。"奥马尔站到了写满姓名的白板边上开始发言，"昨晚上我们收了个新人，在3号床，应该是本杰明评估的？"

我清了清嗓子："可能还有人不了解情况，格雷恩·琼斯先生现年30多岁，患有夸大妄想，自认为是耶稣基督，入院时——"

"我们有一阵子没来耶稣了。"布莱恩打断了我，"你们注意到了吗：这些人总是自称救世主、大富翁或世界领袖，没有一个说自己是垃圾清理工或者交通管理员。"

我听到他说"这些人"的语气时身上一寒，但没说什么。

格利克大夫听了这句机灵话,瞧都没瞧他一眼,只是对着白板应道:"你要是有夸大妄想,布莱恩,多半也会瞄准一个收入较高的身份。如果妄想的内容平平无奇,那就不是夸大妄想,而是平庸妄想了对吧。"

这让布莱恩闭了嘴。

"昨晚我给他开了 20 毫克奥氮平。"我说。

"很好,本。"格利克大夫赞道,但其实我们给每个病人都这么开药,"是该早些给他输入点东西。药他吃了吗?"

奥马尔在药物卡上发现了一个歪歪扭扭的签名:"吃了。"

布莱恩感觉机会来了:"既然他能平和依从地吃药,那还有住在这里的必要吗?他的自杀风险怎么样?"

"我看很低。他说他刚从死亡中复活,是来拯救我们大家的,所以……"

"对他人的风险呢?"他接着问。

"也很低,他大体上相当平和淡定。不过出事的可能还是有的。比如昨天他就差点淹死,因为……"

"哪个是他?"布莱恩打断了我,望向外面的起居区,"哦,问得笨了,我猜是穿袍子的那个?"

格雷恩的衣服、鞋子这时肯定都干了,但他好像已经不愿脱下这件茸茸的白色睡袍。而且依然光着脚。

"哦,他看来蛮惬意的嘛。"布莱恩观察了不到五秒就宣布,"药物显然起了作用。既然他已经开始服药,各种风险也低,我们就让他出院回家,或者送去'危机照护所'(Crisis House)吧。最小限制原则嘛。然后他的床位就可以给笼子里的那人了。"说着他掏出响铃的手机按掉,"看,他们打来催了。"

"最小限制原则"是这个提倡去机构化的后疯人院时代的新风气,主张凡有可能,都应尽量让病人在社区接受治疗。这本是一个高尚的目标,但我也发现,从业者常常躲在这句口号后面,把它当作将尚未准备好的病人踢出医院的借口。

"他看着已经比昨天好了吧,格利克大夫?"布莱恩说——他这才第一次见到格雷恩。

"唔,看着确实好了一点。"格利克大夫还在将信将疑。在我们眼前,格雷恩从一只塑料杯中弹出水滴,要给正在看《旧房拍卖》(*Homes Under the Hammer*)的病人们施洗。

我同意为他准备出院报告。

奥马尔继续在白板上查房。"7床,本杰明,你的朋友又回来了。又是和她男朋友闹翻了,说是男朋友砸了她的家门。"

"佩姬就交给你处理行吗?"格利克大夫问我。

我现在已经知道,这句话是"把她踢走"的代称。

"呃,当然可以。可是她的家门都被砸了。"

"不关我们的事。"布莱恩说,"叫她打给警察或市政。"

我怀疑佩姬不会打电话报警,我也听别的病人说过,公屋出现漏水、害虫或霉菌时,市政要好几个月后才会处理——前提是他们没有完全忘记。

我心中又涌起了越发熟悉的无奈感。

"可是，唔，如果我们让她出院回家，回到那个造成她住院的生活环境，她不会过一两个礼拜又复发吗？"

"有可能。"格利克大夫已经不耐烦了，"但她不一定会再来我们这儿。"

我的虚弱抗议到此结束，晨会继续。会后我坐到一台空闲的电脑前，登录进去想查看佩姬的资料，外面芭芭拉和其他不满的病人不停地捶打水族馆那么厚的玻璃墙。外面有人打来了门禁电话，布莱欣去接了，然后把听筒放下说："本杰明，外面有一份提前的圣诞礼物给你。警察已经走完了所有文书流程，把警车里的那个男人带上来了。"

"哦，好，我谢谢你啊。"

一个怒气冲冲、看上去喝醉了酒的男人戴着手铐，被警察押到了病房。在见识过数百个病人之后，我已经培养出了对真正精神疾病的直觉，依我看这男的更像一个反社会的酒鬼，是靠什么花言巧语才进到这间精神病房的。我领着一行人来到一间空闲的诊察室，那男的嘴里还在骂个不停。一名警员递给我病人的文件，我在上面签字，表示我们已经"收到"他了，就像是签收亚马逊的包裹。可惜这包裹不能让邻居代收。

"唔，这个我要带走。"警员看着手铐说，"能打开吗？"

"我不知道啊。为什么要给他铐上呢？"我问。

"他打了我们好几位警官。"

这人实在应该送去精神加护病房，但他们可能也没空床。

我望向六个奉命制服他的警官，个个身躯魁梧，还穿着防暴服。再看看身穿塑料罩衣，来给我做助手的学生护士姑娘。我还没拉伸好腘绳肌呢。

"最好还是戴着吧。"

"去吃薯条？有事跟你说。"纳菲莎发来消息，见我一个小时没回复，她又发了一条，"重要事。"

进了食堂，只见她坐在靠窗的桌子前面，桌上摆着两大盘我们最爱的金黄色油炸养料。

"本吉，我这下真闯祸了。"她招呼都不打就说。

她告诉我，因为她的主任医师不在，最近都是她在管理病房。这种情况是会有的。照理说还应该有一个主治医师，资历比我们高又比主任医师低，但精神科就是这么缺人。

她说，一个病人在吸毒过量后出现抑郁，被我们收治住院。

"他待了几天后人开朗了，也又开始读书了。"她说，"护士们也说他恢复得好。他问我能不能离开病房，去公园里读书。那天天气挺好，他看着也不错。加上我实在忙得不行，我就答应他可以出去30分钟，不必有人陪同。何况我们也没有足够的人手陪他。"她说着说着哭了，眼泪沾湿了她那份没有动过的薯条，"可他没去公园啊！他他妈跳了泰晤士河，淹死了！"

她坐直了身子平复心情，抽泣两声，又用手背揉了揉鼻子。

"警察确认了他的身份，还找到了他在读的书。我之前都没来得及问他在读什么。是西尔维娅·普拉斯的《钟形罩》。"

"干！"我说，但大概于事无补。我的接诊礼仪仍有改善的余地。"太难过了，不过我觉得没人能怪你。"我试着安慰她，虽然我也不知道究竟应该怪谁。

读过西尔维娅·普拉斯的人有百万千万，也没有读罢就把脑袋伸进烤箱。但我暗暗怀疑，在之后那场不可避免的调查中，人们会忽略病房人手不足的问题，也忽略纳菲莎被迫承担了她培训之外的责任，而把她打成糟糕的精神科医师来做替罪羊。统计上看，"外国医生"的身份也多半对她不利。[1]

"他当时人在好转，也有了更多精力。我本该知道这是个风险期的。"纳菲莎接着说。*

我脑中闪过一个念头：等明年去社区工作，病人在看完半小时的预约门诊后就会返回真实世界，届时他们的所有时间都是"告假"，想做什么都行……我赶紧把这个念头埋到心底。

"你知道最混蛋的是什么吗？"纳菲莎说，"床管布莱恩知道这事后打电话给我，开口就说：'那么，郁金香病房应该有床位空出来了喽？'"

---

* 自杀首先需要一点"起来行动"的干劲，因此当重度抑郁的病人开始好转，精神科医师就必须留意了，他们可能在这个时候重获实施自杀意念的精力。精神科医师也应该在抑郁患者情况恶化时担心他们自杀；在病情胶着、既不好转也不恶化的时候也要担心，因为这时的病人往往心情烦躁。

09　约瑟夫

我站在伦敦北区一条枝繁叶茂的宽阔大街上,面对一座宏伟的白房子,房子大门上挂着一只节庆花环。我按下7号公寓的门铃,深深吸了口气,然后在对讲机里自报姓名。对方没有说话,只"咔嗒"一声开了门放我进去,这很合理。我听说精神分析师说话都惜字如金。果然一上来就是慎重的沉默。

精神科医师常被怂恿说他们自己也该去接受心理治疗,但这件事我一直拖着,到今天才终于来了。我十分确信这和纳菲莎的遭遇没有关系。

在楼梯顶,有一位银发绅士在迎接我,他年近七旬,穿一条斜纹布裤、一件棕色羊毛开衫和一双朴素结实的鞋子。"你好本吉,我是穆尔博士。"他对我暖暖一笑,跟我握了握手,这是我唯一一次碰他。进入公寓,他关上公寓门,我跟在他后面穿过一小间等候室,接着又穿过两扇门,这才到了治疗室里。

"进来后请把两扇门都关上。"他说。

我遵命照做,把外侧和里侧的门依次关上,这两道门之间只有一寸间隔，像是某个弄错了尺寸的野鸡承包商装的。我心想它们靠这么近是有什么玄机不成。

"这样装有利隔音。"穆尔博士似乎看透了我的心思，"这样大家的无意识心灵就不会泄露。"

"想夸张地冲出去也不行，因为要连摔两扇门。"我打趣说。

"听起来你已经在盘算怎么出去了，本吉。"

穆尔博士在一张椅子上坐下，椅子边上侧放着一条结实的皮质长沙发。就是"心理医生"的那种长沙发。这是要我横躺着接受初次治疗吗？我不禁迟疑了片刻。他观察着我，跷着二郎腿，十指交错，只有两根食指竖在嘴唇前面一动不动。

"今天只是熟悉熟悉对吧？"我说。

"没错。"

"哦，那就好。"我走向房间彼端的一把普通椅子，"我还以为你要我躺到长沙发上去呢。"

"我是这么想的。"他说，"那样我们才能真正了解你。"

我望向那只切斯特菲尔德长沙发，*一端还放着只枕头，好像伍迪·艾伦的电影。然后我又看回那把普通椅子。老天，难道我坐在哪儿也有奥妙？

"这画不错。"我抬眼看到墙上挂的那意义不明的印刷画，画的是罗夏测验式的墨迹，斑斑点点，活像血淋淋的动物路杀

---

* 一种复古风格沙发，扶手与靠背等高。——译注

现场。*

"你在里面看到了什么？"穆尔博士问。他的双手已经从脸上移下，现在摊开放到了腿上，只有指间仍然相接。实际上，他两只手似乎从不分开，就好像不小心沾上了强力胶。

"像是有一只蝴蝶？"

他心领神会地微笑："那么本吉，你想要怎么开始呢？"

"唔，在开始前，我有一件事想问：你已经叫我'本吉'了，我能不能直接叫你'约瑟夫'？"

"大多数人都叫我穆尔博士，你知道，医患之间最好保持点界限……"

我打断了他："知道知道，可我不是患者。我到这儿来只是为了教学目的。"我随意地将双手插进衣袋，仿佛我们只是同事在闲聊。

"教学？"

"是啊，就是我的培训。格利克大夫说这能让我成为一个更好的精神科医生。所以直呼其名更好，不那么正式。"

穆尔博士的眼镜压得很低，两道目光从镜片上方向我注视。"好，也行。毕竟心理治疗也是实验性领域。那每次治疗你都要站着？"

---

* 罗夏墨迹测验（Rorschach inkbolt test），让被试观看墨迹形成的图案并说出联想到的东西，以揭示被试的人格特征。——译注

我现在还站着确实有一点奇怪。我将目光从画上那只压扁的獾子上转开，坐到了那把普通椅子上。

"先说说基本准则。在我们见面期间，大约一周四五次——"

我惊得张大了嘴："啊?!"

"你看本吉，和自己的无意识心灵见面是会有点抵触，这可以理解。"

"唔，约瑟夫，我的有意识心灵也不想让我变成穷光蛋。"

"我对 NHS 员工都有折扣。一次 50 分钟收 50 镑如何？"

付费性爱热线也是这个价，别人跟我说的。我感觉自己正在和一个卖醋栗的摊贩以物易物，而不是和一个专业的心理治疗师对谈。

"好吧，但我只出得起每周一次。再说我也绝没有糟糕到每周来五次的地步。"

约瑟夫思索片刻："好的，就先这么办吧。我圣诞节要放假，我们从 1 月份开始。每周你来这儿见我，或者说来见我家的天花板。最好是躺到长沙发上。"

他指了指身边那条铺着软垫的皮家具，似乎是怕我还没注意到它。

"理解人生最好是往回追溯。所以我有时会问问你的家庭、童年、学校、朋友、创伤和性事之类。"

我点点头："明白。那我们怎么知道我什么时候治好了？"

他大笑："你不可能某天早晨醒来就'好了'。精神分析是一个发现自我的持续过程。对于有些人,这是一辈子的事。"

一场永不休止的谈话治疗,听上去够失败的。我看向约瑟夫身后,书柜里装满了艺术和哲学的大部头。科学书没有几本。

"怎么要这么久啊?认知行为疗法不是只要六到八次吗?"*

他呵呵一笑:"是的,但快速治疗效果未必持久。那只是一块橡皮膏,就像服药。吞药片或许能麻痹痛感,但触及不到问题的根源,就好比牙痛了去吃扑热息痛——其实应该拔掉蛀牙。"

我点点头。

"另外,你在我这儿不必一本正经,这是一方安全的空间,你可以试着抒发真我。要是对我生气,就发泄出来。就是请不要跨越身体的边界。"

"别担心,约瑟夫,我不是使用暴力的类型。"

"你的确不是,我见过的像你这样的、和你成长环境类似的人,大多都绝不会——"

"像我这样?"

"你不是寄回了病人问卷吗?"

我整天泡在黄水仙病房的日常"狗血"里,已经完全忘记了几周之前,为了确保第一次能约上约瑟夫,我填了一张新病人问卷并寄了回去。那张问卷敦促我尽可能敞开心扉,每个问

---

* NHS 偏爱节省时间且费用低廉的 CBT 模型,它一般经过八次左右治疗就会打发病人走。它只负责教人改变思维,对他为什么形成目前的思维不感兴趣。

题下都留了一大片空白,让我不能用一个词或一句话来打发。

"哦,对。呃,那个问卷,我在里面写的应该都保密吧?"

"一般都会,除非你告诉我你准备杀人。那样我还是有义务报警的。"

"哦,告密。"

面对我的轻佻他不动声色:"本吉,我注意到你喜欢用幽默作为防御手段。"

"抱歉,我大概只是紧张了。"

"紧张很自然,但你不能一辈子都用轻飘飘的态度来掩盖痛苦。我的来访里有几个喜剧演员,他们也是我最抑郁的病人。可能只比精神科医生低一点儿。"

我的目光被吸引到他面前矮桌上的一盒纸巾上。

"这种纸巾你肯定在批发店里买了老多。"我说。

约瑟夫没理我。他双腿交换了下位置,裤腿抻了上去,露出里面的彩色条纹袜。接着他从咖啡桌上拿起几张纸。"看了你的问卷答案,有几件事我很感兴趣。"他用唾沫沾湿手指翻看起来,"第一件,你是一名精神科规培医师。家庭的部分显然也很有意思。还有就是,恋爱史的部分你都空着没写。"

10　圣诞节

这是一个祥和的节日，除非你是一间精神病房的住院病人。或者是在这种病房工作。节礼日（圣诞节次日）这天，早晨8点刚过，当大半个国家还睡在床上或者刚醒过来面对昨晚的剩菜时，我闻着熟悉的消毒水气味走进了南丁格尔医院。接待处旁的假圣诞树上挂着些模样沮丧的廉价装饰球，但没有毛彩条，防止病人用它自缢。

我这片的 NHS 信托寄了定制的圣诞卡片到每位员工家里，有心了。因为文书错误，卡片上的名字肯定一个都没写对，但这张卡片我还是会永久珍藏，在里面我的雇主祝"梅琳达"圣诞快乐，并感谢了她的辛勤工作。

这是我从医三年以来第一个不用值班的圣诞节，于是昨天我北上回了老家，去和家人短暂相聚了 16 个小时。

"你就不能跟他们解释，我们这儿下大雪了出不去吗？"今早老妈对吃着谷物早餐的我说。她当时一边做饭，一边小口喝着红酒，应该是吃准了圣诞节早上喝酒不会有人批评。

其实她说得没错。昨晚又下了一场大雪。除雪车从不会开到这么偏远的地方，所以出门是不可能了。这对人事部来说是一个合理的借口，但他们肯定也找不到人在节礼日替我。

这时老爸从后门进来，他刚给水管除完冰，身上穿的仍是他标志性的套头衫和牛仔裤，裤子上布满水泥点和油漆点，用一股临时的绦子随意束着。他的手很大，因终日劳作长满了茧，还肿肿的。平时他的指甲至少有一片是黑的，是锤子砸偏造成的淤青。他很健壮，能一手提一个混凝土砌块，轻松得像是买了几件小东西。他今天没戴手套和帽子，也没穿外衣。

"我们会想办法让他回医院的。"他听见了我们的对话。

老妈双手抱住脑袋："我说约翰！"

老爸转身回到了屋外的暴风雪中，就像个衣衫单薄的奥茨上尉。*坐上他那辆生锈的红色拖拉机，我们在屋外那条近乎垂直的道路上清掉及膝的积雪——我们家孤立于群山和树木的包围之中，只有这条路通向外界。清雪时，我看到老妈穿着围裙，从厨房窗子后面遥望我们，摇着头祈祷我们完不成工作。

之后就到了通常快乐、偶尔紧张的家庭聚餐时间。我觉得，老妈因为是儿童心理咨询师，看出了家庭单位的瓦解和冷冻食品的关联，所以我们总是一家人一起吃饭，好像这就能证明我

---

* 劳伦斯·奥茨（Lawrence Oates），1912 年参与南极探险时冻伤，为不拖累队友主动走入暴雪而亡。——译注

们仍是一个正常交流的家庭。我的一个弟弟收拾好桌子，将刀叉都放得笔直，努力让一切都恰到好处。老妈在桌上饰了一块红布，几条冬青枝和好些蜡烛。我们总是就着烛光吃饭，我想是为了营造祥和的氛围吧。就连早饭我们都点蜡烛。

在我们都拿出最好的举止吃这顿节日大餐时，老妈却总是望向窗外，她希望雪能再下大点，好把几个儿子全留在家里——但最后一个也没留住。我和她拥抱告别，接着是弟弟们，老爸的车在雪地里开得惊心动魄，在陡峭的山上走着"之"字。下山后，他又一路打滑，驶过暗藏杀机的两英里才到村子。我双手始终撑着仪表台，老爸一个劲对我说"没事，没事"。我们到达时毫发无伤，像往常一样——如果不算上他报废过的两部轿车的话。从村子再向外，除雪车就已经将粉末状的白雪化成了可乐色的雪泥。老爸一直开车送我到了纽卡斯尔汽车站，让我搭上了回伦敦的大巴。

就这样，经过一番艰巨的跋涉，我回来了。我担起了责任，作为团队一员盼着与同事们并肩作战，挡下圣诞节这轮猛攻。

"今天急诊部和病房都交给你管了。"昨夜的值班医生兴冲冲对我说道，"另一位高级住院医师过不来——好像叫大雪困住了。对了，圣诞快乐。"

我穿过马路来到前面的综合院区，跟在一个戴圣诞帽的搬运工后面进了急诊部。

我的第一个病人看起来就像盖·里奇电影里那种说一口伦敦土话的流氓：薄寸头，脸上有可疑的伤疤，穿米尔沃尔队（Millwall）球衣。纵使被铐在病床护栏上，也一点没有冲淡这股犯罪气息。两名警员一左一右站着，他们脱了警帽，想融入背景。

"嗨达明，我是精神科医生沃特——哎哟，快过来帮忙！"

他在发癫痫。同事们都冲过来帮忙。达明两眼圆睁，胳膊和腿剧烈抽搐，脖子也向后弯折。但只持续了不到 30 秒。幸好他没有咬伤舌头或是小便失禁，这种事偶尔也会发生。

他是今天一大早由警察送来的。他在偷一部车载收音机的时候当场被抓，而对于他不幸的是他恰好在那时发作了癫痫，因此没能逃掉。急诊部找不到癫痫的诱因，已经排除了闪光，似乎是见到权威人士引起的。临床工作者的形象可能使病人血压升高，也就是所谓的"白大褂高血压"。达明现在的状况，是这种情况罕见的神经病版吗？如果说"权威人士"是诱因，我倒几乎有点飘飘然了。还有人说精神科大夫不是"正经医生"？去你们的吧。

达明还有幻听。真是奇怪。

一名身穿蓝色刷手服的医务人员向我传达了最新情报。对达明的观察和查体都显示正常。他的脑神经与边缘神经"并无特别"（是好事，在医学中最好不要"特别"）。头部扫描和脑电图的结果很快会出来，其中脑电图是诊断癫痫的金标准。"可是你也看到了，他的发作相当……不典型。"这位同事说完就退出了隔间。

"你好，达明。"我重新拉上纸帘子后说道，"你醒了吗？"

"嗯。"

"你知道自己在哪里吗？记不记得我是谁，今天是哪天？"

"我还没把脑袋撞坏。这儿是医院。你是心理医生。今天是节礼日。"

看来他不在发作后期——有时病人在癫痫发作之后会陷入意识错乱，他没有。

"说得没错。"他的手铐上反射出一缕阳光，"我希望尽量了解一下前因后果，你能告诉我之前发生了什么吗？"

对于今天的事达明已经完全失忆。警方说他当时正在偷一部车载收音机，但事实肯定不是那样。他自己说过了晚上10点他连电视都不看，因为他不喜欢深夜节目里的脏话。

我询问了他的人生经历。童年很"艰难"，他是8个孩子中最小的一个，母亲在工厂做兼职，父亲整天吸毒。达明15岁就辍了学，说是因为一些"误会"牵扯进了一桩偷车兜风的案子。他女朋友在当地酒吧做招待，正怀着两人的第一个孩子。

"知道吗，我想做个好爸爸，别像我老子那样。"他补充了一句。他在手机上给我看了一张照片，是胎儿最近的B超。

"很不错啊。"我对那一团黑白超声图露出微笑。

他自己又看了一眼照片，然后微笑着将手机放回衣袋。

说回正事，两名警员主动告诉我，他们是在一条死胡同里面抓到达明的，刚向他喊了"别跑"，他就发病了。

他们中资历较浅、浑身喷了许多凌士除臭剂的那个插了一句："我听说大的响声也有这效果，可能是我们喊的那一嗓子叫他发病了？"

薄薄的帘子被人掀起，之前那个医生探头进来说了句"头部CT和脑电图结果出来了，都正常"，接着又消失了。

"唔，这是个好消息。"我对达明说。

"那我的幻听（auditory hallucinations）怎么解释？"他问。

使用医学术语，通常说明对方要么是医界人士，要么是个外行但做过功课。

"你说'幻听'是什么意思？"

"就是我脑袋里的说话声。"

"那些声音听起来是有人在你脑袋里面说话，还是更像我现在的声音？"

"……在里面。"

有意思。

格利克大夫教过我，分辨幻听原因的一个粗略方法就是看声音的方位。较严重的、类似精神分裂症的幻听，一般是外在的。来自脑袋外面的声音才真正需要担忧。*

---

* 与之相对，不太严重的伪幻觉，比如在自我批评的独白、人格障碍或（转下页）

"那些声音说什么？"我问他。

"唔，它们叫我做些事……都是些傻事，比如……偷车载收音机。反正今天它们就是这么说的。"

我还以为，今天的事他都不记得了呢。

"我在你病历上看不到任何幻听的记录。"我追问，"这个情况你跟别人说过吗？或者有没有这方面的家族史？"

"都没有。"

"你喝不喝酒？啤酒、葡萄酒、烈酒都算。"

"不喝！这些问题我都回答过了，还要再答多少？我要尿尿，膀胱都快炸了。"

达明渐渐变得不情愿说话，眉毛上也开始挂起了大滴汗珠。他刚才把手机举给我看时，胳膊在震颤。也许这不是精神病而是神经症？会是社交焦虑吗？

"你去上厕所吧，达明，我在这儿等。"

"两个差佬还要跟来吗？这太伤自尊了，我可能还要拉屎。"

达明现在处于"二对一观察"状态，必须有两个人时刻紧盯着他，连最私密的时刻也不能放松。不过，要是我替他网开一

（接上页）近乎强迫症的侵入性念头中出现的那些，通常都是在内部听到的。比较而言，那个在脑袋里怂恿你把别人推下地铁轨道、踢一只猫或者给你奶奶来个湿吻的声音没有大碍——至少在医学上如此。你会产生这类念头，是因为你对不能做的事过于在意，以至于有些神经质了，那些念头你几乎肯定不会实施。祝你好运。

面，兴许他就会向我坦白心声。再说，我对他的窘境感同身受：我连旁边的小便池有人都尿不出来。

"你可以一个人去，但厕所门要留条缝。"

年纪较大、头发较秃的警员将达明的手铐从床栏上解开，随即又铐上自己的手腕，仿佛达明是一只装满现金的公事包。我们领着他来到厕所的单人隔间，给他解开手铐，再关上隔间门，警员伸脚过去，将他的一只黑皮靴卡在门和门框之间。

"你在里面还好吗？"我等了几分钟后问。没反应。"达明？！"

坏了，难道他又发病了？还是用灯绳上吊了？或者他游过了马桶的 U 形弯管，像《肖申克的救赎》似的通过下水道逃出去了，现在正在外头无法无天地偷更多车载收音机？

我们冲入厕所隔间。

好消息是达明还活着。他弯腰站在水池边，脑袋侧着，放在洗手液盒下方，正一下下将里面的透明胶体泵入口中。

他抬头看向我们，说了声"抱歉"，最后又泵了几大股进去。从厕所出来时他忘了洗手，但他的食管肯定已经清洗得唰唰干净。年长的警员押送达明回床边，这次的动作可没那么轻柔了。另外那个下巴上才长茸毛的警员用手指在太阳穴前画圈，仿佛在问我："这人疯得有多厉害？"

我心想难道他认为精神科医师之间就是这样交流病人情况的？病情越重，手指画圈就越大、越用力？

我感觉有一件事他并不知道：医院的洗手液除了能杀死

99.9%的病菌之外，里面还含有70%的酒精。

达明躺上床时已经焕然一新。他被铐回床栏时面露微笑，我注意到他不再震颤了，话也多了起来。

"那洗手液是芦荟味的吗？尝着挺好的。"他兴致勃勃，仿佛在给优质葡萄酒评分。这人可说是一名洗手液品鉴师了。

也许是我错了，我不该一味盯着吧台后面的那些饮料，还要看看水池下面的工业产品。

"好吧，达明，我很高兴你现在感觉更，呃……舒服了。你刚才说你一直在听见说话声。我能不能给你女朋友打个电话，问问她有没有注意到什么异常？"

"不，不要。"他说，脸上浮现出了真正的担忧，"她有压力对孩子不好。"

我点了点头，让他安心："你现在还能听见那些说话声吗？"

"能，随时都能。"

"可是你也能听见我在说话。你没有被那些声音分神，没有满脑子都是它们。"

说到这里，达明用巴掌在脑袋上拍了几下，仿佛是要把耳朵里的积水拍出来。"闭嘴！"他先是冲着房间喊叫，接着又对我补充了一句，"我好像是非去疯人院不可了。"

这么拙劣的表演，到村里演哑剧都难。

在黄水仙病房我学到了一件事：在精神科里病情最重的人，像芭芭拉、贾迈勒和格雷恩，本人往往意识不到自己病了。因此吊诡的是,像佩姬那样主动求助,反倒说明她的健康程度令人放心。而由于病床长期短缺,精神科的床位只留给最严重的患者,结果就是有越来越多的病人因为《精神卫生法案》被强行收治。[1]如果你是一个病人,希望得到 NHS 的一张精神科床位,那么彬彬有礼地要求入院是最糟糕的做法。

"你会收治他吗,大夫?"第一名警员问我,"要是你不认为他有精神疾病,他就得跟我们回警局。他已经违反了保释条例,这次只能回去蹲号子了。"

"原来他从前也惹过麻烦。"我说。

"不是初犯了。"警员带着几分疲惫无奈地说。

我的直觉是,就像黑爵士上尉,*达明也在装病,他表演出种种症状,为的是躲避一个不讨喜的结局。在精神科装病很少见,也不是只要在头上套条内裤、鼻子里插两根铅笔就能蒙混过关的。不过对精神科医生来说,要分辨真疯和假疯也有许多困难。†

我打给当值的主任医师请教。低年资的好处之一,是你永

---

* 黑爵士上尉(Captain Blackadder),英国电视剧《黑爵士四世》中的人物,因厌战而在战场上处处逃避,由英国演员"憨豆先生"罗温·艾金森扮演。——译注

† 20 世纪 70 年代有一项恶名流传至今的研究,叫"在疯地方做清醒人"(Being Sane in Insane places),研究中有一些演员去到精神病院,自称幻听到了说话声。他们没一个有精神疾病,也都没在好莱坞磨炼过演技,但结果他们全被收治并诊断为精神分裂症,只有一名去私立医院的演员诊断出了双相(因为付的钱也是双份)。麻烦的是,即使这些健康的冒充者不再报告幻听,行为也完全正常,医院仍不放他们出院。

远可以躲在高年资的决策后面。"依我看就是明晃晃地装病嘛。他想混进来。打发他出院,叫警察带他走。"他说。*

电话里那个不知名的声音,语气随意得像在教我如何补自行车胎。对一个看不见面目的对象下决策肯定要容易得多。对于那位主任医师,达明可不是什么顽皮的足球迷、凯莉的伴侣或者一名兴奋的准父亲。

我不禁感到一阵内疚:不是每个人在遇到麻烦的时候,都有我那样一位祖父能够出手干预,出钱把他送进一间好学校的。也不是每个人都能在圣诞节花大价钱买红酒——有人只能喝 NHS 的洗手液。

"可我认为监狱也帮不了达明多少。"我说。

主任医师哈哈笑了出来:"我也知道关他进去没什么用。但要我说,这实在像是反社会行为外加酗酒。说他是'精神病'太可疑了。检验的医生们也都不相信他真有癫痫。这听起来就是教科书式的伪装,不是真有精神疾病,就让刑事司法系统去主持正义吧,不关我们的事。"

把达明重新扔进监狱,将他和伴侣及未出世的孩子拆散,

---

* 在小说《飞越疯人院》(作者肯·克西 Ken Kesey 曾在精神病院做护理员)和后来由杰克·尼科尔森主演的改编电影当中,罪犯兰德尔·麦克墨菲为逃避入狱而假装精神病人。然而精神病院没有他想象的那么安逸。强制的电休克疗法和额叶切除术最后把他摧残成了植物人(此处剧透),或许他反而不如当初冒一把险,和强奸犯及杀人犯一起蹲监狱。至少监狱是有释放期限的。

感觉是一种奇怪的"正义",也不太符合圣诞节的精神。

"好吧。"我淡淡地回答。

"将来你还要做许多这样的艰难决定,这就是我们的工作。"他在挂掉电话前不忘安慰我一句,"别担心,你会习惯的。"

我回到床边,盘算着怎么当面揭穿达明的谎话。"我和一位上级同事讨论了你的病情。"我开口说道。达明不再分神,而是直直地盯着我的眼睛。"你肯定也承认,你的言行里有一些自相矛盾的地方,像是一边癫痫、幻听,一边又喝酒精凝胶什么的。我理解你这么做的理由,但恐怕你今天进不了精神病院。"

我做好了受攻击的准备,无论是身体上还是语言上的,结果全都没有。要是每次艰难的谈话都有警察在场好了。想到每天早晨都只有结了厚厚一层皮的粥喝,达明竟显得相当淡定,我想是他以前就蹲过监狱的缘故吧。或者,他的这种矛盾态度可以用某种未诊断出的精神病来解释?

我发现精神病学有一个令人不安的特点,就是对任何事都做不到百分之百的确定。精神科医生始终在一片阴云的笼罩下工作——只有偶尔会出现疯病中的那种绚丽的迷幻色彩。没有两个精神病人的表现是完全相同的。有成千上万种不同症状的组合都能使你被诊断为抑郁。达明的"非典型性"确实奇怪,可我们专攻的不就是奇怪的事吗?

"那我们带他回警局咯?"第二名警员问我,我点了点头。谢天谢地,他没有再问我一句是否确定。

他们扶达明下床,重新将他铐上大个子警员胖乎乎的手腕,掀起帘子走了出去。达明经过我身边时,我打量他的面孔寻找最后的信号,比如淘气地挤挤眼睛或是得意地一笑,好让我安心地觉得自己的直觉挺准,他确实是在装病。我甚至宁愿他啐我一口,借此增添几分确信。可是没有这样的好运。他被带走时始终面无表情。

与此同时,在医院外,英国人正以一种司空见惯的方式打发新年到来之前的这段时光,那就是喝个烂醉。

11 利昂

做规培医生的残忍之处在于,你刚开始在一个岗位上安顿下来,又会被调去另一个岗位。

"呃,今天是我在这里的最后一天了。"我在最后一次参加完黄水仙病房的晨会之后宣布,"我有件小东西送给大家,表示感谢的。"

刚过去的周日例行通电话的时候,对送礼颇有心得的老妈建议我送一株植物,我喜欢这个主意,觉得这能使我在团队成员心中活得久些,好过他们吃完什锦巧克力礼盒就把我忘了。

于是今早上班路上,我特意先骑车去了一家花店。我想买一株小小的柠檬或青柠树,要鲜艳可爱,照亮办公空间。可"绿植学"女士说他们最近一批货没按时送到,所以现在库存不足。其余的植物,红玫瑰太浪漫,白百合太肃穆。适合的只有仙人掌了。我选了一株不那么剑拔弩张的。

"您小心点。"我将金灿灿的礼品袋递给格利克大夫。

"哎呀,是葡萄酒吗?"布莱欣充满希望地说。

格利克朝里端详了一眼，然后连着花盘将我的礼物缓缓托出。"谢谢你。"她在道谢前的迟疑有一点太长。接着她硬挤出一个微笑，但两片嘴唇看起来像被线牵着似的。

"呀，这东西肯定不能放这儿！"布莱恩扭头看到，现出紧张。

他这人对那些常常没有道理的规矩十分拘泥，比如他不赞成我那种午饭安排，说医生从垃圾桶里拿东西吃"影响不好"。其实我也不愿从黑色垃圾袋里掏吃的，我甚至提出让医护和病人在同一间食堂就餐，吃病人吃剩的东西就行。这样既能减少食物浪费，用免费午餐给医护加福利，又能在病人和医护之间减少"他们"和"我们"的隔膜。但上面表示那"不合适"，而且太费时间。结果就是，多数员工都花15分钟去员工餐厅买一只价格高昂的三明治，然后孤零零地坐在电脑前吃掉。

"为什么不能放这儿？"我想最后叛逆一把。

"哦，也许就因为病人可能把它当武器用。"听布莱恩的口气，好像我是给同事们送了一把切肉刀。

我想起来了，在这家南丁格尔医院，就连花朵都是违禁品。芭芭拉的兄弟就曾带着一束花从美国来看她。可是他到的时候探访时间已过，被告知只能第二天再来。有人去告诉芭芭拉说，有位不知名的男士给她送了一束花来，但这束花只能销毁，因为医院里可能有人对郁金香过敏。在她兄弟再度来访之前的24小时里，芭芭拉一直以为送花的是哈里·斯泰尔斯，这绝对拖慢了她的康复进程。

我又看了一眼仙人掌粗壮的刺，它们呈象牙色，从深绿的茎上探出。手摸上去一定像在（黄色塑料制）废针桶里摸彩。

但今天毕竟是我的最后一天，格利克大夫似乎不想对我这份冒失的礼物多加追究。她清了清嗓子说："可惜我们没有准备什么送你，那么这一盆就当是我们的回礼吧？"说话间，她把仙人掌递回给了我。

下班时，我将几把钥匙放在办公室，留给明天来替我的规培医师用。接着我就对同事们和这一批病人说了再见。

我在外科和内科做低年资医生的那两年里长胖过，因为病人出院前在病房里留的许多表示感谢的巧克力全被我吞掉了，可是到精神科才一年不到，我就又瘦了回去。

我上礼拜最开心的事，是当我告诉一个隔离中的病人他不能回家时，被他吼道："你这种娃娃脸的混蛋有什么权力违背我的意愿把我关在这儿？"听说外表仍然年轻，我心里暖洋洋的。

有一件事令我非常感动。有一位病人，虽然患严重的精神病，却依然给了我一份送别礼物：是他在一张厕纸上画的一朵花。医学总会和医师协会都严格规定，医生不能从病人处接受价值超过50镑的礼物。不过只要那位病人不是下一个凡·高，让这个成了他黄水仙时期的一份无价原稿，那我应该还是安全的。

当布莱欣领我向外走去，沿途经过病房的漫长走道，看着两侧的一间间卧室里住满了新来的病人，我心中不禁生出轮回之感。这一年，我目睹了病人来来去去。还有人去了又来，比如佩姬。格雷恩也在不久前被送回了黄水仙病房，因为他在危机照护所里试图把饮水机的冷水变成酒。

不过，在数百名经我们这部精卫机器加工过的病人中，大多数我是再也不会见了，包括安东、芭芭拉、格拉迪丝等人，他们人生故事的后续篇章将永远是一个谜。

我很期待能去社区工作一年，那里的病人情况不太紧急，我可以有时间越过他们的标签，深度了解他们的人。

布莱欣和我一同进入"气闸"。在这个怪地方，我几乎感觉不到 12 个月已经过去：时间在这里是扭曲的，就像某些病人眼中的现实。

布莱欣把我放出气闸，抱了我一下，同时小心着不被我的仙人掌扎到。

"祝你好运，本杰明，尽量别太想我们。"她轻轻一笑，"我知道你很喜欢我们的伙食，还有我们的停车场。"

接着她哐啷一声关上大门，给我在黄水仙病房的这一年画上了结实的句号，我又重新回到了自由世界。

当天晚上，我约了纳菲莎出来，庆祝彼此熬过了作为精神科医生的第一岗。

"我们活下来了！"我举起扎啤和她的软饮料碰杯。

"唔，也没有都活下来。"

"哎呀，糟糕。抱歉小纳。那真不是你的错。"

"我说的不是那个，不过还是谢谢你提醒了我。"纳菲莎咕咚咕咚喝下杯里的橙汁，仿佛那是镇痛的苏格兰威士忌，"我说的是多姆。"

"哦——"

多姆已经退出精神病学，去过简单的生活了，目前经营着一家奶酪店。我也希望能替他高兴，但我想到的都是少一个人手在我们的值班表上增加的空缺。在社区行医并不意味着我就可以躲开医院的值班了。

我和纳菲莎正坐在此地一家喜剧俱乐部的酒吧区。虽然约瑟夫对于用幽默来设立心防的做法持保留态度，但在这一年的大部分时间里，这里始终是我们对付糟心事的首选之地。*

"现在想想也真怪，12个月前我们才一起上过基思的防身课。"我感慨道。

"那么这一年里你做了几次双手过肩摔？"纳菲莎问我。

"有几次差点就出手了，但主要是对那个床管布莱恩。"

纳菲莎翻了个白眼，手上的吸管不停在饮料里搅动。她还是没有原谅布莱恩。我有时候想，怂恿纳菲莎谈论她那个死去的病人会不会对她有帮助。但她的选择是假装没这回事，再也

---

* 幽默被广泛认为是"最好的药物"。不过对衣原体来说，青霉素的疗效还是胜过谐音冷笑话。

没提过。我曾经有点想当然地认为精神科医生或许更擅长谈论自己的感受。但是在马路对面的综合院区，我知道有几个呼吸科大夫会趁着休息到大楼门外去抽烟。

"那么，呃，你觉得我们变了很多吗？"我试探性地问。

"实话实说？"她看向我越来越大的脱发区。

"去你的，小纳。"

她只告诉我说，死因裁判官认为她没有任何过失。精卫信托也认为她是清白的。那只是一次格外悲伤的意外。也是这份工作的一个职业危害。

"哈哈，这个算是新变化吧？"纳菲莎微微一笑，亮出她那枚熠熠生辉的订婚戒。原来那位男友真的希望和她共度余生。我们又一次碰杯。

除了头发日渐稀少外，我感觉在其他方面我也不大是原来的我了。不过更渐进的变化也更难看清。就像我在普通内科实习的日子里见的那些黄疸病人，他们的肤色已经黄成了《辛普森一家》中的巴特却还不自知，因为他们是每天一点点变黄的。

"你想好要选的专业了吗？"*纳菲莎换了话题。

我摇摇头。

---

* 精神科医师随着资历升高，可以进一步专攻围产期精神病学、儿童及青少年精神病学、普通成人精神病学或是老年精神病学等。其他细分领域的治疗对象包括"丧心病狂者"（司法精神病学）、学习困难人士（学习障碍精神病学）及物质滥用问题（成瘾精神病学）。

"总之,能去社区工作真是好太——多了。"纳菲莎深深叹了口气,"时间更充裕,病人不太重,有自己的诊察室,茶水和饼干也管够。就和做全科医生差不多。"

"全科医生不都在超负荷工作吗?"

纳菲莎不以为然地说:"再坏也坏不过病房,对吧?"

在结束了前半场状况不断的喜剧表演后,休息时间到了,室内亮起灯光,顾客们一股脑出去清空膀胱,回来再重新倒满杯子。纳菲莎去找张没人的桌子,我则在吧台排队。上半场有个演员发表了厌女言论,遭到一位美女的反诘,眼下这位女士就站在我身旁。她留着一头黑发,发梢是浅蓝色,耳朵上戴着一对大金环,一双杏仁色的眼睛,眼睑上画的眼线一闪一闪,宛如埃及艳后。她的橙色连衣裙在我这条单调的黑色牛仔裤和炭灰色上衣的衬托下格外鲜艳。如果现在是夏天,我或许会穿得有趣一些,比如一件浅灰色 T 恤。

"你还好吗?"我问她。她看上去醉得相当厉害,站在原地晃个不停。

"老天,气死我了。"她说。

"我给你买杯喝的怎么样?要不来点水,或者静脉滴注?"

"我想要点薯片,谢谢。"她说。酒吧女招待递给我一包泰瑞(Tyrrell)甜辣薯片,我转交给这女子,她直接塞进了手包。

"对了,我叫本吉。"我对眼前这人来了兴趣,她似乎觉得我在主动补充她的食品柜。

"这名字适合小狗。"

"你是全职撑人的哦?"我感觉稍有些受伤。

"抱歉,没那个意思。我在科学博物馆做讲解员,叫埃丝特(Esther)。"

"这名字适合某位二战遗孀。"我回了一球给她。

她大笑:"新加坡人都喜欢起老奶奶的名字。对了,我要走了。我和几个朋友可能不看下半场了,省得我又做傻事。"她在一块啤酒杯垫上匆匆写了几笔后递给我。"这是我的号码,你可以约我出去再吃点薯片什么的。"

这是个信号吗?好像比穿黄衣服或者拨头发要确切一点儿。

我端着我的扎啤和纳菲莎的青柠苏打水回到桌边。一坐下纳菲莎就问我:"你手上拿的什么?"我还拿着那块啤酒杯垫。

"这是,呃,我在吧台上认识的一个女的的电话号码。"

"别瞎掰了,到底是什么?"

规培医师在走上新岗位之前,每年都必须和一个所谓的"教育督导"见面,接受培训进展审核。

"你的样子太年轻了点,不像医生。"员工厨房里,帕特尔大夫一边打趣,一边泡了超大两杯咖啡。我很高兴她个子太矮,看不到我的秃顶,"要不是规培生变年轻了,要不就是我老了。还有行行好,别叫我'帕特尔大夫',叫'西塔'。"

我们一路来到她的办公室。墙上挂着一幅印刷的马蒂斯抽象画,角落里摆着一盆吊兰。我们双双坐下,她取出一摞文件,在桌子上墩齐,我心想我只有30分钟的空当,这么多文件怎么填得完。

"好了,本杰明,说说看,第一年做精神科医生什么体会?"

这是医生每年要走的过场,规定的动作要做,规定的圈子得钻,获得督导批准,然后进入培训的下一环节。

第一年什么体会?体会嘛,就是对什么都抱有怀疑,始终害怕犯下致命的错误。

"体会很好,谢谢!"我说。

这类审核有一条不成文的规定,就是低年资医生干得再差都要说自己能够应付,审核者也会随声附和,虽然他们自己也经历过这个阶段,对其中的破烂事知道得再清楚不过。

"很高兴你这么说。工作量也能应付吧?"她接着问。

现在是早晨7点半,我们之所以要在这个时间见缝插针地会面,是因为接下来我要上12个钟头的班。我确信她知道我的真实心声。

然而她的钢笔还是停在了"是"那一格的上方,知道我反正会说这个。而"否"的选项下面只有一行不长的虚线用来做补充说明,想必是为了限定抱怨的字数。

我想起了一个个加班的夜晚,晚上或周末带回家里的行政工作,没完没了的值班,还有别人离职后甩给我们的额外值班任务。有一件事大家心知肚明,就是你一定要在工作时间上含糊其词,谎称从不加班,以符合"欧洲工时指导"(EWTD)中一周最多工作72小时的规定,好给你的雇主留点面子。

我在外科培训的时候,有个小伙子在这个问题上闯了祸,说了实话,这是一位面对权力依然吐露真相的高尚吹哨人。结果他们判了他不合格。

"工作量还好,对。"我一边说,一边打了个完全无心的哈欠。

"很好,很好。"她勾选了"是","那么和格利克大夫的共事怎么样?"

我想到了佩姬,她在我们的系统中被踢来踢去,这一层的人根本不把她认真对待。我想到了我们实施的电休克治疗,我担心它日后会被历史书加入"野蛮疗法"的行列。我想到我们分发的可疑化学药剂,还有我们太早打发出院的病人们。想到我们不假思索地将病人的问题迅速医学化,没有好奇也没有时间去搞任何深挖。

"和格利克大夫共事很愉快,谢谢。"我答了句外交辞令。

西塔微笑着勾了方框:"那么你在接受心理治疗吗?"

我尽量缓缓点头,像个已经接受了一阵精神分析的人那样。

"哦,不错。"她在文件上又做了个标记,"什么时候开始的?"

"唔,嗯,其实才几个礼拜。"

"我很相信心理治疗。"她一下子来了兴致,对着她桌上的一尊弗洛伊德手持雪茄的小雕像点了点头,"能问问你接受治疗的内容吗？"她问这话的时候轻描淡写，就好像约瑟夫和我是在一起拼一架模型飞机，而不是在潜入我内心最深暗的角落。

"唔，我们想弄明白我为什么一直想做精神科医生。"

"真有意思，有进展了要告诉我哦。"她放下钢笔，向后靠到了椅背上，看上去真的被打动了，我见状也稍稍放松了一些。也许对西塔来说，这不单单是在方框里打钩的事。"你对接下来这一年有什么想法？"她问。

"唔，坦白说，我期待能在一个不那么紧张的环境中工作，病房还是太过满负荷了。"

"社区工作也有自己的压力。"西塔说，"在医院里，你至少可以把门窗一锁，随时盯着病人。有人算过：在社区，即使我们每六周和病人见面 30 分钟，他们仍有 99.9% 的时间完全不受我们监管，也就有很多时间闹出岔子。"我尽量不去联想纳菲莎的那个自沉的病人。

西塔举起马克杯抿了一口，杯子上写着"来这儿做事不用疯，学学我们"。*"但你总能适应，病人们会喜欢你的。你很能使人平静，举止也很温和。"

听她说我"温和"，我觉得很有意思。别人也常说我"能使人平静"，就好像这是我天生的本领，而不是被迫从别处学来的。

---

* 一个歧义幽默，两种意思分别是：1. 你不必疯狂期盼着来这里工作，我们会教你淡定；2. 你不是疯子也能来这里做事，我们会把你教疯。原文：You Don't Have to be Mad to Work Here, We'll Teach You。——编注

还有，我一个成年男性总被说成"温柔、使人平静"，不知道该做何感想。毕竟像这类形容词一般只在甘菊茶包上出现。

"天，都这时候啦？剩下的我们要抓紧了。"西塔用拇指翻动那厚厚一摞文件，要全部填完才能"签我合格"，"他们肯定每年都增加几页……好这个，你卷入过任何 SUI 吗？"

"没，还没有。"我说。"SUI"的意思是"严重意外事故"，是非常、非常严重的情况的医用委婉语。"至少从医学院毕业后就没有过。"我澄清了一句。

西塔把身子向前探了探："那么毕业前呢？"

"我还是学生的时候看见过一起，但那——"

"你看见过一起？"

"唔，一起自杀未遂。当时我和警察一起出外勤。"

西塔默默靠了回去，双手捧住咖啡，等我继续。

"唔，我还记得当时电台传来的消息：男子遭火车撞击……"我开始了回忆。

往事至今仍历历在目。我跟的是一位名叫凯伦的女警官，她在车上挂起蓝色警灯，疾驰向电台报告的坐标，停车的地方虽然已经尽可能接近现场，却仍有数里之遥。我俩爬过铁丝网围栏，掠过路边的欧洲蕨和散落其上的垃圾，踏着碎石子追踪当事人的足迹。我们朝着远处的桥跑啊跑，跑到我的小腿肚因为乳酸堆积而感到灼热。我先赶到了现场，凯伦被甩在后面不见了影子，因为她的岁数是我的两倍，也因为她背着一身装备。

一名40多岁的男子躺在铁轨上，姿势像在晒日光浴。奇怪的是他好像不觉得疼，或许是休克了吧。他就以那样的姿势仰望着我。

周围到处散落着骨头碎片，他头顶上还有个窟窿，想必是火车撞的。窟窿里面有血和白色的什么东西，不是颅骨就是脑子。这一幕最不真实的地方，是他的双脚和双手都从身上断开了。

"干！"我记得自己说了这么一句。

他的眼睛不停地开开合合，意识也随之一时清醒一时模糊。一定得让他不停说话，我心想。

"你还好吗，伙计？"我问了个荒诞的问题。

他嘴里断断续续地咕哝了一句，像是在说梦话。

我意识到房间里变得寂静，西塔不说话，只是认真地望着我。

"我问他是怎么到这地方来的，他含糊地说他是从我们上面的那座桥上跳下来的，跳下来没摔死，他就又爬到了铁轨上。然后他说，他被一列火车轧过，可还是没死。"

我当时抬头看了看桥，它离地面想必有个15米，相当于最高的那块跳台到没水的泳池底的距离。我几乎无法相信他从上面跳下来还能活着，更别说还被火车轧了。他身上没有血迹，后来有人告诉我，是因为车轮的热量和摩擦把伤口封住了。

到这时凯伦还是不见影子，现场只有男子和我两人。男子说他叫利昂。我脱下身上的卫衣压住他头顶的伤口。然后我在铁轨上坐下，另一只手搭到他的肩上。

我见火车停在了桥的另一侧几百米的地方。火车司机或许正在广播里用一贯活泼的声音向乘客道歉，乘客们大概也在对彼此啧啧抱怨。

"我问利昂为什么跳桥。他告诉我支配他身躯的那几股力量向他发布了'最终使命'，那就是牺牲自我，拯救世界。"

西塔听得直摇头。

"凯伦终于到了，她呼叫了一架救护直升机。直升机在现场降落。我当时还没有见过急救人员工作的场面。他们把我那件被血浸透的卫衣丢到碎石地面上，换上了白色的无菌垫和绷带。接着利昂被抬上一副担架，有人捡起他的双手双脚，装进了一只袋子。"

你会好的，我告诉他，当时我还不明白在医疗上做出空头许诺的危险。直升机来也匆匆去也匆匆，转眼就飞走了。

凯伦和我对视了一眼，仿佛是两个见过了太多血腥的战场老兵。她向我道歉，说来得太晚了。我记得她好像还抱了我一下。后来有别人问我怎么知道那段铁轨没有通电，我装出了不是第一次考虑这个问题的样子。

"我后来在一个庄重的场合获得了警方颁发的勇气嘉奖，表彰我'在某人被火车撞击并严重受伤的现场所采取的行动'。这一定是史上名目最长也最详细的一个奖项了。"

西塔仍没有说话。

那幅奖状现在放在我床底的某个地方,因为山姆不想把这样的东西挂进我们的浴室。

"急救医生为他保住了命。外科医生也把他的手脚接了回去。可是在那之后我只能想到一个问题:如果不能理解是什么让人跳桥,这样大费周章又有什么用?这坚定了我专攻精神病学的志向。"

西塔点点头,她给了我她最好的同情表情,还有一张纸巾。

我没有告诉她的是,我差一点要哭出来的原因,并不是重温了这段记忆,而是我感觉过去的这一年,我变得比任何时候都更不了解人类的心灵了。

第二部

疾 病

illness（名词）：影响身体或心理的某种病症或某段不适期

12　科顿大夫

"本杰明，我来向你介绍我们这儿的头号重要人物。"科顿（Cotton）大夫在我到康宁中心的第一天早晨对我说，"这是我们的接待员谢丽尔，你的信件全由她来发送。她是这儿的小神仙，只有她知道怎么操作复印机和传真机。"

在接待处打电话的女子冲我嫣然一笑。她有一头红色的卷发，双手交叉在充满母性的大胸前面。

我已经喜欢上了科顿大夫，觉得他风度翩翩、和蔼可亲，他甚至没有把我的名字简化成"本"。

"本杰明，我让谢丽尔替你订了日记本，这样你就不必自己费心了。"

他还这么会帮助人！

谢丽尔把电话话筒扣到肩上，小声说了句"幸会，本杰明"，一边把一本皮面日记本递给了我。

科顿大夫冲她挤了挤那双绿色大眼睛中的一只，她脸一红，继续讲电话。

我跟在科顿大夫后面,他把西装搭在肩膀上,领着我来到我的诊室,未来一年中大多数时候我都将驻守此地。

"这里就是你的专属诊察室了!"科顿大夫说。

"好棒啊!"我被他的热情催了眠,都没在意这间诊室仅有一只衣柜大小,办公桌上也只有一台陈旧不堪的台式机,加上几只没人要的咖啡杯正培养着新菌株,兴许能长出什么抗生素。这并不比山姆的楼梯间卧室进步多少。

"你尽可以照着自己的喜好装扮这里,摆点植物和家人照片之类的。你有孩子吗?"

我摇摇头。

"结婚了吗?"

"没有,不过我倒是有一盆仙人掌。"

"那也不错。"他说。

我随意翻开新日记本,就像孩子在上学第一天收到了一本新的作业簿,结果吃惊地发现里面从头到尾都写了病人的名字,每一处空白都写满了,时间上持续了几个月。其中第一个病人再过半小时就要来了。我顿时感觉胸口一紧。

"怎么了?"科顿大夫板起面孔问道。

"唔,我是在想,是不是要跟同事们见个面?或者先观摩你接诊?"

"要我说就直接开干吧!我今天从早到晚都有无聊的行政会议,相信我,你肯定不想观摩那个。"

"可是，你不要监督我诊察病人吗？不用检查我是不是做得得体，没在胡搞？"

科顿大夫亲热地拍了拍我的胳膊："你肯定行的，本杰明，你现在实习到第二年了对吧？"

"对是对，但这毕竟是我第一次在社区看病人，还是一个人。"

我担心的是在病人面前说错话，令他们病情恶化，而科顿大夫却以为我说的是安全问题。

"你只要记住，一个人看病人的时候，要始终坐在靠门最近的位置，那样就有路可逃了。"

我环视我这间诊室的结构。医生的办公桌椅靠最里面的墙放着，另一把应该是病人坐的椅子，倒是离门最近。墙上连一扇能爬出去的窗都没有。

"或者嘛，"科顿大夫继续说，"要是逃不了，还可以按这个紧急报警器——"他施施然走到房间内侧，指向藏在办公桌下的一个红色按钮，"然后救援立刻就来了。"

"真的？"

我的口气肯定还有些疑虑，科顿大夫试图让我安心。

"当然是真的！我们来想象一下最坏的可能：一个病人堵住了出口，他制服了你，还开始掐你的脖子。"我感觉科顿大夫最近也去上了基思的防身进修课。他继续说："如果气道不通了，缺氧的人脑能活多久？两三分钟吧？"

"嗯，对。"

"所以警报激活后,反应一定要快。我看你还挺怀疑。来,我给你演示演示。"他嘀嘀嘀按了几下手表,调出秒表功能。"预备——"他咧嘴一笑,按下红色按钮,紧接着启动了秒表。震耳欲聋的警铃到处响起,他的手悬在腕表上做好了按停秒表的准备。我们俩都转身面向门口,静静等待……

接下来会发生什么?是会冲进来几名护士,给假想的袭击者打镇静针?还是谢丽尔闯进来,用电话线把袭击者捆住?

八、九、十秒钟过去……这点耽搁大概正常,我们的后援队总要有时间穿上防护服什么的。然而,30秒钟后,外面仍然没有动静,科顿大夫的笑容开始消失。

当我们到达一分钟限度时,我想象自己的脸被掐成了李子似的紫色,警铃仍在头顶天花板上那只盒子里尖啸。科顿大夫的双脚开始不安地挪动。

到两分钟时,我想象自己的意识已经一会清醒、一会糊涂了,童年时的记忆开始在我眼前闪现。

时间进入第三分钟,我想必已经陷入永久植物状态,科顿大夫终于等不下去了。他冲到门口,猛地开门望向外面的过道。我也跟了出去,只见医护们正将脑袋探出各自的诊室,手指堵着耳朵,个个表情懵懂。

没人会认错的红发谢丽尔已经离开接待处,正沿过道走向出口。

"谢丽尔,你在干吗?"科顿大夫大声质问。

"我去隔壁整理这些文件！"谢丽尔也喊着回应，胳膊下夹着几个文件夹，"这么吵我集中不了精神！你说是设备测试吗？"

"对，是测试！"

"哦，好。"她转身继续向远处走去。

我们找到维修工人重设了系统，尖啸停止了。他告诫科顿大夫将来不要对系统做计划外的测试，还说只有提前做了预警，员工才更可能对紧急警报做出响应。

科顿大夫大步流星回到我的办公室，似乎铁了心要安慰我。"刚才的事你不必担心。我们再来想象，发生了最坏的可能。"他重起了话头，"一个病人堵住了你的去路，他块头比你大，手上还有武器。你按下警报，但支援没来。这时候你怎么办？"

我茫然地耸了耸肩。

"你可以提议给他去倒杯水，"他说着挑起了眉毛，似乎对自己的办法很是满意，"然后就可以出房间找警察支援了。"

我听到这个应急计划先是感到宽心，但接着就在其中发现了一个漏洞：万一病人当时不渴怎么办？我把这个想法告诉科顿大夫，他听罢搔了搔头说："唔，那就到时候再说吧。好了，我得赶紧闪了，第一个会要迟到了。还有什么问题给我打电话就好。"他说完匆匆离开。

我环顾这间逃不掉的死刑室，忽然意识到科顿大夫并没有给我他的电话号码。

我稍事整理，再登入那台笨重的电脑，查起当天的患者名单。去年我只要将格利克大夫的接诊情况记录下来就行，如今那些可能攸关生死的决策要由我来做了。

我的第一个病人进来时，用铁链牵着一条罗威纳犬。"你不怕狗吧？"这位塔里克问我。

这条猛犬让我手心出汗，心脏狂跳，后背也汗津津的，心里一个劲想着逃出房间——典型的"或战或逃"反应。"不不不，一点不怕。"我结巴着回答。我努力同时做到几件事情：一边散发出专业的气息，一边隐藏我快要拉裤子的事实，还不能让他发现我的办公桌抽屉里装满了发霉的咖啡杯。

我确实有恐犬症，一看到狗就害怕，可是塔里克的转诊表上说，他正在认真考虑结束自己的生命，所以我想还是尽量给他行个方便。

"那让他在这儿吃东西可以吗？"

塔里克肩膀上方的墙上有一块牌子写着"诊室内严禁饮食"，牌子下方，猛犬已经流着口水在地毯上啃起了狗饼干。

"我觉得没问题。"我说。

周围的某处肯定藏着一份十页长的医院与信托犬类规定，但我说服了自己这是塔里克的情绪支持宠物。

"你真的不怕狗吗？"塔里克又问了一遍。这时我的眼睛还没从他这位毛茸茸的朋友身上挪开。

不知道为什么，我决定向他坦白："老实说，我确实怕狗。

我小时候被一条狗袭击过。"

那是我3岁的事，一家人驾拖车外出度假，我晃悠悠走进了一间护卫犬舍。一条德国牧羊犬把我追了出来，第一口就咬中了我的T恤背面，把它撕成了理发围布。眼看着第二口就要撕下我的皮肉，这时它的锁链绷紧了。在一旁看着的我的父母说这是个奇迹。

"我可以把他拴外面，你需要吗？"塔里克提议。

"不，不用了。这对于我是很好的暴露疗法。"我说。

这动物直瞪着我，肯定是嗅到了我的恐惧，它们都有这个本事。他的粗毛"大衣"下是一身强健的肌肉，黑如甘草的牙龈上长着森森利齿，硬质零食在它们的咀嚼下软得像口香糖。

"老实说，他连一只苍蝇都不会伤害。"塔里克说。

"大概是因为他不会把报纸卷成一卷吧。"我说。

"啊？"

"没什么，一个冷笑话罢了。他叫什么？"我忙不迭地和他说话，好让自己分分心。

"叫泰森。"

"就是那个把别人耳朵咬掉的拳击手？"

这下连塔里克也尽量笑了一下："我可以给他套上嘴套，你需要吗。"

有嘴套就说明……？

我对他说不必了，自己的心跳倒是慢了下来。满灌疗法或叫暴露疗法的原理是肾上腺素和焦虑水平不可能永远高昂。"现在不是我在接受治疗,"我说,"应该是我帮你才对。"

我先在我们的系统中查了塔里克的住址,这一步很简单,因为他根本没有。他的衣服脏兮兮的,浓密的胡子和头发都擀了毡。他的全部家当都装在一只旅行背包里,背包上用松紧绳系了一块当作床垫的硬纸板,背包底下还当啷着一只睡袋。

塔里克或许还是去找流浪救助团队比较合适,但他今天来的是我诊室,从他的档案看这很不寻常。我如果现在就把他打发去别的地方,就有永远失去他的风险。

"你在我们系统中登记的出生日期是……哦……1984 年 10 月 31 日?我是在你前一天生的。"

接下来怎么套近乎?我是不是还要透露我支持的足球队、"辣妹组合"里最喜欢的一个,或者是某些更劲爆的家族秘密?

我去年有时候对格利克大夫的治疗态度不以为然,但现在我知道了,接诊病人并不像表面看着那么简单。看来我的接诊风格就是极力地过度分享。

"嗯,我是个万圣节宝宝。"他说,"你妈也把你丢在医院了?真是最差劲的'不给糖就捣蛋'。"

我妈经常说,我出生的那天是她一生中最幸福的日子,只是从不当着我三个弟弟的面。我想部分是因为她怀上我很不容易,那阵子她整天只吃西柚和宝路薄荷糖。她是得了代码 F50.0 的神经性厌食吗?

和我不同，塔里克是从领养人那里听说，他那个酒精依赖的生母在生下他之后就直奔酒吧，再没回来。从第一次被抛弃的那天起，他的人生就由一连串残酷的拒绝构成。福利院、学校、低技能岗位和公屋接连把他踢走，社会也整个拒绝了他，最后他干脆抛弃家庭生活，转身依靠起混乱的街面。

"已经躺在阴沟里，就再没什么能把你打倒，对吧，伙计？"他拍拍泰森的脑袋说，"狗不会辜负你，不像人。"

谢天谢地，还好我没把泰森踢出去。

当他弯下身子去揉宠物的肚皮，我从他身上闻到了一丝酒味，塔里克承认他的另一个好友是威士忌，因为它的麻醉效果十分可靠。"真是有其母必有其子哈？"他说，"她是个大酒鬼，最后连命都喝没了。酒就是我和她的纽带。"他取出一种神秘的红褐色饮料，倒进了一只塑料可口可乐瓶里——从前的酒鬼都用棕色纸袋做掩护，现在换成可乐瓶了。"我能不能……"

狗就算了，有人要在我的诊察室里喝酒，多半还是要立规矩的。"最好不要，塔里克。能跟我说说你的酒精消耗吗？"

呃，还酒精"消耗"？听起来太干净太医学了。

"唔，有些日子我整天喝酒，有些日子喝得更多。我只要讨够了买威士忌和泰森狗粮的钱，那一天我就会读点书。图书馆一般都有中央暖气。"

"喝酒对你有什么坏处吗？"我问他。

以前肯定有卫生从业者跟他提过这个话头。

"红酒其实能降低心脏病风险,你知道吗?"他说。

心脏病风险略微下降未必是好事,因为同时上升的还有患肝病、肠胃问题、癌症、勃起障碍、头部损伤和精神障碍的风险。再说塔里克喝的也不是红酒。他每天要喝三升威士忌。

"我身体可没那么差。"否认是瘾君子的第一反应。虽然他如此抗辩,我还是从他的眼睛里看出了问题:他的眼球已经微微发黄。

"我从前认识一个男的,每天喝五升伏特加。"他接着说。

"他后来怎么样了?"

"不知道,我有一阵子没见他了。"

只要论证自己不是世上最凶的酒鬼,塔里克就可以将接受变化的时间往后推。我以前也见过这种内心把戏,在黄水仙病房的病人身上见过,也在离家更近的地方见过。可是一旦说起这个就又要过度分享了。

塔里克还忘了一件事,或者说故意没想起来:他被转到我们这里之前因为胃痉挛到一家简易诊所求诊,验血证实了他有早期肝病。那里的医生告诫他再喝下去会送命,他答说反正他也想过自杀,这促成了精神科转诊。但他能来,我还是感到意外。

"塔里克,你有没有感到过人生并不值得?"

"反正我在这世上也没什么了。我有时候想,如果我死了至少还有机会和我妈见见面。"

"也不用这么着急吧?我想她肯定愿意再等等你。"

"这倒是。"他承认。

格利克大夫教过我,有些保护性因素会阻止一名有自杀倾向的病人实践其死亡冲动,这些因素包括朋友、家人或伴侣、强烈的宗教信仰、无法获得致死手段,或是对于实施自杀表现出"懦弱"。正因为有这些因素,我才能在夜里安然入眠。

"塔里克,有任何值得你活下去的理由吗?"

他思索着这个问题:"我想泰森是,我得留下来喂他。"

我对这条猛犬产生了一种陌生的感激之情,眼下他正在啃我的电脑线。

时间到了。

"塔里克,你要去戒毒戒酒机构找个专家看看吗?或者匿名戒酒会?"

"那些人没用。"他气呼呼地说了一句。

"要不我试试给你来个住院脱瘾治疗?"

"那又有什么意义?"

电脑"叮"的一声,是谢丽尔发来邮件,告诉我下两位病人已经在外面等得烦躁了。

我还需要多一点时间才能让塔里克信任我。

"我们今天必须结束了,不过我还想把你推荐给我们团队的心理咨询师。下一次见面,我们或许可以想想怎么在你的生活里注入点其他东西。"

注入。老天,我怎么用了"注入"这词——你对酒精已经得心应手,下面我们给你来点更带劲的。

"……我是说给你注入一点目标,不是别的那个什么。这目标可以是学习、工作什么的。你会再来见我吗?"

塔里克在座位上扭动,想找个不来的借口。

"就算是帮我克服怕狗吧?"我半开玩笑地加了一句。

"嗯,我想想。"他说。

他走后,我不停忙碌了整整一天。到晚上7点,我正在写全科转诊信,谢丽尔从外面看了进来,手包搭在肩上,嘴里嚼着口香糖。

"本杰明,我要设警铃了,你是把剩下的活带回去做,还是想在这里过夜?"

"抱歉这么晚才来,轮胎漏气了。"我在长沙发上躺下说。

"你晚到的真正原因是什么,本吉?"约瑟夫问我。

我发现了精神分析的一个谬误,那也是在一切事物中寻找意义的谬误:本来只是因缘际会让路上的一块碎玻璃扎了你的自行车胎,它却非要认为是你在潜意识中抗拒治疗过程。

"我刚告诉你了,我爆胎了。"

这已经不是我们第一次要寻找本不存在的理由了。刚开始治疗的时候,我出现了一种浑身发痒的状况,约瑟夫的解释是我在努力适应作为病人的这层新"皮肤"。我后来发现那只是山姆给家里买了一种新的生物洗衣液。

"约瑟夫,弗洛伊德说过什么来着,有时候一根雪茄就是一根雪茄?"

"他其实从来没那么说过,都是杜撰。不过或许你是对的。说起这个,我倒有一个不错的笑话。"约瑟夫很喜欢对我讲笑话、说寓言,"一个新来的病人进来坐下,治疗师沉默了十分钟,想等病人说点什么。最后病人主动说自己下巴很疼。治疗师静静地思索:是不是他的秘密太痛苦了,甚至说不出口?又静默了十分钟之后,治疗师的秘书打来电话说:'抱歉打扰你,里面那位先生是要去楼上看牙医的。'"

我们一起哈哈大笑。我已经喜欢上了约瑟夫,也在试着信任精神分析的过程了。这门学问肯定有点东西,不见得那么多书籍都在瞎编?

经过几次治疗,如今的我,不仅身体陷入了他那张长沙发,心灵也进到了"深水区"。我注意到他的大花板上长年栖息着一只蜘蛛,我如果假装是在向它倾诉人生经历,就会比较容易。

约瑟夫也一直在试图帮我从一根筋式的自我沉溺中走出来。还有我那不安生的负罪感,认为那些心患重疾的人更有资格获得我在这个周一晚上的预约——只要他们负担得起。约瑟夫不久前这样开导我:"如果有人断了一条腿,然后发现另一个人断了两条腿,那就能说明第一个人的断腿不算大事吗?"于是我还是带着扭伤的脚踝坚持来了。

我的自由联想已经越发熟练,就是说出脑袋里想到的第一个事物。在接受精神分析时,你不能"想好了再说",而是要先一股脑说出来,然后再分析自己表达的内容。我最初的尝试只限于名词,比如我会说出"甜瓜……墙……灯",接着约瑟夫会问我为什么要说甜瓜,我再解释是因为我在乐购(Tesco)套餐里吃了几块。而如今我已经升级到了能够自由联想出整句句子,并且能抵抗住在等候室预先练好几句聪明话的诱惑了。

这个礼拜,回想起见塔里克时的情形,我和约瑟夫探讨了我童年时被狗袭击的经历。我说起了家人对那件事的不同记忆。当我和父母谈论此事,老妈说狗咬烂的那件T恤是绿色的,她能记得这个细节,真挺有趣。老爸说,事后他们尽量表现得一切如常,好像什么都没发生那样,免得给我留下阴影。

约瑟夫听后说了句"有意思",这给我加了一剂多巴胺,让我觉得自己在真正"接受治疗"了。这促使我讲了另一件事:我爸曾经做过生物老师,学校离家有110多公里,他工作日都住我家的拖车。一天,老妈打电话到学校找他,教学秘书却说"约翰不在这儿上班三个月了"。当时他也表现得一切如常,照例每个周末才回家,就好像什么都没发生。

我还给约瑟夫讲了我妈手腕骨折的事,他听了不由说道:"听上去你父母都喜欢制造一切很和谐的印象,哪怕他们的骨头装不出来。"我几乎要为他鼓掌了。

我们讨论了像那样假装一切照常的后果:如今的我,有时会怀疑童年的挫折都是我想象出来的,要不就是我快疯了。从小到大，我只要一说不开心老妈就会答道："总之不是我们造成的，你的童年可是无忧无虑的哦。"

但童年的事我都记得，有摔门而出，有尖声争吵。还记得那件事、那件事，老天还有那件……

从约瑟夫那里出来后，我推着自行车沿商业街走着，半路经过一家照相店，橱窗里展示着各种"精彩瞬间"：一家人在一张洁白蓬松的床上用枕头打闹；一个孩子吹熄了生日蛋糕上的蜡烛，没有把唾沫喷得到处都是；一个快乐的新娘穿着你能想到的婚纱和细高跟鞋走过一片玉米地。就连那些相框看起来也很假，像是胶合板和薄薄一层橡木贴面做出来的假木头。我想起了我们的全家福。那是无数张我们一起堆沙堡的幸福合照。不过在按下快门之前，老妈总是会提醒我们"笑一笑"。

有一个老妈打来的电话我没接，肯定是她想听我说说新岗位的事。我没给她回电话。

13 黛 西

我站在高层公寓楼下,最后一次按响了 17 楼黛西的门铃,接着我刚要放弃离开,就见到黛西拐过一个墙角,经过酒水店、彩票店和几扇用木板钉起的窗子走了过来,双手各提着一只平价超市(Lidl)的购物袋。

"嗨,黛西。抱歉没打招呼就来了,可你电话实在打不通,所以我——"

她放下一只购物袋,迅速将一根手指竖在嘴前:"嘘,这里说话不安全。"

医学领域有一件幸事,就是身患癌症之类重病的人,会比病情较轻的人更积极地如约就诊。但精神科仿佛处境还不够艰难似的,除了缺乏客观的检验和真正的治愈外,我还在这个专业里发现了一件与医学常规相悖的事:在这里病得最重的患者,反倒往往不来就诊。也是,当有外星人在追踪你时,谁还有空去见一个古板的精神科大夫?

黛西最近两次门诊都没来康宁中心赴约,这是病情可能在恶化的警示信号，于是我主动找上了门。

她偷偷带我进入公寓楼，我照她的吩咐，在走向电梯的路上目不斜视，以免引起怀疑。我感觉我离一名特工只差一只公文包了。

几张大大的告示列出了禁止事项，其中在天井里玩"球类运动"大概是这栋楼里最不足道的问题了。一股子臭鼬似的气味从某处飘来，进了电梯，另一张告示提醒我们"此处禁止小便"。

如果说我在黄水仙病房里观察到了精神疾病和贫困之间似乎存在关联，那么社区工作的经历就完全证实了这一观察。我的许多病人都生活在像这样的地方。

常有人说"精神疾病不搞歧视"，可是，虽然英国的王子们也会得精神疾病，这句口号还是略有误导性。我现在觉得，精神疾病的患者更多还是处于较低的社会经济阶层，多得不成比例，这一点在考虑预防策略的时候尤其应当注意。回到我那间盒子大小的办公室，当我在我们的线上数据库中为新病人建档时，下拉菜单会显示"教授""女爵士""公爵""少校""爵士""上尉""男爵夫人""尊敬的女勋爵"这类头衔，但是我还从没选过这些。也许是这些阁下都有保柏（BUPA）这种私立医保。*

电梯咯噔一下停了，我照黛西的吩咐，悄悄地跟在她后面

---

* 有两个理论试图解释这一现象，一是因果理论（较低的社会经济地位培育了精神疾病），二是社会滑坡（social-drift）理论（精神疾病导致社会地位降低）。

进了她的公寓。

我妈相信一个人的家宅会反映其精神状态。"我不喜欢家里乱,让我没法清晰思考。"她总是边这么说边把洗净的碗盘收好。

黛西的信箱里塞满了样子严肃的白色信封,上面都有玻璃纸小窗。她带我进去,把两个购物袋都放下,接着将三道门锁全部锁上,又挂上一条门链。"好了,现在说话安全了。"她说。

"这些信你要不要拆几封看看?"我说。

"都是催债的,还有市政的驱逐警告。"她轻描淡写地说。

真是怪人,我心想。

我在门边看见了黛西那双溅满食物的厨师鞋。"餐厅的工作怎么样了?"

"哦,我不干了。家里出了这档子事,我没空去上班。"

门厅很暗,只有里面的一扇窗子透进来一束自然光。我按下电灯开关,可是灯不亮。或许是因为她没交电费,又或许是因为灯泡上包了厚厚的锡纸,多得可以烤一只圣诞节火鸡了。

我跟着她走进厨房,这里就像20世纪70年代科幻电影的布景:海量的锡纸将灯泡、插座、排气扇和烤箱都细细地包了个遍。包括冰箱和吐司机在内的厨房电器也享受了同等待遇。

"这都是为防止他接收到我的频率,我还有其他房间要弄。"黛西一边解释一边打开购物袋,里面还有32卷锡纸。"我本该给你泡杯茶的,可是……"她说着指了指烧水壶,上面也裹了三层铝箔。

我记得在黄水仙病房时，有个病人的妄想也和金属有关，所以妄想者戴锡纸帽的刻板印象或许是有点道理的。我不由心想，不知铝箔生产商的利润有几成是来自精神病人？我只希望他们的广告策略永远不要将精神病人作为直接目标。("Bacofoil牌锡纸——躲开他们的监视！")

黛西告诉我，有一次她上完长班回来，发现楼上邻居在她的所有电子设备里都装了窃听器，她的吐司机也向右移动了几厘米，边上的一行面包屑就是证明。她已经关了所有电器，但邻居仍在监听，因此她猜测窃听器已经深深嵌入了整栋大楼的电路。

我尽量做到面无表情，保持镇定："黛西，我一直在打你的电话啊？"

"我只能把手机砸了。"她说，并继续将一卷接一卷的锡纸倒在本已凌乱的桌面上。在一堆杂物中间，我看见了一把羊角锤和一部三星手机的残骸。

"快，把你的也给我。"她向我伸手，"他可能也在追踪你。"

交出我那部崭崭新也没上保险的手机似乎不是个好主意。"唔，黛西，我就调成飞行模式可以吗？"

我并不想告诉她我一直在给喜剧俱乐部里认识的一名女子发消息，现在正等她回复。说起来，其实是纳菲莎在替我给埃丝特发消息。先是我们下班后到图书馆里一起复习迎考，她得知我竟然没给那位将号码留在啤酒杯垫上的女士发消息，立刻命令我交出手机，并小心翼翼地替我编辑了一条信息。她还故意在里面加上了几个拼写错误，好让我别"像个怪咖"。

今天早上，我刚自由发挥了一条消息，这是我第一次没有纳菲莎的协助。我看到埃丝特的状态变成了"在线"，接着出现了显示她正在打字的省略号，接着省略号又消失，她又变成了"离线"。跑了。这教育我不要跳开写手自力更生。

"那你就把手机彻底关掉。"黛西说，这是个公道的折中方案，我看手机逃过一锤，松了口气。

桌上那堆东西里还有几盒没拆的黛西的药，这件事我待会儿再说。

"这个楼上的邻居对我有意见。我以前住的地方，上面的男人也是这样。"她说她很为此烦恼，因为她在搬迁申请表里已经填写清楚，她对房子的大小、品质甚至地段都可以随便，唯一的要求是"没有bugs（窃听器）"。我怀疑市政把"bugs"理解成了虱子。忽然她的视线射向天花板："你听！"

我在寂静中等了一会儿——这里的"寂静"是就伦敦而言。"什么也没听到啊。"

"你当然是听不到的。他知道你来了。他就是这么机灵！"她用手指敲打太阳穴示意。

"那个，你觉得来医院一下怎么样？"

黛西还没等我说完就摇起了脑袋。大多数病人都讨厌去医院，我那个叔叔也总是这样。

我环顾房间，想看清楚周围的一切。

有几件东西逃过了黛西的包裹：一张桌子加几把椅子，一只水果碗和她的几块砧板。还有她的厨房刀具，摆放它们的刀架样子古怪，是个人形，两条腿上各插了一把刀，身体上插了一把，还有一把直插到脸上。这让我想到了点别的，我最好还是问问。

"黛西，你想过去和这个邻居对抗吗？"

"没有，你疯了吗？他都说要对我那样了我还跟他对抗？"

我立刻松了口气，目光也从银色的刀刃上挪开："对，最好还是别去找他。"

将黛西隔离起来是一个办法，但是强制入院会造成极大的创伤。黛西的状态确实相当不好，但她的危险性也不算太高。所以我打算尽量在社区里给予她帮助。

我得走了，下午的门诊就快开始了。"我走之前有个要求，黛西，你能买一部新手机，好让我联系上你吗？"她说她打算买部便宜的，再换个让邻居没法监听的号码。我接下来的要求就不太好办了："另外，氯氮平也重新吃起来，怎么样？"

"不不不。"她这么说就是证实了我的怀疑：她早就自己停药了。"那些药把我变得像个僵尸似的。我得保持警惕，万一他要闯进来就糟了。"

"好吧。"我没有再勉强她。在精神领域，你必须有所取舍，如果太过强硬，她或许再也不会为我开门了。这远不如先继续建立良好的诊疗关系，日后再委婉地建议她服药来得好。"最后就是，你想让我去跟楼上邻居谈谈吗？也许我能调解一下。"

她却说那只会激怒邻居，不过她最终还是同意了我下周再来看她一次，也同意让我打电话给负责她这栋楼的租房管理人。

回到办公室，我打给了市政负责邻里争议的部门，想要正式解决黛西和楼上184室住户的矛盾。但对方说，楼上那间公寓已经空了至少六个月，还在等待整饬：之前的租客死在了里面，弄得特别好瞧。

我的手机发出了振动。是埃丝特回消息了。

我的工作进入了一套新常规：接诊病人，下班后留下做行政工作到很晚，依然时时担忧自己会犯下天大的错误。

再去看黛西时，她开了前门让我进去，口气相当兴奋："对，我知道你觉得我疯了，因为你在的时候他很安静，可是昨天晚上他实在吵得不行。我全都录下来了。"她从衣袋里取出一部新手机，打开录音应用，脸上挂着得意的笑。她点了"播放"，声音条开始行进——但始终是一条静默的直线，偶尔有波形是录到了她的呼吸声。

这绝对是精神科大夫的一手将军，我只要再问一个问题，黛西就会意识到自己病了。

"这录音你怎么解释，黛西？"

"肯定是他昨天晚上进来过，对录音文件做了手脚！我要把

前门也挡起来！"她的眼神在房间里四下游移。精神分裂患者总能给出完全不合理性的解释。*

"你能不能给市政写一封信，帮我换一套房子？"她一边说一边扫视家具。

"你先等会儿。"我在一把椅子上坐下，既是为了安抚她，也防止她把椅子用作路障。她并没有随着我坐下。"黛西，再搬家也不是长久之计。而且我已经和市政谈过了，他们告诉我，你楼上的租客已经，呃，已经不在了。那套公寓是空的。你要不要自己去看看？"

我心中仍有一个角落在天真地希望能用证据说服黛西不必害怕。我就像恐怖片里的大人，先是安慰孩子说衣橱里没有怪物，接着把橱门一开，果然里面除了挂衣架什么也没有。

"他说了他要杀了我！"黛西大声抗议。

看来我坐下完全没能安抚她。

"那我和你一起上去怎么样？"

"不行！"

我不知道黛西说不行是因为她害怕那男的，还是她觉得万一扭打起来我根本没用。

我对黛西说，我很担心这一切会不利于她的精神健康，而

---

* 和大家普遍认为的不同，精神分裂并不是心灵的"分裂"。它最常见的症状是妄想（即错误的信念）和幻觉（看到、闻到、尝到或者最常见的听到并不存在于患者头脑之外的东西）。

她还是不愿重新服药、不考虑来医院。她示意我出去，然后关门上了锁。接着我就听见了家具在地板上拖动的不祥声音。

进入电梯，我没有返回地面层，而是情不自禁地用手指按下了"18"，升向上面一层。

会不会黛西是对的呢？她的恐惧看起来那么真实。也许她的楼上真有一名反社会的邻居，这并不是完全不可能的事。确实有人会被别人跟踪。也许市政那位女士查错了档案，跟我说的是另一栋楼的184室。也可能有人在蹭住。

我进了18楼那条光秃秃的水泥过道，两边是一扇接一扇朴素的木门，门上钉着镀铬门牌：180，181，182，183……

到184门前时，我顿了顿。

我希望在里面发现什么呢？一个吹着口哨干活的装修工？那个在里面去世的老太太的鬼魂？还是右翼组织英国防御联盟（EDL）的一个蠢货，窗子里挂一面英国国旗，室内还有些可疑的电子设备？

我敲了敲门，没人来应。

回到办公室，谢丽尔正在接待处后面喝低脂酸奶，一边跟科顿大夫说着话。

"哦，本杰明，你两点钟的到了。"谢丽尔说，"还有，有警察刚刚打电话来，问我是哪个医生把黛西评估为正常。"

"我的意思是她不算正常，但是……怎么了？"

"唔，就是有人报警抓她，警察现在带她去急诊部做紧急精神评估了。说是她拿着把菜刀在她那栋公租大楼里溜达——"

"什么?!"

"她用刀砍楼里公共保险丝盒的线,差点给电死。她说这是为了楼里的大家好,可听上去其他住户未见得同意。"

科顿大夫挑起了眉毛。我来这里上班之后很少见到他,可这会儿他却奇迹般地空降,恰好来听我的错误。"本杰明,我不知道你们在黄水仙病房是怎么做事的,但在这里我们主要是尽量避免病人拿着菜刀在社区横冲直撞。"说完他阔步走开。

我现在明白,认为可以用搬家来逃避问题的,不仅是那些拿到正式精神健康诊断的人。

"父母把一家人搬到乡下时,你是什么感受?"约瑟夫在接下来的一次治疗中问我。

"我那时大概 7 岁,本来很喜欢纽卡斯尔。至少还有几个朋友。但我们搬去了一个非常偏远的地方。我妈费了很大心思想把其他孩子请到家里来玩。但平时家里还是只有我、几个弟弟还有爸爸妈妈。"

"嗯……"

"到了晚上就更难了。我们基本就是住在一个建筑工地上,要不就是在房车里。到处都是尘土瓦片,一开始连个屋顶都没有,也没有中央暖气之类的东西。"

我前不久在电台上听到一项研究,说在大自然中生活能改善人的精神健康,但它没提这种生活的缺点。他们没告诉你的是,逃开城市的压力搬去荒无人烟之所,其实是更艰苦的一种生活。我们家最近的邻居也在半英里开外,他是个精神分裂患者,平时很少离开他那间破房子,只偶尔搭车去白金汉宫向女王讨钱。比他再远几英里的地方住着一些农户。农业工人的自杀率在国内名列前茅,果然有一天悲剧发生,他们中有一位摄入了致死剂量的毒鼠药。从统计上看,农村地区的精神卫生问题比城市里更为普遍,酗酒、家暴也更加常见。

"那里的生活脱离社会,地理上也与世隔离。"我接着说,"方圆几英里内,没人能判断什么样的行为是正常的,或者在听见大喊或尖叫的时候来照应你。"

"你说尖叫?"

此刻头顶的灯光看来就像飞碟。要是它们能照下一束光,将我从这场对话中带走,倒也不错。

14　马尔坎

"精神法医那边转了个新病人过来。"科顿大夫在一周组会上说。组会是我为数不多能见到他还有除谢丽尔外的其他同事的机会之一。谢丽尔此刻正坐在角落里用手提电脑打会议纪要。周会一般无聊得叫人直揉眼睛,唯一的亮点往往来自听写错误,比如本该把接受转诊的单位称作"亲爱的精神(psych)团队",对方却写成了"亲爱的请神(psychic)团队"。我们倒是希望有预知未来的灵力。

我努力压住一个哈欠。昨晚上刚做了个可怕的噩梦,醒来后浑身冷汗。噩梦中,我在南丁格尔的员工停车场上,正用一根软管连接汽车排气管准备毒死自己。车内升起薄薄的烟雾,我看见一个身穿西装的男人快速走了过来。他敲了敲车窗,我将车窗摇下之后,他说:"你能不能别在这儿这么干?去公墓的停车场吧。"约瑟夫听了这个肯定会兴奋不已。

"病人是一名男士,刚从高安保病房出来,今后需要协调照护。"科顿大夫接着说。

特别贫困或者危险的病人有时会得到一个"照护协调员",可以是一个指定的护士、社工或者职业治疗师,病人可以在去门诊接受医学评估的间隙和协调员打电话或者面谈。

"他在精神法医那儿治了20年。"科顿大夫说,"罪名好像是……"他扫了一眼转诊单,"哦,在这儿写着呢。他杀了他的精神卫生支持员。谁愿意去负责他?"

接下来是NHS少见的静谧时分。就连谢丽尔也不嚼口香糖了,而是抬头张望起来。

"来嘛,如果没人自愿,我就只好分派了。"科顿大夫说。要是他叫我来全权负责,我可能当场在同事们面前哭出来。我的工作量本来就大得很危险了。

"你说过把我的几个病人派给别人的。"一名护士率先抗议。

科顿大夫盯上了团队的两名新成员,一个是护士萝丝,一个是社工达雷尔,两人的工作量都还不饱和。萝丝是一名身材纤细、嗓音温柔的女子,看她的气质和秀丽的手指,就像是一位业余长笛演奏者。达雷尔则一身腱子肉,大概卧推一架钢琴也不在话下。

科顿大夫看看达雷尔又看看萝丝,然后又看向达雷尔。他的脑筋转动着。

"那就有劳你了,达雷尔。"他终于下定决心,将转诊单交给了达雷尔,"我确信病人已经比原来好多了。"

散会后,我们分别去接诊当天的第一个病人。我的病人马尔坎是一个60岁左右的男人，一头未经梳理的白发长得蓬乱，看上去就像他以前做园丁时修剪的野生树篱。他是步行来看门诊的，上身穿着一件反光安全夹克，他这是担心自己会不小心撞到其他路人，但其实他谁也没撞伤过。

"又见到你真好，马尔坎。"我边说边关上门坐下，"最近怎么样？"

"哦，我很好，谢谢您，大夫。"

"那就好，最近都做些什么？"

"哦，就还挺忙的，出去买了东西……"

我在记事板上写下"ADL"，表示有"日常生活活动能力"（activities of daily living）。这接下来会进入马尔坎的病历，证明他能够自理。

"……还见了人。"他接着说。

"不错嘛，都见了谁啊？"

"其实只有您。"

我和马尔坎之前只见过一次，那是三个月前他如约来看门诊。他平时很少在门诊露面，因为以他的状态，过劳的精神科医生会径直在医疗记录中写下"情况良好"，但其实我们只是把"良好"的标准定得很低罢了。比如我，现在要忙不迭地对付新的转诊病人，工作量越堆越高，只要那些重症患者不要危害自己或他人，我往往就知足了。

我知道马尔坎第一次住院时才20多岁，当时有未婚妻陪在身边，但八个月后他出院时却已是孤身一人。起初，亲戚们还常来看他，可是后来他频频入院，探访就变成了每周一次，接着是每月一次，最后减少到干脆不来了。

"马尔坎，你平时感到寂寞吗？"

他思索了片刻："大夫，如果要说实话，我确实感到寂寞。"

"真难为你了，你平常的一天是怎么过的？"

"唔，我会用老年卡（Freedom Pass）坐坐公交车，我喜欢9路和24路，这两条线路很好，窗外都能看到风景。我有时在车上和人闲聊，或是和我自己的声音说话，就是偶尔会吓到人家。"

"你觉得别人为什么害怕呢？"

"我想他们是担心我会伤害他们。"他说着看向了地板，"所以现在我只散步，不坐车了。"

"那也很好！你喜欢去哪儿散步？"

"其实就是在家里。"

"哦，就是在楼梯爬上爬下？"

"不，我的线路就是从客厅到厨房，再从厨房到客厅，再从客厅到厨房，我就一直这么转来转去。"

"哦，"我接着说，"为什么不去附近的公园吸吸新鲜空气？"

"这主意不坏，真谢谢您，大夫。"

"叮"的一声，谢丽尔发来邮件，提醒我下一个病人到了。

不同于偷车贼达明"听见说话声"，马尔坎并不急着描述他的症状，我也不觉得他在力图让我相信他精神出了毛病。还有一件事很说明问题：他说他听见的说话声来自脑袋外面。典型的精神分裂。

结束会谈之前，我照例问了两个确保安全的问题：那些声音有没有叫马尔坎去伤害别人？他想自杀吗？他对两者都答了否，回答的时候表情痛苦。我向他道歉，说不问不行。

"那我走了。"他有些突兀地说。要是我每次见精神科医生，他都评估我自杀和杀人的可能性，我大概也不会开心。"我三个月后再来见您？"他最后问我。

以我们这个捉襟见肘的系统，这样的低风险病人最好少来看病，每三个、六个或十二个月来一次就可以，甚至就直接转回给全科医生。我一直安慰自己说马尔坎没有生命危险。然而消极活着和积极生活之间毕竟是不同的。

我想着未来90天里马尔坎会如何在家中独自漫游。他可能不会再听见另一个人说话，只除了收音机里的闲扯或是超市收银员的寒暄——即使在超市，他面对的也可能是一台自助结账机。

"我们三周后就见一次吧，马尔坎？"我在三周后的午餐时间插进了一次预约。他把日期记在了他的小日记本上，我知道他没有手机。"还有，不知你愿不愿参加一些户外活动团体或者做做义工。我知道你在上一份工作里学会了园艺，有一个社区花园离你住的地方不远。"*

---

* 园艺对治疗的益处已经萌发成一种新的疗法，叫"生态治疗"。"社会（转下页）

"哦,好啊,听起来真的好好。"马尔坎用他可爱的口气说道,简直像个孩子。

"太好了。唔,趁你在这儿,我现在就向他们推荐,让他们知道有你这个人。"我拨通花园的电话,马尔坎在一旁耐心等候。

"你好,刺柏社区花园!"电话线那头传来一个热情洋溢的声音,彰显出园艺的疗愈之力。

"嗨,我是本杰明,本地的一名医生。我想转去一位病人,他很希望到你们那里做义工。"说着,我和马尔坎相视一笑。

"太棒了!"我想象电话那头的她四周被向日葵环绕,"现在就有几位病人在这里帮忙,我们始终欢迎更多人手!请问你从哪家医院打来?"

"康宁中心,南丁格尔医院的附属社区机构。"

"哦……"她应道。那不是尾音上扬、知道自己多了一天年假的"哦",而是声调下降、发现自己圣诞节还要值班的"哦"。

"我们不属于同一个区域吗?"我问。边上马尔坎的脸色微微一沉。

"是同区域,可是嗯……你们不是一家精神病院吗?"

(接上页)处方"(social prescribing)如今已成时尚,在曼彻斯特,一家全科诊所让抑郁患者参加社区园艺活动,收效和百优解*(通用名"氟西汀")相当。即便是生物精神病学信徒的格利克大夫也曾说:"土壤中的微生物一定对脑内的化学过程发挥了抗抑郁作用。"而我的直觉认为,疗效产生的原因是病人身处自然,拥有了目标,并和其他人有了连接交流,而不大会是泥巴里真有什么神奇的微生物。

"是。"

"这么说，那位病人诊断出了精神疾病？"

我想到身边的马尔坎，咳嗽了几声，暗暗庆幸他听力不好。

"他有精神分裂，是的。"我说，但声音还是大了些，听得马尔坎一激灵。"不过他这个人很有趣，绝不单单是个病人。"我补充道，同时对马尔坎露出我最愉快的笑容，"还有，他生病前是一位专业园丁，这对你们双方都有益处。"

"精神分裂……"电话中的女士在舌尖上摆弄着这个词，仿佛那是一块太妃糖，有把她的补牙填充物粘出来的危险。这个词也曾经使我的祖父苦恼，不知该怎么接受他的儿子、我的叔叔托马斯。"就是，大夫，你知道我们花园是对外开放的吧？"

"我知道。"

"那我冒昧问一句，这位病人，他在公众身边安全吗？"*

我真庆幸刚才没开免提。马尔坎的灵魂是那么温柔，花园里唯一需要为他的到来而担忧的生物只有杂草。我深吸了一口气说，"是的，他很安全。你们不是一座社区化园吗？他就是你们社区的一员。"

---

* 大部分暴行都是没有精神疾病的人犯下的。但在许多人看来，"精神分裂"一词足以引起血腥、不安的联想。这种联想又被无益而耸动的小报标题所夸大，当偶尔有精神分裂患者变得暴力时，它们的头版上就会出现"精分""精神变态""疯子"之类的字眼。在现实中，精神分裂患者反而更容易成为暴力的受害对象。说到暴行和杀人，酒精和药物滥用才是大得多的风险因素，但奇怪的是，大家却不像害怕精神病院那样害怕派对。

她迟疑片刻后说:"那好吧,他可以周二来,上午 11 点到下午 4 点之间都可以。"

"谢谢你。"我边说边记下了细节。

"大夫,你先别挂,我能记下你的名字和电话吗?万一有紧急情况我们能联系到你。"

挂掉电话后,我对马尔坎说:"他们等不及要见你了!"可他看样子不太相信。"周二上午 11 点到下午 4 点随时可以去。一定要告诉我你在那里的情况哦。"

"要单凭外表来判断一个人会不会变得暴力是不可能的。"我在约瑟夫面前思索着。眼下我正以熟悉的躺平姿势自由谈话,心里还在想着马尔坎:"社会以为某些人有暴力倾向,其实其中许多人永远不会施暴。反过来,有些人你绝想不到有暴力倾向,但关上门却会变身暴徒。"

约瑟夫在椅子上调了个舒服的姿势:"这个你再跟我多说说……"

我们一家人坐在餐桌边,我和几个弟弟都还穿着校服,老妈穿着高雅而职业的心理工作装,老爸依然是他那一身蓝色工服。他会端上他准备的晚餐,通常是那道可口的焗蔬菜。

用餐时,我们中的某人会问老妈今天过得怎样,她会答:"哎呀,我正要告诉你们呢,今天特别有意思。"那口气仿佛是听到了一个新鲜的问题，但其实我们的晚餐上经常上演这样的对话。接下来我们就要聆听最近那些严重紊乱的孩子的故事了，他们有的天生没有眼睛或耳朵，有的是脑瘫，有的患孤独症，还有的脑部受了重伤，老妈会越说越来劲，连饭都忘记吃了。我以为心理咨询师不能和家人讨论案例——但反正她从来不说名字。

说到某处，她会将喝空的葡萄酒杯重新倒得满满的。"阿碧，你的肚子里还装得下啊？"老爸会试着打趣。接着他会请她把她那份饭吃完，同时收掉我们的空盘子放进水槽。他还会把葡萄酒瓶也拿走，装作只是顺手一抄的样子。

"这么着急干吗？"老妈会发脾气。

"我看你今天喝得够多了，亲爱的。"老爸会说。

"我才喝了两杯。"

"可之前冰箱里还有一瓶呢。"

"我不知道你在说什么。"她会不屑地说。

一次，老爸问起某瓶酒怎么不见了，老妈相当有创意地说，她"拿去做菜了"，虽然那天晚上我们只吃了烤土豆。许多时候她会一箱一箱地买葡萄酒，部分是因为整箱买便宜，但我也怀疑这样能让别人分不清她到底喝了几瓶。

感觉到攻势后，老妈会立刻反击，她举出证据说别的某某东西也不见了，比如一只巧克力面包（brioche）、一片水果蛋糕或是其他能表明老爸减肥失败的食物。说来也是个谜，老爸虽然整天忙体力活，全家一起就餐的时候也只吃一点点，但他的腰围却从来不见缩小。他自己说，也许他天生就是这副体格。不过有一次他关好冰箱回到餐桌时，嘴唇上竟多了一条亮白色的胡子，听我提醒后他赶紧抹掉了。如果你老是直接从瓶子里倒高脂浓奶油喝，那减不掉体重就不能怪代谢太慢了。

老妈的食谱也不谈不上多健康。她从前很苗条，平时只靠生菜叶和低脂沙拉酱维生，午餐只吃半个苹果。

私下里老爸总对我说，他之所以吃零食减压都是因为老妈，老妈有时候也说，她之所以喝酒全是因为老爸。彼此的责备在家里弹来弹去，像一场难解难分的壁球赛。

接下来，我和弟弟们会尽量变换话题。可这时老妈脾气已经上来，会质问老爸今天都干了啥。老爸会说自己换了腐烂的浴室地板，或者修好了屋顶的一处漏洞，要不就是给几面墙做了保温之类。老妈接着会提醒他说，这些本该在六个月前就做完了。然后她会加快速度，用餐叉把沙拉一叉又一叉往嘴里送。

"如果你找别人帮忙，你或许就能像大多数男人一样找一份全职工作了。生活又不是只有砖头和砂浆。我嫁给你的时候没想到会过这种日子。"她会这么说。他们俩老是重复同样的对话，每次都一字不差。先是老爸要老妈别喝酒，别大声喊叫或是别凶巴巴地说话了。然后老妈会要他减减体重并去找份工作。但彼此的要求他们似乎都做不到。

争到某处，老妈会冲我们说："儿子们，你们想象得到嫁给一个不挣钱的人压力有多大吗？这个人没有工作也没有收入……"这时老爸就会站起来,去拿些酸奶当甜点,然后回来重新坐下,"连他姐姐都从来不跟他说话。"

老爸会默默咽下所有这些,不会大声嚷嚷也不让痛苦表现出来——直到他再也忍不下去。

接着老妈会站起来,把她的盘子放进水槽,回来时手上多了一瓶葡萄酒。

"你看你喝得够多了,阿碧。"老爸会说。

"多了的意思是?"

"你脾气有点大,嗓门也有点高了。"

"我嗓门不高!"她会嚷道,"我连下了班喝一杯都不行了?家里吃的喝的都是我买的!这个家什么都是我花钱,结果我都不想住了!"

她会再斟一杯酒,这是压倒老爸的最后一根稻草。他会从桌子上探过身,用一只结实的手抓住老妈的手腕。我们不是每次都能把他们俩隔开足够远的。

"你够了!"他会吼道。

老妈会瞪着他说:"不然你要怎样,打我?"

好一点的日子,他会松开手,危机暂时解除。

"行吧,我到谷仓干活去,有事去那儿找我。"他本来就穿着工服,会径直走向外面。

"老实说儿子们,有时候我真不懂你们的父亲有什么毛病。"老妈会一边说,一边斟满葡萄酒杯。

"这么说,这就是你恋爱史一片空白的原因?"约瑟夫说。

"啊?"

"就是你的新病人问卷。大多数你这个年纪的男人到我这里,都会止不住地谈自己的性生活。"

"抱歉约瑟夫,我的人生不够八卦。"

"我只是看到什么就说什么。"

今天的约瑟夫很符合一名精神分析师的刻板印象:他真正关心的只有那一件事。看一个身穿棕色羊毛开衫的人说你缺乏性的动力,总感觉怪怪的。

不知出于什么原因,反正我就是特别缺乏恋爱。有些人对此不解得很,他们喜欢说我其实长得也不差。

或许是因为我从小就看到,无论我的父母对彼此做了什么,他们都绝对不会分开。于是在潜意识里,我认为还是不要陷入任何关系比较安全。我的父母似乎的确无条件地爱着对方,但这显然是一块糟糕的爱情模板。

"你不谈恋爱是因为,你生怕自己会变得暴力。"约瑟夫对我说,"在你这样的家庭环境中长大的人,这么想的并不少见。你太担忧会重现父母的循环,于是走了另一个极端。你将自身婴儿化,变成了一个乖乖的小男孩本吉,这样就不用做大人的事了,比如干炮。"

我本想要约瑟夫改说"赤裸的依偎",但还是没有开口。

的确,从小到大我一直暗暗发誓,绝不能重复我爸的爆炸性错误。这个誓言我始终坚守着，但显然为此我付出了回避恋情的代价——如果不算尼娜的话。

我对约瑟夫说了这位前女友，她是我医学院的同学，还去过我家一次。那次到访开头就不顺利——正当尼娜在门厅向我的弟弟问好时，老妈就附到我耳边轻声说："她不适合你，宝贝儿。"这时尼娜连外套都还没脱呢。

我们不久就分手了，分手前还试着像成年人那样，到葡萄牙的波尔图去共度了一个周末。尼娜长相很美，捉摸不透，总是穿一身黑色，甚至在游泳池边都要打扮出葬礼风，一个晒日光浴的哥特青年。我们试过一起看书，但十分钟后她就下了水。于是我也跟着她跳入水中，她却又匆匆爬了上来。当我随她一起回到躺椅，她又会去泳池另一头的帆布折叠椅上晒太阳。我看起来就像在骚扰她，于是我只得向旁人解释说我们其实是结伴来度假的。

"为了不感到窒息或者幽闭恐惧，你选了和自己一样的回避型依恋对象，她们总和你相隔一臂，甚至一个泳池的距离。听你说话，我把你们想成了一对刺猬，一边渴望亲密，一边又不敢靠近彼此。"

约瑟夫帮我明白了，也许在努力阻止父母重伤彼此的情形中成长，会潜在地冲击你未来的恋情。尤其是你的家事从不对外人说的话。

"家里的情况还有别人知道吗？"约瑟夫问。

"我想我的祖父母是知道的。他们总会参与我父母的情感危机谈话。可他们又能做什么呢？"

"你想过报警吗？"约瑟夫问。

"有过几次，但只是想想就算了。"我说。

"为什么没去？"

"我猜是因为，我爸本质上是个好人，只是偶尔会做点坏事。我想，在荒野里生活，人有时候是会变成那样。"

我回想起小时候的温馨记忆：他做的那些栩栩如生的生日蛋糕；他在床边给我念的那些童书，他还特意在可怕的巫婆脸上贴了胶带；还有我最喜欢的毛绒玩具破漏的时候，他是怎么把它带去"医院"做手术，当我一觉醒来，他已经把熊熊又缝好了。老爸就用这些实际行动说着"我爱你"。他可以为我们几个儿子和我妈做任何事，直到今天，当我们少有地一起看电视时，他还是每次都说他喜欢坐在地板上，好让我们有沙发坐。只除了一件他是不肯做的，就是放弃建造计划，搬回文明世界——建房已经成了他一生的志业。

当我们被大雪围困，老爸会为我去上班掘出一条道路。当他在通向我们的房子和下方桥梁的那道山坡上将积雪刨掉时，我心想："我真能回想起在这儿发生过的那件可怕事情吗？"后来当我们将拖拉机开回谷仓，路上经过他为我和弟弟们造的树屋时，我又想："我对这里的那些糟糕记忆，到底是真的吗？"

我在复习迎考的时候读到了一条令人不安的知识：暴力常

会在家谱树的枝杈上蔓延，就像是入侵植物虎杖。我画过太多张家谱图，明白历史会不断重演，昔日的受害人会长成行凶者。*

"你看，你毕竟来这儿了，说明你不是你爸爸。"

我并没有约瑟夫这份信心，原因不仅是从小到大，我妈经常说"老天，你和你父亲一模一样"。时光流转，我确实和老爸越发相像了，从络腮胡到秃顶都像。我曾经徒劳地抵御后者，简直把它看成了我转变成他的一种隐喻——沃特豪斯医生化身成了海德先生。

"我想，如果你勇敢地进入一段恋爱，或许会收获惊喜。你在伦敦就没有任何心仪的对象吗？"

"真的没有。"这时我想到了埃丝特，"不过，我倒是和一个有趣的姑娘通过信息，我们是几周前在一间喜剧俱乐部认识的，但还没正式约会过。我平时太忙了，得努力保住工作，你了解？"

"我想这只是借口，本。"

"我名字不叫'本'。"我尽量压抑住恼火说道，"我叫'本吉'或'本杰明'。我到你这儿都来了几个月了？"

年长而智慧的治疗师有一点不好，就是他也可能健忘。约瑟夫一个接一个地接待来访者，连笔记都不做，因此常会忘掉

---

* 在著名的"波波玩偶实验"（Bobo Doll Experiment）中，目睹别人对一只玩偶施暴的儿童，自己也更容易模仿这种暴行，符合所谓"社会学习理论"的原理。此外还有些生物性的风险因素是个人无法控制的，比如隐藏在个人 DNA 中的所谓单胺氧化酶-A（"战士基因"）。因此，就算后天的教养没教坏你，先天的禀赋可能也会。

基本信息，然后又用虚构的故事来填补记忆的空白，或是将我人生经历中的细节和其他病人的搞混。

上次一起复习时，我把心理治疗的这点不顺跟纳菲莎说了，她告诉我她的治疗师曾经问她是否担心像她哥哥艾哈迈德一样沾染海洛因。其实纳菲莎根本没有哥哥，她的家人也没有一个吸食鸦片制剂。但至少那个治疗师把她的名字记对了。

"抱歉，本吉。"约瑟夫说"本吉"时加重了语气，就像是在内心按压一张便利贴，虽然它晚点还是会掉下来。

"听着，本吉，我知道你工作很忙，可是你觉得，工作妨碍其他医生谈恋爱了吗？"

的确，我在医学院认识的朋友们，现在不是有长期关系，就是已经结婚了。纳菲莎也订了婚。老天，有传闻说，就连多姆都有对象了。

"你对爱情的回避并不奇怪，但人生短暂。听着，我本不该在治疗中给出明确建议，但私下里你要听我这个老人说一句：你很年轻，长得也不太差……"

又是这句？

"而且现在正是你人生中最好的岁月。出去拥抱世界吧！"

约瑟夫忽然冒出这样领头雄性的一面令我有些不知所措。不过往好的方面想，他也忘记为这次治疗计费了。

15　埃丝特

"对不起,迟到了!"埃丝特说。她刚从科学博物馆下班过来,还穿着标志性的红色 Polo 衫。"好吧本吉,应该让你知道,我做什么都会迟到。我总是乐观地以为能在正事之前插进一件别的事做做,结果就忘了时间。不过我只错过过两次航班。"她还挺自豪,"你知道吗,他们起飞前总会先在广播里叫你的名字。"

"埃丝特,你提醒了我决不要和你一起度假。"

"你不会是那种提前两个钟头到机场的老古板吧?"

"不。"我摇摇头说,"我喜欢遵照机场的建议,提前三个钟头就到。"

在约瑟夫的怂恿下,我安排了下班后去和埃丝特见面。上次治疗之后,我怀着满腔自信给她发了消息。原来有时候约女孩出来真的很简单,只要问一句你周五晚上有没有空就行了。

我到早了,于是为两个人点了些饮料和零食,我还发现原来我选的这间酒吧位于象堡地区,门外就是英国最大的交通环岛之一,而酒吧从傍晚就会轰鸣起摇滚乐。后厨有人送来了我们的薯条和一些酱料。

"尽情享用！"女招待说。

"你也尽兴！"我仗着胆子和震耳欲聋的音乐回了一句，似乎把埃丝特逗乐了。

"我们要不要去个安静点的地方？"我喊着问道。她点点头，于是我们到外面找了张桌子，转而置身于路怒、飞转的引擎和空气污染之中。

"我今天还没顾上吃午饭呢。"她把薯条蘸进蛋黄酱里，"你原来是医生啊，挺厉害的！"

"哈哈，你过奖了。我上的是利兹大学医学院，最著名的校友是哈罗德·西普曼。"[*]

"哦。"

"至少在医学院录取面试的时候，我知道即使我不被录取，也能安慰自己是他们不总能充分判断人品。"

这个蠢笑话我以前也说过，但现在把她逗笑了，我觉得挺得意。

她继续大口吃着薯条："那你的工作怎么样？能帮助别人肯定很有成就感吧。"

我禁不住想起独自坐公交车或是在家里转悠的马尔坎。但这么沉重的话题不适合在第一次约会的时候聊。"嗯，工作挺好

---

[*] 哈罗德·西普曼（Harold Shipman），全科医生兼连环杀手，多次谋杀病人并夺取财产。——译注

的。"我点点头,点得有些太用力了。

"这工作你喜欢吗?"她嚼着薯条问我。

"喜欢"这个词不能描述我成天焦虑担心闯下弥天大祸的心态。最近遇到马尔坎这个祥和的灵魂,我一度认为自己终于能平安入睡一回了。但即便对他,我也忍不住怀疑电话中的那名女士是对的,眼下他可能正举着一把篱笆剪在大搞破坏。我仿佛已经看见了小报标题:"退休疯人暴走,社区花园斩首娇花"。

我晃了晃空啤酒杯说:"想再来一杯吗?"

"好啊,来一杯吧。"她一大口将杯中的葡萄酒喝光,"不过我要做一个好的女性主义者,这一轮由我来买,虽说你是个阔医生而我穷得叮当响。"她眼中闪出笑意,"不过咱们一起进去吧,看看他们都有什么。"

吧台前的人墙围了三层,吧台后面是两个带着文身、一脸凶相的男招待。等了许久,其中一个终于向我招手。

"埃丝特,你想喝什么?"

她在吧台上探出身子,扫视后面的冰柜。"有没有白葡萄酒,味道像醋栗的?"她问那个招待。接下来的五分钟漫长得叫人难堪,她叫招待把所有的白葡萄酒瓶子都摆了出来,让她一一阅读标签。然后她问招待能否品尝其中的两种,她深思熟虑地抿了两口后说道:"我还是要半杯西打吧。"

我摇头大笑。

"不问就没有。"埃丝特坐回了位子,"我付出去了9镑,就要买到我喜欢的，9镑换这么一小杯酒就太亏了。再说那人态度也差劲。你们东北人不是说'腼腆孩子啥都没'吗？你这个纽卡斯尔人应该知道啊。"她说。

我心说奇怪："唔，你怎么知道我是纽卡斯尔人？"

埃丝特看着杯中的西打："哎呀这下尴尬了，我本来要告诉你的。该死，要怎么说才不像个奇葩呢……"

我坐直了身子。为什么我一遇见合适的人就会节外生枝？

"就是，我们第一次见面，我是知道你也会去那间喜剧俱乐部才去的。"

好嘛，跟踪狂。

"是我妈妈和你奶奶给牵的线来着。"

我口中不由蹦出一声惊笑："埃丝特，你说什么啊？！"

她告诉我，在我爷爷还活着的时候，他总是去纽卡斯尔的一家夜校上哲学课，这个我是知道的。我不知道的是埃丝特的爸爸也去上了这门课，后来他们知道了两人的结婚纪念日是同一天，于是两对夫妇有时会一起庆祝。我爷爷死后，埃丝特的父母延续了这个传统，他们每年会来和奶奶吃一顿饭，那样她就不用在结婚纪念日这天孤零零地和护工一起过了。

"鉴于他们是朋友，我妈就告诉你奶奶我住在伦敦，遇到的男的净是些蠢货。你奶奶说你也住这儿，平时总是单身。"

我努力不让自己的脸像埃丝特身后的巴士那么通红。

"我妈跟我说了你的名字，我在脸书上找到了你。你样子还蛮可爱的。我看见你在那场喜剧演出下面点了'想去',于是也拉了几个朋友一起去了。我当时紧张得要命,这才喝了一整瓶葡萄酒。然后我给了你我的号码,你这么久才约我出来。"

我就这么静静坐着,依然隐隐期待她下一句话就露出马脚。

"现在你会对我申请限制令吗?"她对着烟灰缸说。

我抿了一口啤酒,再抹掉上唇的泡沫。

"说点话呀,本吉?你是不是觉得我很恐怖?"

"我只是有点意外罢了。"我觉得丧气:难得要到一个姑娘的号码,背后竟然是奶奶在助攻。

"可你看起来挺失望的。"她的声音有点受伤,"别忘了,是你先和我说的话。"

"你的园艺干得怎么样,马尔坎?"几周后我在门诊问他。

"哦,我其实没去,大夫。不是太想去。"

或许这就是他的精神分裂的"消极症状"吧:一种典型的情感淡漠和动机缺失,往往出现在患病后期。原因可能是抗精神病药喹硫平吸干了精力,或者是这种药给他造成的肥胖和糖尿病。也可能,是他一辈子见惯了别人在听他提到"精神分裂"这个词时的神色,他知道自己其实不受欢迎。

马尔坎离开前,我问他是否要加大喹硫平的剂量来压制幻听。"不用了,谢谢您大夫。"他说,"有些声音还挺和气的。而且它们还是个伴儿。"

16 佩 姬

周日上午我又回医院值班,那块巨大的精神科转诊白板上已经写满了名字,因此第二块也拿出来用了。这绝不是个好兆头。

我现在有时会先接诊简单的病例,这样能在心理上早点勾掉一些名字。今天我也从一位熟人开始,心想她应该能很快搞定。

我进入急诊部7区,只见一名急诊医生正在给佩姬自残弄出来的伤口做缝合。佩姬还穿着昨晚的吊带裙,我一眼看到她两条胳膊上文的"老妈"和"老爸"字样,都包裹在模糊的淡红色心形图案里。

昨天她又在文身库里加了个新词,并用切肉刀将它深深刻进了大腿,刀锋刺穿表皮和真皮,切进了更深层的皮下脂肪。只见她双腿直伸在床上,伤口两侧的皮肤不自然地外翻,中间豁着白色的深长切口,就像我在照片里见过的鲨鱼攻击造成的伤势。

非致命的自残有时被轻描淡写地称作一种"大声求助",但那可能是自残者在试着表白痛苦。有时候,自残中呈现的信息比较好懂，有时则比较费解。眼下那位面无表情的医生俨然专业精神的化身，她用针线顺着佩姬切出的那个四字母脏词拐弯抹角地做着缝合。先从字母 C 开始。*

"早安，佩姬。我是本杰明，这周末值班的精神科医生。我们之前见过几次了。"

佩姬正在手机上玩着"糖果传奇"，抬眼简单瞄了我一下："哦，是你啊。"

我还记得第一次见佩姬是在格利克大夫身边，当时她想从她那间二楼公寓的窗户跳下去。那时的我抨击了麻木的医疗系统，虽然是在脑袋里抨击。我还发誓自己一定要做得更好。

第二次见面，是她男朋友在圣诞节前把她的家门踹倒，当时我果断打发她走，给格利克大夫留下了好印象。

在那之后，我从她的病历中看出她又看了好几个精神科医生。最近那条记录出自纳菲沙的手笔：

> 患者来到急诊称要在今晚自杀，却又随身装好了过夜的行李，可见其真实意图。在我拒绝收治其入院后，患者从衣袋中取出一把扑热息痛塞进嘴里。她接着向我要一杯水，被我拒绝后相当愤怒。她尝试将药片嚼碎吞下，但药片太干，她只得吐出。然后她意图举起配重的急诊

---

* 应为 cunt。——编注

部家具向我投掷,但并未成功。她最后大怒离去,声称她的意图已经表达。

现在佩姬又来了。在一个理想的世界里,我会静待急诊医生为她缝合完毕,但在这个急诊部,有其他几名患者已经快要突破"最多等待四小时"的神圣限度,情况十分危险了。

"佩姬,关于昨晚我能问你几件事吗?"我说,"那样或许能让你从缝针的痛上分分心。"急诊医生现在缝到字母 U 了。

"痛是我喜欢的。"佩姬说。自残者有时会说,疼痛是对各种沉重情绪的可喜"释放"。

"嗯,总之我们能谈谈吗?你的游戏能不能先放一放?"

她玩好一轮糖果传奇,一声庆祝音效表示又刷新了最高分,然后她放下了手机。佩姬这才抬起她那双熟悉的海蓝色眸子,第一次看向了我。

"谢谢你。那,说说昨晚发生了什么吧?"我说出"那"时略带一丝恼怒,这种口气我现在越发常用,表示我已经等不及要去打发——抱歉,是去评估其他病人了。

"不知道啊。只记得来了猪仔(警察),然后我就在这儿了。我什么都没做!什么都不是我做的!我这儿疼正常吗?"她语带谴责地指向胸口被电击的地方。

"是吧,我想被电击枪打中后疼痛蛮正常的。"

她狐疑地看着我："唔，上次打中可没这么疼。"

昨天晚上，根据医疗记录，佩姬用痛苦的声音拨打了999，威胁要自杀。她给警察报了她那间二楼公寓的地址，好在警察来的时候她没吸海洛因。不过她在咕咚咕咚地喝伏特加，两条腿上鲜血淋漓，还有一把刀举在颈边。她拒绝把刀放下，警察用一把电击枪解除了她的武装。

"警方在报告里说，他们担心你可能重伤自己。你还记得自己要抹脖子吗？"

"不记得了。"

"那这感觉像不像你会做的事情？"我追问。

"我怎么知道啊？但我现在挺好。我不会自杀的。我只想回家。我男朋友待会儿会过来。"

这一次她没有想着法子要住进来，这让我好过了一些，也意味着不会有病房的主任医师发来粗鲁的邮件，质问我对病床"不当"使用，也就是把床位分给一个病情不算太重的人了。

不过我还是要确认让佩姬出院是安全的。经手的病人没一个自杀有利于我的职业形象，会在我的履历上添加一颗奇怪的金星。如果真有病人自杀，天知道我的情绪要怎么应对。

"佩姬，我能不能问问，你和几个小时之前有什么不同了？"

"我睡了一会儿，酒也醒了。还有，他给我回了消息。"

佩姬那个一辈子的老毛病还是没改：她仍在和有虐待倾向的男人交往，并认为自己只配得上他们给予她的那种"爱情"。

"上次他踢倒你家门的时候,你就说了要离开他的。"我说。

"离不开呀。很复杂。"

又是"复杂"。她的事总是那么复杂。

"还记得是怎么在自己腿上文字的吗?"

"记得,今天早上文的,他不回我消息,我就下手了。"

我颇能感受这句话里的痛苦:我也曾经整天收不到一条消息,或是看着"对方正在输入"的蓝色省略号,徒劳地等待埃丝特的回复。甚至有的时候,当我站在一条繁忙大街的边上时,我自己的脑子都会来消遣我:没人挂念你,知道吗?

就是这类屁话。不过我做过最糟糕的事情,还是在等不到埃丝特的回复时再连发五条消息,问她是否一切安好。佩姬的诊断是"情绪不稳定型人格障碍",有时也称"边缘型人格障碍",病因或许可以回溯到她早年的依恋问题,这种障碍的表现之一是对挫折难以容忍,使得很小的应激源也会引发很大的反应。只要有什么东西扰乱了她的心,她就会去依赖药物、酒精或自残,或是考虑用自杀来一劳永逸地终结痛苦。她会带着麻醉和痛苦来医院,有时需要因过量饮酒或吸毒接受治疗,有时则只要一杯热巧克力、一只三明治和一夜睡眠就足以自医。通常到了隔天早上,她就会神清气爽,做好出院准备了。

我注意到她前臂那一道道旧的变淡的自残疤痕,说:"下次你再产生划自己一刀的冲动,能不能试试用别的办法解压?"

"知道,知道,吃辣椒、捏冰块、用橡皮筋弹皮肤,还有你们老说的其他那些破法子，它们没一个管用。"

"要不要我让危机小组晚点给你电话？"

"他们要一插手我就真自杀了。"她说。

给她缝合的医生明显叹了口气，不知道是抽筋了还是恼火了，叹完继续缝合。

"有些人觉得心理治疗很有帮助。"我又试探了一句。

"不不不，我只要回家。"

听到她拒绝心理治疗，我稍微松了口气，因为她可能都够不上资格。NHS下面只有几家宝贵的机构能开展辩证行为疗法（DBT），这是治疗所谓"情绪不稳定型人格障碍"的一个长效模型，部分借鉴了认知行为疗法（CBT）；但它只留给情绪最紊乱、功能最失调的病人。即使是往大腿上刻下流话，或许也不足以使你够格。而且此类治疗也极少"立等可取"。

等到塔里克对谈话治疗不再反对，我就把他推荐给了我们康宁中心的心理咨询师，也问了她塔里克在候诊名单上排在哪里。她查了查她的 Excel 表格说："哦，他目前排在 83 号，一般会在一两年后轮到。可是我就快离职了，他们还没找到接替，所以他可能还要再等久些。"

"都好了。"急诊医生说着，将可溶解缝合线从最后的字母 T 上剪断。佩姬的皮肤已经缝好，露在外面的大段缝线就像一只橄榄球的侧面。

"这样我们就可以让你出院了。"我微笑着宣布，"我能打电话叫什么人来接你回家吗？"

"比如什么人呢？"佩姬问。

我瞥了一眼她手臂上的文身："比如你老妈？要不你老爸？"

"我妈死了，我爸从前老虐待我，还是不要了。"

"哦，对，抱歉。"

我还依稀记得在黄水仙病房第一次听到佩姬的经历是什么感受。可是从那时候起，我又听过了数百个其他病人的人生，现在种种悲惨故事都混成了一团。

"或许你的男朋友可以来接你？"我继续追问，急切地想把这份责任卸给别人。

"他肯定在玩 Xbox。"佩姬轻蔑地"哼"了一声。

她带着刚刚缝合的伤口下床，痛得直龇牙，然后一把将我推开，我撞到了边上那个黄色的医疗废物箱上。"你已经是老油条了，对吧？"这是她临走撂下的狠话。

"别客气，女士。"佩姬走后，帮她缝合的急诊医生说，同时"啪"的一声扯下了蓝色手套。

我如今已经习惯了病人鲜少跟我道谢，我听到的吼声和尖叫要远远超过那神圣的"谢谢"二字。

"你们是怎么搞定这些 PD 的？"急诊医生继续说，这会儿她已经洗起了手。PD 就是"人格障碍"，是精神卫生领域常常使用，并且一般带有贬义的一个简称。许多人甚至不愿多花点时间把这个诊断的名字说全。

女性诊断出边缘型人格障碍的比例已知要远高于男性。《英国精神病学杂志》刊发的一篇论文甚至起了这么个标题:"人格障碍:精神科医师不喜欢的病人"。像佩姬这样的女性,非但没有被当作虐待的幸存者呵护起来,反而因为人格有"障碍"而受到轻慢,最好尽快从医院中踢走。

"唔,我们其实搞不定。"

"她在这儿盖的章比我的星巴克会员卡还多。再过几天,等她又和男朋友打上一架,或者没人给她的 Instagram 点赞,她还会再来。她要是真想自杀,直接动手不就完了?"

急诊部永远都忙不过来,有些医务工作者一看见像是自残的病人就窝火。医院不像英国航空公司,这儿的"常旅客"很少能升级到更好的服务。我总是尽力提醒自己,像佩姬这样的病人往往有着糟糕的早年经历,这影响了他们成年后的处世风格。如今再拒绝他们,只会强化这种风格。况且,人格障碍患者到头来自杀的风险也确实更高。如果用一把菜刀宰了自己反倒能缓解情绪上的痛苦,那这个人的痛苦该有多么深重?

我扔掉了被佩姬躺得皱巴巴的蓝色垫纸,随后又抽了一段新的铺在病床上给下一名病人备用。

急诊医生还在刷手,仿佛是要洗掉佩姬投射给我们的那种不愉快感,精神分析师会把这称作"反向移情"。"这么喜怒无常的人,我真不知道你是怎么保持冷静的。"她说。

我练过一点的,我心说。

我向约瑟夫说起我那位不拘小节、爱牵红线的祖母在我第一次告诉她我想做精神科医生时的评语："你妈已经混成这样，你怎么还相信那套鬼扯？"

"照刻板印象的说法，这一行的从业者和他们的病人一样是疯子，你是不是觉得这有点道理？"我问。

约瑟夫大笑："有时候还真是。你呢？"

"也许吧，但是真怪，我妈倒总被她的工作拯救。"

约瑟夫整了整裤子，就像影院里的电影要开场了那样："说来听听……"

我向约瑟夫回忆，有一次我妈躺在地板上，说不想活了。她这么想真可惜，因为长久以来，她都一直说只要有一辆大众甲壳虫她就满足了，而两周前她刚买了一辆。

"如果我能有一辆奶蓝的，那么一切就都好了。"她曾经在厨房桌边上对我们这么说，当时我和几个弟弟正埋头吃着碗里粉色的草莓慕斯（Angel Delight）。老爸为表现自律一点没吃，至少没在桌子上吃。

这款可爱的虫形轿车有各种时髦的配色，方向盘边上甚至有一只样子俗气的迷你花盆可以插一枝花。于是，已经是私人执业心理咨询师的老妈辛勤地工作，直到能买得起一辆她梦寐以求的颜色。20世纪90年代风格的白色真皮座椅一定还是一股刚出展厅的崭新味道。

她曾希望这就是她幸福拼图上缺失的最后一块，和她时时涌现的不幸感、和姐姐之间纠缠终身的矛盾、因偏居荒野而与友人的分离、充满暴风骤雨的婚姻、酗酒的习惯都没关系。对，她总以为，以上这些都可以用小小的一部德国机械来解决。

"没事的，妈，没事的。"几个弟弟跪在边上抚摸她的胳膊，希望内心的痛苦能像撞到的麻筋一样，靠摸摸就能变好。

"我想开到每小时一百迈撞树。"她说。

她起身向放着车钥匙的抽屉走去。

幸好我已经提前想到了这一出。"我钥匙呢？"她大喊着问。

"妈，拜托去睡觉吧！明天早上你就好了。"我提议。

我偷偷把手伸进睡裤口袋，手掌里的钥匙扣令我心安。

她大踏步去了她的房间，随后又出来了，眼里仍含着泪水，手上则多了一串陌生的钥匙。我不知道她还有一套备用的。那些混账德国佬想得太周到了。

那一天她要开车撞树，再前一次是要从家旁边上的桥上跳下去。我爱老妈，但也恨她让我的弟弟们经受这一切，搅乱他们的心。特别是有的时候，她的这些姿态更像是一出哑剧，做出来就为了达到最夸张的效果，仿佛要借此传达些什么——但传达什么呢？她过得不幸福吗？难道她以为我们还不知道？

就在那一刻，老妈工作用的固定电话在门厅响了起来。她没出家门，而是冲过去接电话了。我们都知道这时候要保持安静。

她擦干眼泪，像是要发表公开讲话似的清了清嗓子，然后举起听筒："这里是879761，我是阿碧盖尔·沃特豪斯，有什么可以帮你？"她用悠扬的嗓音对着电话说，仿佛刚从外面摘好苹果散步回家。

电话彼端，一位家长希望老妈帮帮自己的孩子，老妈点着头"嗯嗯"答应，一边在电话机旁的板子上匆匆记录。15分钟的通话接近尾声时，她用空闲的手绕起了电话线玩儿。一切又都好了。

"真谢谢你打过来……很期待下周和你还有邓肯见面了……完全没问题……谢谢谢谢……再见啦……再见。"她放下听筒，上楼睡觉去了。

翌日早晨，我下楼吃早饭，老爸正在煮咖啡，蜡烛已经点好了。"早啊！"他说。昨晚越是糟糕，今早的招呼就越云淡风轻。

我和弟弟们都穿好了校服只等校车来接，我们一边大嚼巧克力谷物（Coco Pops），一边阅读包装背面的字，就像昨晚的事根本没发生过一样。爸妈一起喝着咖啡，讨论着家中的后勤补给以及老爸今天的修房工作，和平时全无两样。然后，老妈一如既往地亲了我们的头顶，到抽屉里取出我放回去的车钥匙，开着她那辆奶蓝色亮晶晶的甲壳虫工作去了。

"帮助别人可以防止沉迷于内心。"约瑟夫说。的确，那件总能把老妈从悬崖边拉回来的东西，不是酒精或任何别的东西，而是对别人显得有用。"这是屡试不爽的法子。"约瑟夫苦笑着继续道，"俗话说，鞋匠总穿最破的鞋。"

•

"听说你交女朋友了。"老妈问我。她当然已经知道了。

"妈，我们就喝过一回酒。"

曾经我弟弟盖布只要不在那家米其林星级餐厅大加班，就在他那套贝思纳绿地的小公寓里经营副业，一张宜家桌子就能摆出一席私房菜。这种精致而不老套的用餐理念大受欢迎，他现在已经单干，自己开了间名叫"水犀计划"（The Water House Project）的私房餐厅。开业当晚我父母也来了伦敦。

他们会住我的房间，而我睡起居室沙发。他们到来前，我和山姆对公寓做了闪电清扫，奇怪的是二老竟然好像真的以为我们总有干净的床单，使用杯垫，冰箱里存的也是健康食品。这天早上，我们没有吃平日里的含糖谷物，而是为他们献上了羊角面包、橙汁和像样的咖啡，只为了显示我们在伦敦生活得多么好。以前在乡下每次有客人冒险来访时，老妈总要花几个钟头把屋子收拾得温馨舒适，想到其间的相似，我和山姆不免有些慌张——不过我们倒没有插一瓶子野花放在窗前。

"山姆还说，你在见一个心理治疗师。你和那种人有什么好谈的？"老妈问我。她喝掉了高脚杯中的甜瓜贝里尼鸡尾酒，随即又斟了一杯。

"唔，我们稍微聊了聊童年。"

"你的童年可是无忧无虑的哦。"她立刻接上一句，纯是条件反射。

我曾经在 Instagram 上看过一个段子，说幸福的秘密要么是童年很好，要么是记性很差。也可能是怀旧有一种好玩的习性，会给往事涂上一层玫瑰色吧？

"那个治疗师肯定觉得无聊。"老妈继续说，"希望他没在忽悠你。"

和一般的心理咨询师不同，我妈并不赞同长期心理治疗。这有点像是消防员认为水的作用被高估了。

"没有，跟他聊天还挺有帮助的，妈。比如我要是不开心的时候什么的。"

"可你小时候明明很开心呀。要是你现在觉得不开心，那肯定跟我们没关系。"

我什么也没说。

她环顾盖布的这间令人赞叹的极简北欧风餐厅，来自伦敦东区的时髦吃客正四下闲逛。

"我们这对父母不可能做得那么差劲，看看你们几个孩子，现在个个过得不错。"

我望着老爸和另两个弟弟坐在角落的一张桌边，对盖布的成就赞不绝口。

"我没说你们差劲，妈。心理治疗现在已经相当主流了，要不你们也试试？"

"我和你爸去看过一个伴侣治疗师，可是只去了一次。她一点用没有，懂的心理学还没我多呢。"

"唔，要不你们再试试别人？"

"亲爱的,别提那些糟心事了,今天可是盖布的好日子。"

然后她把话题转向了更重要的东西,像是她今年要去哪里搞圣诞节火鸡。

有一名女子在人群中穿梭流连,她手包里有只小狗在探头探脑,这时,她挨近了我们,近得有些危险。

"呃,宝贝儿,我们换个地方吧。"老妈的护子本能启动了。虽然身材纤弱,但她也是那种会在必要关头爆发出"邪劲",抬起两吨重的轿车把困住的孩子救出来的母亲。"或者我去叫她离开?这里肯定是不让带狗的。"

我深深呼吸了几口。一开始我确实受了惊吓,心率飙升,脖子上也冒了冷汗,但现在自觉已经平静下来。"我不要紧,妈。"

她把眉毛抬得老高,都要飞出脑门了。她知道我自小怕狗,看到一只吉娃娃都要躲到人行道的另一边去。

"我算是正在接受暴露疗法。"我解释说,"治疗用的狗比这大多了。这只小狗只要不放出来,我应该就不要紧。"

老妈不禁露出佩服的表情:"哇哦!看来我真得夸夸他,也许这个叫约瑟夫的也不是完全没用。"

我没忍心把真相告诉她。

17　塔里克

塔里克把他那只湿透的背包放到地上,坐了下来,泰森嗅了嗅破地毯上几块样子可疑的污渍后,也趴在了他的老位置上。

外面很冷,冬雨从炭灰色的天空落下,雨滴肥大。

"外面天气真坏啊。"我咕噜了一句。闲聊天气是为了让我自己稳定神经。

"可不是。"塔里克对外面的天气再熟悉不过。我提议他将那副无指手套摆在暖气上烘干,他谢绝了,或许是因为他知道待会儿反正还要淋湿。

在我做精神科医生快满两年时,遇上了这么凄凉的一周。我在社区的这些日子获得的全部智慧总和,就是许多人过着复杂又糟糕的生活。作为精神科医生,我的角色似乎主要是调节药物剂量,开新药方,调换旧药方并观察疗效。这是一种奇怪且不科学的人体试错,但是对一些人,这又验证了他们真真切切的痛苦。

"又见到你俩真好。"我对塔里克说,近乎就是我的心声。

我还开心地发现,在泰森面前我不再吓得不敢动弹,恐惧下降了一格。我的心跳每分钟还是至少有 100 下的。

静静地等它过去,本吉。

"你最近怎么样,塔里克?"

"老样子。"他说。

见到他,我松了口气。我前不久才在报上读到,一名街头露宿者在气温降到零下后被冻死了,而几米外就是一家豪华酒店。

"下大雪的那天我想到你了。"

"嗯,那几天晚上我们都有地方躲雪。"听他这么回答我感到欣慰,他在努力不让自己失温而死。"那么冷,泰森受委屈了。"他接着说,"对了,他在这儿你真的没事?你不是恐犬吗?"

"你不放开他的链子我就没事。"我用一根拇指按摩着另一只手的手心说道。

与那股湿漉漉的狗味相伴的,还有那常伴塔里克的酒气。

"你要愿意可以摸摸他?"塔里克说,他这么替我考虑,无疑是想从他自己的困难上分分心。

"你倒很适合做精神科医生。"我说,"我没事,谢谢。"

不过他说得没错,如果我可以伸手摸一条狗,如果发生了这种"老天爷我到底在发什么大神经"的事我都能忍,那我的恐犬症或许就痊愈了。说明满灌疗法真的有用——前提是泰森没把我的手指咬下一根来。

"我们来说说你的事吧,塔里克。"我终于把眼神从泰森身上撬开,"我知道你不想服药,那没问题。我在想,你要是对人生多一点目的感,心境或许会好些。你在图书馆都读些什么书?"

塔里克揉着那把大胡子若有所思:"哲学。社科。有时也有精神病学。"

"都是不错的科目。如果哪天你有兴趣工作,我来帮你接受再教育怎么样?"

"我挺想做社工的。"他说。

我们的病人常这么说,我猜想他们许多是想借此在他人身上挽回自己人生中可惜的过错。塔里克心虚地低头看着膝盖,不知自己的想法是不是僭越了。

"我觉得你会成为一名优秀的社工。"听我这么说,他的头抬起了一点。

"可是我没有任何社工资质。或许,我可以到匿名戒酒会上去当个带领人。"

"那你可能得自己先把酒戒掉。"

我察觉到他的嘴唇抿出了一点点弧线。很细微,但说明问题。同样令我欣慰的是,他不只是在幻想自杀,还憧憬着未来的生活。我在记事板上写下了"有面向未来的想法。"

"不过这些都是很好的目标。要不下次见面我把我们的求职顾问也叫上吧?"我装出不经意的口吻,好像他已经同意了跟我继续见面。

"好。"他说。

"太好了。还有就是,你如果能戒酒,选择会更多。可以考虑考虑。要不要我把成瘾治疗团队的地址也写给你?"

他搔了搔那一大蓬没剪也没洗的头发说:"呃,别费心了。"

我感觉到塔里克正处于改变行为的"前意向"(pre-contemplative)阶段,也就是对于改变他还没做过严肃思考。下一次能约到的非紧急门诊还要等好些日子,而他的自杀想法虽已存在很久,但从未付诸行动。

要提前几个月预判风险是很难的,因为这几个月里什么都可能发生。在这一点上,精神科大夫就像情绪枯竭、睡眠不足的天气预报员,要仅凭对天空的匆匆一瞥就预报出未来几个月是否会发生雷暴。

我递给塔里克一张预约卡:"你觉得咱们下次见面之前,你都会一直没事吗?"

塔里克得意地一笑:"我保证在那之前不会自杀,你是这意思吗?放心吧,不会害你丢执照的。"

他话里带了刺。塔里克觉察到了这场会面中有一层没有明说的现实:我在问他有没有自杀(或杀人)的念头时,用意并非纯出于仁善。我从纳菲莎之前的经历中明白,如果有病人死亡,我就会被叫到一个死因裁判庭上,站在被告席中让几名律师和一个法官检讨我的作为,旁听的往往还有病人悲痛的家属和一些记者。在场的法律和医学人士都会听得扬起眉毛,个个想着如果我的疗法有所不同,这场悲剧能否避免。一想到这个,我就常常感到焦虑，看待病人也往往带上了怀疑，就好像他们是一枚枚未引爆的炸弹，随时可能一声轰鸣将他们自己还有我就此抹去。医学教育也将这个场景深深印进了我的脑海。在我很快要接受的实践考试中，要是没询问病人的"自杀意念"，会自动判定为不合格。

但有些病人肯定一眼看穿了我们的想法，毕竟"不丢执照懒人手册"上的那些大路问题，他们已经听过太多次了。

我为自己的机械式询问道歉。塔里克被这么问大概尤其恼火，因为有时候他和我仿佛已是朋友。当然不是这样：精神科医生是绝不能给朋友看病的，那样可能丧失医学上的客观性。

"对不起，这个我不问不行。"我补充道，"但我猜这一定是个讨厌的问题。"

"没关系。不过你不用担心我会那个，为了这家伙我也得活下去呀，对吧，小子？"他挠着泰森的下巴说。我这位病人是系了安全带的。

"祝你圣诞快乐。"他说着站了起来，我克制住没说"你也快乐"。

"谢谢，塔里克。你保重。"我握住了他湿漉漉的戴手套的手。

"不拍拍泰森跟他告别吗？"他调皮地冲我笑了笑。

第三次和埃丝特约会，我决定在自家公寓为她做一餐饭。当天早晨我到超市去买食材。在酒水区我经过塔里克的毒药——

两升瓶装的超市自有品牌威士忌，去为埃丝特挑一件上等佳酿：一瓶醋栗酒。

埃丝特像往常一样迟到了一个钟头，我带她参观了我们的公寓，包括山姆的楼梯下隔间。在餐厨起居室（KLD），她在我备好饭菜的时候打开了酒瓶。

"那么，跟我说说你的前任们吧。"她在餐桌边的一把椅子上向后一靠，"你以前恋爱过吗？"

"埃丝特，有没有人说过你很犀利？"

"有啊，总有。我是当作赞赏听的。"她大笑着端详炉灶说，"那道菜，你想必也希望它犀利而不寡淡吧？"

"应该是吧。"我边说边搅拌着培根蛋奶酱（carbonara），心想或许我该再加点塔巴斯科（Tabasco）辣椒酱进去？

"我姐姐也像你这么随和。我妈总说她像飞了叶子，我像溜了冰。对了，你还没说你有没有恋爱过呢。"

"我真答不上来。我不是很确定什么是爱。"

对于安东，爱是最强效的抗抑郁药。对于芭芭拉，爱是飞行万里，穿一身婚纱堵到一个陌生人的门前。对于佩姬，爱人不主动联系会使她苦恼得无法自持，乃至用刀划开大腿。而对于我的父母，爱是谅解宽恕。

"好吧，莎士比亚。"埃丝特开始斟酒，"爱就是某人不在的时候，你还感觉依偎在他/她怀里似的。说穿了就是催产素。"

"这回答很有科学博物馆的气质。那么，你恋爱过吗？"我说，

"对了，干杯。"我们叮的一声碰了杯子。

"干杯。嗯，我对第一个男朋友爱得很深，可结果发现这蠢蛋搞外遇。"我想象不出为什么有人会对埃丝特不忠，但毕竟 Jay-Z 也背着碧昂丝出轨了。

我们各自抿了一口醋栗酒，都被呛得皱了皱眉。

砰。

"什么声音？"埃丝特问。

"哦，是隔壁的健身房，他们晚上 10 点关门，然后会一直安静到早上 8 点左右……"

哐当。

"……不过他们最近要试点 24 小时营业了。"

埃丝特摇摇头，把话题又收了回来："我说这个，是想问你听没听说过那些让人听了就想恋爱的问题？"

我在烤箱前转过身来看着她："没。"

"最近我们科学博物馆人人都在说这个。它们就像一种亲密促进因子，能揭示出双方内心深处的秘密，平常情况下这些秘密可能要用一辈子才能发现。如果两个人答完了全部 36 个问题，他们就会陷入爱河。"

"胡扯的吧。"

她笑了起来："本吉，你这人真虚无。科学期刊上都登了。"

"埃丝特，我也在一本科学期刊上读过喝陈年老尿能治抑郁。"

"唔，总之我们来试试吧！保准好玩——"埃丝特说，"我是说恋爱问题，不是喝尿。"

"啊？咱俩玩？"

"对啊，就当一次实验，看看结果可不可靠。"

我觉得心中的刺猬竖起了防御的尖刺，可是我也知道，约瑟夫更希望我做一只实验用的豚鼠。

"好吧，我玩，就看看它准不准。"我喝了一大口——这酒越喝越来劲。

她在手机上打开谷歌检索文章。"找到了，'使人恋爱的36问'，连《纽约时报》也登了。"她看着问题，赞许地频频点头，"来，本吉，准备爱上我吧。"

我放下饭菜，和她一起坐去沙发上，还点起一根蜡烛，放上音乐。那项研究的作者说，脆弱是恋爱的秘诀，但烛光和"美景俱乐部"（Buena Vista Social Club）的古巴爵士应该也没坏处。

我们轮流回答那些越挖越深的问题。那都是我们从未细想过的脆弱心事，更不可能大声交流了。其中的原理，是通过汲取彼此的隐秘，使双方心灵更加贴近，就像动画《小姐与流浪汉》中的那根意大利面做的一样。*

我们都坦白曾在打电话前排练要说的话，也想象过最希望谁来参加我们的晚宴。我们吐露了想怎样改变自己的成长经历，

---

* 在这部1955年上映的迪士尼动画电影（*Lady and the Tramp*）中，有两只主角狗（即"小姐"和"流浪汉"）吸一根意大利面，最后亲到一起的场景。——译注

也分享了自己最珍爱、最尴尬和最可怕的回忆,不过在说到"最可怕"的那一件时,我还是稍做了些软化。

"好,第 22 问,"埃丝特说,"说出你伴侣的五个正面特质。你先说我的。"

埃丝特是一名干练的环保斗士,为了她的事业会勇敢发声[是真的发声,她参加了"反抗灭绝"(Extinction Rebellion)运动的桑巴乐团]。

"嗯,热情……无畏……多彩……有趣……还有漂亮。"我说。

"感谢感谢。你嘛,我要说聪明……周到……有胡子……关心人……有时还挺幽默。"

我们聊了各自的母亲,但不知为什么,父亲逃过了我们的批判。埃丝特告诉我,和许多东南亚家长一样,她妈更喜欢谈论食物而不是感情。

"好,下一题,"埃丝特继续道,"你对自己的死法有没有一丝隐隐的预感?"

"大概是被狗咬死吧。"我说。

接着,我们坦白了上一次在别人面前哭是什么时候。我们都认为什么事都可以拿来调笑,没什么大不了的。我们分享了哪位家人的死会最令自己痛苦,还有房子着火的时候,我们会优先抢出哪件东西(我会拿复习卡片)。

最后一项是盯着对方的眼睛看四分钟。我感觉这个把戏的后面有生物学原理,就像让新生儿紧贴家长的皮肤,使两者自然产生情感联结。我们在沙发上半转过身子面对彼此。在那可怕的最初60秒中,我一个劲操心着自己的口气和表情,还有我们到底要不要吃我已经做好的意大利面。但是接下来就起了些变化,我轻松了下来。就像他们说的,当你淹在水下,在溺毙的前一刻,浮上去呼吸空气的渴望会蓦地消失。

然后,我们就亲上了——四目相对的时长已经足够煮熟鸡蛋,再不亲更待何时?

埃丝特牵着我的手站了起来:"我们去你的房间吧。不对,去那个哈利·波特的房间!"

今年的圣诞员工聚餐是我们的接待员谢丽尔安排的,她在"比萨快线"(Pizza Express)订了一桌,并在我们的桌子上摆了自制的圣诞拉炮,里面装着派对尖顶帽和医学笑话。她甚至还搜罗来了一些聊天的话头。

到了晚上,科顿大夫也意外地出席了,穿着一件皮夹克。圣诞聚餐的费用向来是员工集资,但谢丽尔还对我说这里有个不成文的传统:主任医师要出钱请大家喝酒。

我们可没人会错过免费喝酒的机会,尤其是我。

就在今天早晨,西塔对我做了年末评估。这次她没有说我看着太年轻,不像个医生。我们讨论了明年我进入普通成人精神专科的事,到时候我就是主治医师了。

科顿大夫虽然基本只在组会上见到我,我在他面前的表现也仅限于没有累得从椅子上掉下来,但他还是在小结中为我评了优等。想必这样我就不会举报他督导不力了。

黄水仙病房那边没有再转病人过来,西塔说这多半是因为格利克大夫请病假了,听说是压力过大。我想象不出格利克大夫居然还会压力过大。西塔一个劲叫她"伊娃",我从未听人这么亲热地称呼过她。我坦言她好像不太关怀病人,这显然使西塔吃了一惊。她说她俩当年是一起受的培训,格利克大夫总是待到很晚,周末也加班,还给病人家属写邮件,竭尽全力地提供帮助。讽刺的是,我最后一次见她,是她在午餐时间教一门名为"精神科主任医师如何存活"的课,课没讲完她就必须走了,因为黄水仙病房出了紧急情况。西塔用来喝酒的仍是她那只印了"来这儿做事不用疯,学学我们"的马克杯。现在看到这话我已经不觉得多有趣了。我尽量不去细想心中冒起的可怕念头:也许格利克大夫不是天生的怪物,是体制把她变成这样的。*

我专心回味着好消息:和纳菲莎的图书馆复习卓有成效,我俩双双通过笔试。今天是我在社区工作的最后一天,接下来的圣诞节还有几天年假可用。西塔提醒我说,明年做了主治医师,责任会加重,但至少会有一个新的主任医师来指导我,那人肯定不会像科顿大夫这样老见不着人。

---

* 有些令人警惕的是,有研究指出,在行医生涯中,一名医生的共情能力不会上升,而会下降。嗯。

很快，比萨快线里的交谈就随着起泡酒一起顺畅流动起来。我坐在转诊会上认识的萝丝和达雷尔之间，他俩我都没怎么说过话，但都觉得挺可爱。令人开心的是，达雷尔说他那个从布罗德莫*转来的病人其实相当棒，还送了他一盒 Terry's 橘子牛奶巧克力，之后的谈话就从工作转向了更私密的主题。说到兴起时，谢丽尔向一桌子同事提问："大伙儿，如果是你们，会怎么自杀？"

我心想难不成这也是她在网上搜的话头？

鉴于我们每天都要思考自杀问题，就像股票经纪人每天要关注富时 100（FTSE）指数，在座没人觉得谈论此事特别别扭，即便大家都按聚餐的着装要求穿了圣诞毛衣，身上正犯着痒痒。于是，听着店里玛丽亚·凯莉的圣诞节她想要什么的歌声，[†]我们轮流说起了理想的自杀手段。

科顿大夫的选择或许最有创意。"氰化物胶囊。"他说。

同事们齐刷刷报以赞许："嗯，选得好。"

他接着细说了选这种毒药的理由：氰化钾起效迅速，二战时间谍自杀就用这种药片，它能抑制身体吸收氧气，导致细胞迅速灭亡和呼吸、心脏的骤停，接下来离死就不远了。他边说边给手上的面包球蘸蒜香黄油，餐厅的 LED 灯在他领带上那只

---

[*] 布罗德莫（Broadmoor）医院，英国安全级别最高的三座精神病院之一，负责治疗有严重暴力倾向的精神病患者。——译注

[†] 指 All I Want for Christmas Is You（圣诞节我只想要你）一曲。——编注

圣诞驯鹿的红鼻子上闪着反光。

我们的声音传到了邻桌,他们也在搞圣诞聚餐,个个身着正装,牌子写的是"会计组"。听到我们的话题,他们难掩惊慌之情。他们大概不知道,和普遍的观念正好相反,谈论自杀非但不会增加,反而会减少人们将自杀冲动变为行动的可能性。因此大大方方聊这个其实是有利健康的。我在起身如厕的途中试图抚慰这群表情不安的邻桌:"各位别担心,我们都是精神卫生专业人士!"我解释说。

进了洗手间,我终于敢借着酒胆看埃丝特发来的消息了。我以为她会说那一夜我们喝了太多醋栗酒,大错特错了,但实际发来的却是她在圣诞派对上的一张照片。照片中的埃丝特笑吟吟的,额头上贴着一张黄色便签,写着"赫敏·格兰杰",我忍不住脸上一热。

我晃悠悠回到我们那桌,笑得合不拢嘴,正赶上谢丽尔那个可怕的圣诞活动轮到自己。身为30来岁的男性,统计上说,自杀本就是博彩公司最看好的我的死因,这还没算上我是精神科医生的这个因素。还有似乎是从我妈那儿继承来的,那个偶尔会来招惹我几下的脑袋里的烦人声音:现在不死还等什么?

我挑的是"在浴缸中割腕",主要因为我爱泡浴缸。不过我也知道自己运气不佳,即使真到了订购伏特加和剃刀片的地步,等货送到时,商家也多半会说因为库存不足,只好换了别的替代品。下一刻,我就只能躺在浴缸里摆弄脱毛蜡纸了……

各言其志过后，我感觉和大家都混熟了一些。这样和同事们拉拢关系，连拓展训练都不必去了。对话就这样继续进行下去。

有人口齿含糊地念了一条拉炮里的笑话："圣诞老人的小助手为什么看医生？因为他精（灵）力低！"*

大伙报以过分用力的笑声。

晚餐将尽时，终于停下了打嗝的谢丽尔用餐刀轻叩玻璃酒杯："好了，各位，下面该颁发年度员工大奖了！本吉……"

我转向她，激动之情难以言表。

"……等我宣布结果，你就把你身后那棵树底下的礼物袋子给获奖者好吧？"谢丽尔接着说。

大奖给了达雷尔，想必是奖励他在那名狂暴的转诊病人手下活了下来。

到晚上 11 点，女招待给我们桌送来了一只银托盘，几块薄荷糖下压着账单。我们人人吃得畅快，心情也因为免费的意大利啤酒和起泡酒而格外满足。我只要付我那份比萨和泡芙的钱就行了。

也许是酒意上头，当我望着科顿大夫从钱包里取出信用卡，我对这位不熟的上司有了一阵亲切，想到今后再也不能与他共事，竟生出了一股奇异的感伤。我现在明白，他不是吝啬于时

---

* 圣诞老人的小助手，形象设定是低矮的小精灵（elf）。"精（灵）力低"原文为 low elf-esteem，接近"低自尊"（low self-esteem）。——编注

间或金钱之类的东西,他只是真的真的很忙。他细看那张天价账单,眉头都不皱一下,不愧是他。我们个个热情地注视着他,准备表达谢意。谢丽尔甚至在桌子那头向我稍微挤了挤眼睛。

"那么,大家都愿意各付自己那份吗?"他说。

在回家的夜班公交车上,我查看手机消息。自去年把圣诞卡片上的名字全部写错大出洋相之后,今年我们医院所属的信托看来谨小慎微,只给每个人发了一封圣诞电邮。

收件人:全体职工

寄件人:NHS 管理者

亲爱的 [此处填入姓名]:

  祝您佳节快乐!

  感谢您过去一年的辛勤工作,更感谢节日期间不辞辛劳坚守岗位的诸位。盼望新的一年里能与每一位再见。

  致以最好的祝愿,

  NHS 管理者

  勿回此邮件,回信无人查收。

18　塞巴斯添

"你还愿意这次你来主导？"我站在病人家门口问乔治。

乔治是一名焕发着青春光彩的医学生，这次来危机小组[*]是为了参加精神科的"体验周"。他面颊红润丰满，上衣后襟总是没掖进裤子。他使我想起自己的医学院见习时光，他和当年的我一样年轻无知，根本不明白自己走进了怎样的世界。

乔治原本要去观摩一位主任医师，可我们那位主任医师最近辞了职，因为他频频被召去死因裁判庭，那边甚至专门给他配了个车位。由于我已经是主治医师，也是团队中最资深的医学保障，乔治就来观摩我了。

我刚刚在北方老家过了一个开心的圣诞节：家里的一切都重新来过了。我们也演好了幸福一家人的戏份——这其实不难，因为不知怎么搞的，现在的我们大体上真的是幸福的一家人。

---

[*] 危机小组（crisis team）又叫"居家治疗组"（home treatment team），顾名思义，他们诊断的都是极端痛苦，因而常常难以离开住处的病人。

当然，老妈照例谈了她最憧憬的退休计划，也照例抱怨了老爸至今没有完工的家宅"磨坊"。还有一件事令她困惑，就是我竟然还有话题能在心理治疗的时候和约瑟夫聊。我提醒她说，我小时候不是在努力阻止父母杀掉对方，就是在阻止妈妈自杀，这样的童年并没有那么"无忧无虑"，就算周围有葱绿的群山和叮咚的溪流。老妈如同忍者挡飞镖一般拨开了这个问题，说不想毁了圣诞气氛什么的。她很喜欢写信，于是我后来在返回伦敦的火车上，给父母双方各写了一封充满思索的长信，叫他们避无可避。当我和乔治在下一个病人的住址前驻足时，我查看了手机。还没有回复。

我们面前这扇镀铬的正门后面住着一名金融城职场人，叫塞巴斯添，将他转给我们的全科医生认为他正在考虑自我了断。我们正位于伦敦城的高尚地段，一条商业街上，一家巧克力店、一家花店和一家维特罗斯迷你店*依次排开。这绝不是通常的自杀高发地点。

医学生们需要大量且快速地学习东西。因此，医学教育的公认方法是"看一遍，做一遍，教一遍"，譬如说你看过了一台脑外科手术，也做过了一台，你就有资格教授脑外科手术了。昨天，乔治才看过我和病人谈话，于是今天轮到他谈了。

"当然愿意。"乔治回答完我的问题，兴冲冲地敲响了大门。

---

* 维特罗斯（Waitrose），英国中高端超市。——译注

笃笃笃笃笃……笃笃。

换作是我，只有在为病人找到移植器官时才会使用这么欢快的 NHS 式敲门法，但我也不想太苛求乔治，因为我自己做医学生时也闯过一些祸。比如，有一次在急诊部实习，我告诉一个 X 光照出胸区（肺野）有一只圆形肿块的先生说他很可能得了癌症（其实只是乳头钙化）。另一次，我给一名健康的志愿者抽血，当我忙活半天终于找到静脉时兴奋异常，忘记了拔针头前要先解开止血带，结果高压鲜血喷得到处都是，活像汉默恐怖片*里的情节，搞得志愿者都昏过去了。关于我们医学院有一则都市传说，说是有个一心讨好上级的学生，一次他奉命在一台腹部手术前给男病人剃毛（备皮），结果他自豪地将病人推进手术室，然后不光是胸腹的毛发，连胡子都给剃了个干干净净。

见塞巴斯添不来应门，我试了另一种较为庄重的敲法。接着我又照着全科医生的转诊信拨通了他的手机号，可电话直接转进了语音信箱。然后我把一张写着"抱歉我们没见到你"的条子塞进他的信箱，用弹簧盖夹好，一半露在外面。

我在手机的谷歌地图上查找去下一个病人住址的路线，就在我查好了抬起头时，乔治正指向那只信箱。条子不见了。我再次敲门，这一次门终于开了。

---

* 指英国汉默公司（Hammer）拍摄的哥特式恐怖奇幻电影，其巅峰期在 20 世纪 50 年代至 70 年代，题材涉及科学怪人、吸血鬼、木乃伊等。——译注

"哪位？"门后一名 30 来岁的男子把我们的条子拿在手上。他个头很高，胡子刮得干干净净，有一张大众认可的英俊面庞，和一副清晨 5 点就去健身房的体魄。

"你是塞巴斯添吗？"我问道。他点点头。"嗨，我是沃特豪斯医生。"我现在已经不介绍自己"我叫本杰明，这里的一名精神科医生"，部分是因为我目前是团队中唯一的精神科医生，还因为我已经较为资深，必须挑起大梁了，"这位是医学生乔治。这张条子是我们留的。我们是精神卫生危机小组的。"

"精神卫生？"他先是搔搔脑袋，接着又夸张地举起了双手表示困惑，"那二位最好还是进来说话。"

我走进大门。这是一套由仓库改建的豪宅，富丽如同宫殿，肯定价值好几百万英镑。作为 NHS 的精神科医生进到这里，我不由感到新奇。

"你的公寓很漂亮。"我说。

他微微一笑，示意我们到一张 L 形真皮沙发上坐下。"喝咖啡吗？"他说，"我早上不好好喝一杯咖啡就什么也做不成。"

他打开大理石台面上的那部工业风咖啡机，Bose 环绕立体声音箱中响起了 Café Del Mar 的惬意音乐。我和乔治透过几扇落地窗欣赏着户外的景象。墙上挂的可是班克西的原作？*

---

* Café Del Mar（字面意为"海咖啡厅"）是西班牙一家著名酒吧兼音乐厂牌，风格时髦而惬意（chill）；班克西（Banksy）是英国的街头涂鸦艺术家（化名）。——编注 & 译注

"那么，这回是要干吗？"塞巴斯添捧着一个托盘过来，上面摆了几块饼干。

"让乔治来引导谈话可以吗？"

"当然，每个人都得有机会学习。"

"谢谢。"乔治接过话头，"你感觉怎么样？"

"我挺好。"塞巴斯添立刻回答。

"哦，不错。"乔治放松下来，拿起了一块 Hobnob 饼干，"那你不再想着自杀了？"他说话时嘴里还塞着饼干，我在心中默记了一笔，下次得教他轻声敲门，还有别着急吃饼干。

"自杀？当然没有！"塞巴斯添说。

上头不是第一次因为行政失误把同名同姓的病人转诊到我这里，或者干脆送来一个和我们毫无关系的病人了。我感到脸上发热，赶忙从包里掏出全科医生的转诊信来看。"你是塞巴斯添·劳埃德对吧？"

他点点头。地址和出生年月也一样。"对，就是我。真怪。肯定是哪里搞混了。"

"唔，抱歉打搅你了。"乔治说着就要站起身来。

"稍等一下。"我插了一句。乔治还得学学别总相信病人的表面言辞。精神病学本来已经很难，没有客观的指标可以辅助诊断，也没有真正的治愈手段，结果它还潜藏着又一重复杂性，就是病人的叙述往往并不可靠。"塞巴斯添，为什么你的全科医生认为你有自杀倾向呢？"

"我只能想到，可能我顺嘴说了一句什么，让她误会了。"

"比如？"

他犹豫了片刻："比如，唔，有时候大家会开玩笑说工作实在太忙，简直想一枪把自己的脑子轰掉，这类的话。"

乔治理解地点了点头。

塞巴斯添显得相当戒备。

"我们既然来了，能否让乔治问你几个问题，练一练呢？"

"当然可以。"塞巴斯添礼貌地回答。看得出他家教很好。

乔治仔细询问了精神病学结构式访谈的各个部分，但塞巴斯添的生平叙述显得毫无问题。

"你在金融城上班，那是什么感觉？"我插进一句，并对乔治瞟了一眼，示意接下来换我发问。

"还不赖。努力工作，尽情玩耍。就是工作时间长得吓人。"说到这里，塞巴斯添不知为何大笑起来。全科医生的转诊信上说，是工作压力促使他吐露了自杀的心声。

他看上去状态不错，可他这些"好得不像真的"的回答是不是太表面了？他的微笑是伪饰吗？还有，一个连轴转的金融城银行家，怎么会在周二上午 9 点半待在家里？"全科医生的转诊信上特别写了，你一直在网上搜索自杀的方法？"我追问。

塞巴斯添抬头望向天花板，仿佛是在搜寻记忆："唔，不，我想不起来这个。我实在认为你们找错人了。"

"你的这份工作，周二一般都不上班吗？"

"我今天休假。昨天在办公室干到很晚,完成了一笔大交易。我现在应该回床上睡觉的,其实。"

乔治翻起了白眼,或许是因为我们今天还有八场真正的危机要对付,而我却对这位情况显然很好的绅士穷追不舍。又或许是因为我们的饼干都吃光了。

"那就不打扰你休息了。"我说着起身朝大门走去。想到咖啡已经喝进肚里,而整个上午我们都不会回办公室:"走之前,我能不能借用一下你的洗手间?"

"唔,这个,唔……"塞巴斯添不安地挪动着身子,"好吧,可以。"

这间极简风的洗手间比我的整个住处都大,里面有一大间玻璃浴室,中央一只独立式浴缸,簇拥在巨大的热带植物之间。

上完厕所,我用香柠味的洗手液洗手,水流来自一只货真价实的黄金水龙头,接着我在埃及棉的手巾上把手擦干。我的怀疑大概真的没有根据吧:塞巴斯添有什么可抑郁的呢?

我转身正要离开,接着就看到了只在这个角度才会看到的东西:在洗手间靠里面的角落,从横跨高挑天花板的钢梁上垂下了一根绳子,并在最下面打了一个经典的绞索套,还有一只木凳摆在正下方。那是一根电光蓝色的尼龙绳,我爸会用它把砍倒的树绑到拖拉机后面,因为它的抗拉强度极高。

门厅的乔治已经穿好鞋子,大门也已半开。塞巴斯添不敢看我的眼睛。

"塞巴斯添，谢谢你让我用洗手间。我觉得我们还是得谈谈，可以吗？"

他的眼睛直盯着地板。接着他关上大门，转身走回客厅。

"我谷歌了各种方法，最后还是决定用绳子。"他的声音有了和刚才不同的质地。

"你接着说。"我已经把方向盘牢牢握在了手里。

"绳子系上去快一个礼拜了。我把脖子伸进去试了几次，想感觉感觉。本来打算今天动手的。所以才没去上班。我才给家人发过消息，说我爱他们，然后关了手机，接着你们就来了。"

"本来打算今天动手？"我注意到他用了"本来"，"那你现在改变了想法？"

"我不知道，也许吧。"

"塞巴斯添，我能不能问一句，你为什么想要结束生命？"

他用力呼了一口气："这他妈要从哪儿说起呢？你知道吗，就是你拥有了可能想要的一切，大房子、豪车、美女，可还是觉得……空虚？"

我点点头，好像我真懂似的。

在 NHS 精神科工作的我，并不常遇见工作在金融城的人，但我读过他们的故事：实习生从金丝雀码头的摩天楼上跳了窗，CEO 平静地从鸡尾酒吧楼顶迈下，手上的高脚杯里还盛着香槟。

"刚好我最近又做了几次很糟糕的交易。就想，这一切都有什么意思呢?"他自问着。

"我希望我们可以帮你找到法子想开点。就目前来说,最好是先住进一家精神病院,那里能保护你的安全。"他听了没有立即开口叫我滚蛋,是个好兆头,"最好是叫一辆救护车把你送急诊,那样能让你更快入院。"

"救护车不行!"他断然拒绝,"住院我会考虑,但不是那样进去。人家会议论。"听他这么说,我反倒受了鼓舞:他担心自己在爱管闲事爱打听的邻居中间的名声,说明他或许预期着会再见到他们,"我先在家里收拾一个过夜的行李包。我会把手机开着,好让你能告诉我该去哪儿——就在附近对吧?"

"是不远。"我夸了一句海口,内心向上帝祈祷伦敦的某处有一张空病床,"你一个人在家安全吗?"

"我向你保证。"他用力与我握了握手。我心想,在死因裁判庭上,不知道"君子协定"能否构成对疏忽指控的有效辩护。我递给他一张危机小组的宣传单,上面登了几个"有用的号码",他在等待时有需要了可以打给我们。"还有,我很抱歉对二位说谎了。"他说,"我本来做好了准备今天动手,不想再节外生枝。我觉得这种事吧,实在不容易说出口。"

"塞巴斯添,我们走之前,能不能再问一句,你这会儿的想法是有哪里变了?"他的工作压力、他对物质的空虚感以及人生意义的缺乏都没有消失,现在这么说可能只是在搪塞我们。

他沉吟了片刻:"唔,说起来挺傻的,我以前从不信教,可是我现在觉得，也许你们是为了某种原因，给派到我身边来的。"

其实我们有了这番谈话的原因非常简单：塞巴斯添的全科医生感到他有危险，而我又急着尿尿。可是我没有戳破塞巴斯添幻想出的神学泡泡。当难得有精神病人把你当作他的守护天使，你就应该接受这个角色。*

回到外面的商业街上，乔治一度拥有的专业态度已经荡然无存。"刚才真他妈太险了。"他说。确实是这样，假如塞巴斯添是我们今天访问的第二或第三个病人，他的家门也许就永远不会有人来应了。"你这招真妙：假装借用厕所，趁机查看他的公寓。"乔治还在说着，"这是公认的技巧吗？"

我本想说句大话，显得自己掌控了这个大致上无法掌控的世界。可我又担心这样会形成一个不好的先例，造成以后乔治每次家访都要去病人的洗手间小便。

"我真的只是想尿尿。"我说。他还没有充分领会其中的侥幸。

"唔，你为什么还费劲把绳子收走？"他望着我包里鼓起的一团问道，"他真想自杀总会有别的办法。"

塞巴斯添允许我没收的绳索，将会加入从病人家中没收的各种武器和其他危险物品之列，日后予以销毁。在忙碌一天之后，精神卫生工作者的包里可能会装下"妙探寻凶"（Cluedo，推理

---

* 医疗顺利时，上帝常会抢走荣光，而不顺利时，去医学总会受审的又绝不是他。

类桌游）中的凶器大全：绳子和刀且不在话下，有同行甚至还没收过手枪。大多数福利住房本来条件就差，我们不能再拆了那里的水管。

刚才是我俩一起踩着椅子解开那条绳子的，就像一家人一起解下圣诞树上的彩灯。我将绳子放进我的包中，然后和乔治一起离开，经过的浴室柜里装满可能致命的药物，厨房里还有几把钢质主厨刀，外面繁忙的主路上也有双层巴士飞驰而过。

"自杀者往往会决定一种特定的自杀方式，当这种方式受到阻挠，他们一般不会马上另作尝试。"*

"'一般'？"乔治说。

"精神病学里都是'一般''大概''但愿不要'。预测人类行为不是一门精准科学。我们能倚靠的不过是临床评估和直觉，有时再加一点祈祷。但这几样也不是每次都够用。"

"那么，你怎么确定他现在没在上吊呢？"乔治追问。

"没法确定。但是因为他让我用了洗手间，我感觉他内心里有一部分，即使这部分只有1%，其实并不想动手。他希望人生还有别的出路，只是不知该怎么求助。许多人都这样。"

"是啊，人就是得求助，对吧？"乔治感叹。

---

* 据自杀学家（suicidologist，对，有这个行当）报告，最有效的自杀预防策略是降低致命选项的可得性，由此争取到时间，自杀意念就有望消退了。比如在跳桥跳楼的高发地点安装护栏，烤箱使用无毒气体，或者限制药店出售的扑热息痛剂量。举一个更贴近生活的例子：这有点像是减肥的同时清空家里的巧克力饼干，以此避免诱惑。

"对啊。"我回应道，即便这句被人挂在嘴边的金句暗含的信息更多时候只是说说而已，并非事实，那就是：只要求助，就能获得及时而优质的精神卫生支持。

我不想戳穿乔治的理想主义，至少现在还不行。我不想让他和其他医学生那样对精神科丧失热情，毕竟招不到人是精神科长久以来的难题。于是我没提，除了聆听求助，你还得有资源可以调遣，如果资源有限，病人的程度就必须达到门槛才能得到治疗。现实很残酷：许多人鼓起勇气"求助"，听到的却是一句"走吧，等情况更糟了再来。"*

我拨通了床位管理员的电话，也是运气，今天的床管正是布莱恩。

"嗨，布莱恩，我是沃特豪斯医生，"我试着对他建立权威，"我在黄水仙病房做过低年资医生，现在是危机小组的主治医师。"

"哦，你啊，本。"他说。

"我需要一张本地床位，给一个自愿住院的病人，有劳。"

"今日客满。"布莱恩说，"本院和全伦敦都没有空床位。紧急吗？"

"他在家里挂了一个绳套，所以……"

---

* 最胡闹的是，有些超负荷工作的进食障碍团队会拒收外面转来的神经性厌食患者，因为病人的 BMI 指数有 18，而治疗门槛设的是 17.5 或者更低。所以，如果体重已经低得危险的病人想接受治疗，就必须再掉几磅肉。在那之后，治疗的重心就会变成让他把那几磅肉长回来。

"好吧,交给我,我看看'区域外'能不能给你找个床位。"

好在我在危机小组的岗位也设在康宁中心,不必跑去另一座建筑上班。我现在一般在危机小组的办公室里任找一张桌子办公,如果需要独处,就再回到从前那间没窗子的办公室去。接待处的谢丽尔也总能使我安心,她平时要么在拯救我那盆缺乏光照的仙人掌,要么就悄声八卦。那天和乔治完成家访回到医院,正当我们经过总接待处走向危机小组的办公室时,谢丽尔对我做出了 C 打头的那个词的口型。

这代表的是"医疗质量委员会"(CQC)。CQC 的巡查员之于医疗,相当于英国教育标准局(Ofsted)之于教育。他们到访医院之前一般会先排好日程,这能给医院留出必要的时间彻底改观平日的作风,比如改进规程,完成病人的诊疗计划,招募临时工来营造人员齐备的假象。尔后,CQC 会将评估结果浓缩成一个词,从"出众"(outstanding)直到"失格"(inadequate)。

在 CQC 按计划来访之前,这里的每个人都会表现出最好的状态,医院里要上上下下擦个干净,叫他们根本说不出"MRSA(抗甲氧西林金黄色葡萄球菌)超级耐药菌"的字眼。我和山姆在父母来访前也有这样的常规操作,将我们的公寓收拾得焕然一新。就像我父母认为我们不会把餐具在水槽里堆个几天,或者卷纸用光一周了还不去买一样,CQC 的巡查员们肯定也认为NHS 机构的工作环境都惬意得像一部部散发着空气清新剂、上足了润滑油的机器。

他们本可以一直这么认为,如果他们不是偶尔像今天这样不告而来的话。幸好我父母还没这么干过。

"我们能否和你们主管谈谈?"我偷听到两个身着正装的人在问扎拉(Zara)——就是那个不幸为他们开门的同事。

"呃,主管不在。"

"哦,什么时候回来?"两人中的女性问道。

"我也不清楚,实际上我们已经几个星期没有主管了。"

"好吧,那么我们能和主任医师谈谈吗?"

"我们这儿也没有主任医师。唯一的医学保障是新来的医生本杰明。"

乔治热切地抬起头来,就像一条狗听说要出门遛遛。我赶紧对他使了个眼色,他才把头又埋了下去。我自己在显示器后面缩了一分钟工夫,心想最好还是把电脑打开。接着我打电话给床管询问进展。

"嗨,布莱恩,还是我,沃特豪斯医生。"

"哦,你啊,本。"他说。

"床位有好消息了吗?"

"没啊,现在全国都没有空床。但我还在找。可能要去私立医院弄一张了。"

"我跟病人说了给他联系附近的医院。你有没有可能,呃,就在南丁格尔给他腾个地方?"

我们都知道我这话是什么意思。奇怪啊，现在我成了催人出院的那个人了。

"我来想办法。"他说完挂掉了电话。

"你是哪位？"我偷听到一名巡查员说道。

"我叫扎拉，是常驻的6级护士。"扎拉在伦敦出生长大，是资深又可靠的帮手。她的身份是"常驻"而非"派遣"，意味着她是长期雇员，对同事和病人都很熟悉。

"好的，我们想问你几个问题，再四处看看。"

两个人都像吻合器似的咬住不放。他们倚坐在靠门的一张办公桌上，而我们这些本来流动办公的人现在都牢牢坐在椅子上，把身子藏到电脑屏幕后面。

"在这个团队里工作感觉怎么样？"两人问扎拉。

扎拉的处境已经岌岌可危，她勉强挤出一丝笑容，说："很好啊！"

这也是我每周日和父母通电话时关于工作总说的假话：只说一切都好，什么失眠啦紧张性头痛啦，还有挥之不去的恐惧感啦都不会提——这些事在精神科招聘会上也是没人提的。不过至少CQC不会逼我给他们生孙子。

"首先你能不能告诉我，谁是你们这里指定的急救员？"二人中的男子略带怒意问道。他面部棱角分明，就像他手上的那块写字板。

"嗯……好像是莉齐吧？"扎拉回答。

"根据我们的记录，"男子查看着手中的文件说道，"应该是……Z. 米尔扎小姐。"

"我？！"扎拉喊了出来。

我开始登入系统，加载我们的线上患者数据库……

"好了，不说这个了。"女巡查员好像负责唱红脸，"能不能给我们看看你们的地区消防守则？"

扎拉赶紧去一只灰色文件柜中翻找，文件柜的边上就是写着每个医生手下病人姓名的白板。"在这儿！"扎拉说。

两个巡查员匆匆看了一眼手上的文件，勾掉了几个方框，然后头也不抬地继续问："还有全国消防守则呢？"

他们到底觉得这场火灾会烧多大？

"呃，那有什么两样吗？"扎拉说。

两名巡查员看起来很生气，他们好像不能理解，为什么在这支缺人手也缺领导的团队里，我们不能在尽量保证病人安全之余，再抽点时间来温习数百条地区及全国的信托守则呢？

其实两者又有什么分别？难道地区消防守则规定不能在附近烧东西，而全国守则却说你只要去了米德尔斯堡，就可以见到什么点着什么？

我们都明白，如果在社区团队发生火灾，员工和病人都要撤到火灾集合点，然后打999。精神病医院一度也会把员工和病人疏散到院外，但后来这个规定改了，因为大多数隔离的病人一尝到自由的滋味就会一溜烟跑掉。因此现在，像南丁格尔这样的医院都规定了把病人全部挪进一片没有着火的病房。

"对不起。"扎拉说,"我们要注意的守则实在有点多。"

我开始在电脑上录入今天上午的记录,同时也不忘窃听这场车祸般的 CQC 视察。

一个不知名的年轻女子从一个没有显示的号码打来电话,说她正坐在窗沿上打算跳下去。一个名叫锡德的社工尽量咧嘴微笑,问我"能不能听一下电话"。我点头同意,但电话不知怎么转丢了。或许是锡德转错了分机号,又或许是女子的手机没电了。我尽力不去想其他解释。

"我们再来看看你们的除颤器和急救推车吧。"女巡查员说。

"哦,这个简单。"扎拉先是热情洋溢,继而又慌张地环顾房间。锡德悄悄指向储藏柜,过了一会儿,扎拉捧着一只嫩绿色的盒子走了回来。

"你们定期做检查吗?"男巡查员问。

"嗯,做的。"扎拉边说边擦掉盒子顶上的灰。

男巡查员细看盒子里的文件,那是一张写着日期和潦草字迹的清单。"这上面说,这件医疗设备上次检查是在……2002年10月2日。"

"肯定是 2012 年吧。"扎拉探身查看。

"不,绝对写的是 2002 年。就是……缺检快 20 年了。"

"那会儿我还在学校呢。"扎拉小声说,似乎已经放弃抵抗。

两名巡查员恶狠狠地快速写着什么,我心想此刻塞巴斯添不知道怎样。

一名忙碌的社区主任医师打来转诊电话，说他有一个病人想更换药物，问我能否"好意"做个评估。这绝对是那个主任医师自己的责任，不关我的事，再说我本来就快被工作淹死了。

"不好意思，我们是危机小组，你说的情况听着不像危机。"我一本正经说道，"你的病人没有达到我们的标准，我不能接受转诊。这是信托的规矩。"

那名主任医师不再客气："你叫什么名字？"

有员工这么问你，不太可能是想把你加进他们圣诞卡片的邮寄清单。也许他是想向我的上级主任医师投诉我。祝他好运吧。我向他报出姓名，电话断了。

放下听筒，我想的是自己差一点没上厕所就离开了塞巴斯添的公寓。

"对了，还有压力和创伤守则，别费心查了。"女巡查员仍在说话，"你直接告诉我，如果在一天漫长的工作后感到压力，你会怎么做？"

"大概去喝杯烈酒吧。"扎拉回答。这不是正确答案。

"要我说，或许该向你的部门主管报告？"女巡查员说。

"哦对对，我会先报告，当然的——如果他们自己没有因为压力先行离岗的话。"

我想象塞巴斯添吊在蓝色尼龙绳圈上的样子。

电话还在响个不停，都是新的转诊请求或是危机中的病人，我们在办公室匆忙地进进出出，尽量及时处理每一个。幸好之前说要跳楼的女青年又打来了电话，我尽力排出时间给她约一次门诊。

耳边能听到的，都是那个面无表情的巡查员在对扎拉发话，不是要她找出流动办公桌的清洁轮值表，就是要她指出谁是食品卫生官。

我知道问责很要紧，但我的内心也有一部分想要冲他们尖叫："你们能不能赶紧滚，让我们好好干活？"乔治正用奇怪的表情看我，我这才意识到自己在怒视二人。

最后，他们终于走了，我又打给床管，问他塞巴斯添的床位有没有着落。

"好消息，我找到一个床位了！"布莱恩说，"只是有一个问题：它在杜伦。"*

---

* 距伦敦近 500 公里，如前言所言。——编注

19 罗 宾

埃丝特想出了许多有趣的约会创意:街头艺术巡游、写生、诗朗诵擂台赛、卡拉 OK,还有跳莎莎舞。但是最后,由于时间关系,这个幸运的女孩帮我复习起了实践考试。*

她扮演了许多种潜在的"病人"角色:不说话的女孩,健忘的祖父母,还有男性暴露狂。† 而我必须扮演一名模范精神科医生,为她诊断病情,提出治疗方案。至少在这些想象的世界里,我们可以假装药物总会生效,病人也不必在 NHS 的治疗等候名单上排好几年。

---

* 在参加精神科实践考试时,我要像在医学院的时候一样,走进一间模拟诊察室,里面有一个考官和一个病人。十分钟后,铃声响起,我就要进入下一个场景。在医学院,病人也会被拉来参加这种奇怪的闪电约会,其身体线索都指向他们年深日久的基础病:杵状指、脾大、肺部湿啰音等。这些在医学教育中都称为"良好指征"(good signs),可它们对于病人绝不是好消息。所以,如果有医生要你去给他们做模特,可别太得意。这说明你身上有明显的病征。
† 精神病学中没有"指征"可言,而且让真实的精神病人来协助一天考试,组织难度也很大。因此,精神科医师考试中的"病人"主要由不得志的演员扮演,他们很喜欢借此施展演技,虽然观众才两个人。

但要把一切都压缩进十分钟的访谈是很难的。有一次，埃丝特扮演一位患有躯体变形障碍（BDD）的"多蒂小姐"，总觉得自己的两眼分得太开了，我在访谈中忘了问她是否在考虑整形手术。要是问了，我就会知道她正在 YouTube 上查看自助手术的视频，今天见过我之后就要上百安居（B&Q）买工具去了。

识别这类风险，在必要时为了病人的安全将他们收治入院，是通过精神病学考试的关键所在。我安慰自己"多蒂小姐"只是虚构人物，并且努力不去回想，在现实中阻止塞巴斯添落入悲剧的，仅仅是我那尿急的膀胱。

如果科学博物馆讲解员的工作干不下去，埃丝特大概可以靠假扮病人巡演谋生。她带着极大的热情投入角色，毫不怯场，全程即兴。

翌日清晨出门之际，我发现她在我们浴室里留了一把牙刷。

我按响了这幢红砖联排房的门铃。它门前有一块整洁的草坪，窗户上挂着蕾丝窗帘。今天我单独行动，乔治请了病假。我发现自己在想：这厮最好是真病了。

不知是不是塞巴斯添事件把他吓得不轻。还是上次有一个病情简单的病人他看了整整一上午，被我训了两句，因为他这么一耽搁，我就要多看三个病人。"你速度得快点，问关键问题就行了！"我冲他吼了一嗓子，因为紧急评估的需求已经在我周围堆得老高。我从来没遇到过一位鼓舞后辈的导师，我自己也这样了。

昨天我还收到了医学院发来的一封电邮，说既然我这里没有主任医师督导，他们在考虑把乔治调去别处。我忍住了反问一句能不能把我也调走的冲动。

我现在真挺想乔治。何况二人一组也比较安全。但是他不在，我就只要在面对病人还有开组会的时候假装精神科、NHS 和我都挺好就行了。

"独自工作"的时候，有的同行会带远程报警器，但这种器材价格昂贵且依赖电池。再说这也不利于建立医患之间的信任，你总不能一进别人家里，就问他们能不能给报警器充电吧。

也有的同行会用暗号，不过这个不是万无一失的。我们团队的护士扎拉跟我说过一个事：一次，她去家访一个病人，往常两人一直相处得不错。可是那一天，她一进门就迅速意识到病人复发了。他变得疑神疑鬼，拦着不让她离开，简直像把她劫作了人质。扎拉说服他让自己打个电话回办公室，说是替他检查用药剂量。"嗨，我在迪恩家里，能不能替我去拿'红色文件夹'？"她对接待处说——"红色文件夹"就是"马上报警"的暗号。但当时接待处的谢丽尔还是新人。"红色文件夹，红色文件夹……红色文件夹在哪儿啊？"她在各个架子上来回翻找。谢丽尔依稀记得有什么暗号之类，也一度想到了打给消防队。幸好扎拉后来脱了险，是自己从浴室窗户爬出来的。

我再次按响门铃，终于病人的老母亲来开了门，她佝偻着撑在一副助行架上,穿一条花裙子,头发白得像儿童初生的牙齿。

"你好,白脱飞太太,我是沃特豪斯医生。罗宾的社区医疗团队有一阵子没见到他了,叫我来看看是不是一切都好。"

老太太将我引进厨房,取出她最好的瓷质杯碟。现在仍有人愿意这样招待医生。壁炉台上放着一只双管电暖器,还摆了些照片,里面有白脱飞太太和她已故的丈夫,边上微笑的青年就是他们的儿子罗宾。她给了我一块贝克威尔蛋糕挞(Bakewell),我们闲聊了两句天气和当地的停车禁令,然后我一边喝茶,一边听她报告罗宾的近况。罗宾今年40岁了,单身无业,和母亲住在一起。母子俩相互陪伴,虽然两人都不上教堂,但她说看《倒计时》*就是他们的宗教。

可就在上周,罗宾开始光脚走进院子,他踩踏松果,在地里挖掘,回屋后在乳白色地毯上踩得又是泥又是血。"你会怎么清掉地毯上的血,大夫?"她问我。我圆滑地告诉她我家铺的是木地板。她说罗宾现在连饭也不吃,裤子都变松垂了。恰在此时,她还发现他把没有开封的药扔在垃圾桶里。

忽然一个大块头男人闯了进来:"你他妈是谁?"

我从椅子上起身,心想谢丽尔不知还记不记得"红色文件夹"这一套。我露出无害的笑容,试着像安慰他们母子也安慰我自己一切都还好:"嗨,罗宾,抱歉我们还没正式见过。我是沃特

---

* 《倒计时》(*Countdown*),英国语言及数学抢答节目。——译注

豪斯医生，一名精神……"

"给我……出去！"他啐了一口。我伸出的手悬在了半空。他的手贴在身子两侧，不停地哆嗦，似乎在用力压制它们别把我的脑袋打掉。

"我好得很。"他说道，青筋在红得发紫的脸上跳动。

我放弃了握手："我来是因为你约了医生却没去，罗宾。我也觉得你的家人很担心你。"这家里就两个人，不把他母亲牵扯进来很难。

他瞪向白脱飞太太："你说她？这头贱母牛。"

白脱飞太太直盯着手里的茶水，似乎在考虑要跳进去。

"你妈妈只是担心，你好像不是原来的你了，罗宾。你在院子里挖什么呢？"这话问得我好像只是个好奇的园艺家。他没答。我用另一个问题逼近："还有你的药服得怎么样了？"

这下引起了他的注意："我不需要药。我没有精神分裂症！"精神分裂患者都会这么说——但非患者也会这么说，这会把事情搞得相当复杂。

"我知道你去年大半时间都住在一家精神病院里，那又是为什么？"

"是花粉热。"他说。

黄水仙病房肯定不治这个。

"这位医生只是想帮你，亲爱的。坐下来和我们喝杯茶吧。"白脱飞太太插进来说，她和我的祖母很像，也认为大多数烦恼可以靠一杯热饮解决。我现在对这一观念也相当开放了。

"是啊。"我接了一句,"再吃点蛋糕也不错。"

"我从这老巫婆那儿吃的毒药够多了!"他咆哮着。

不愧是《倒计时》的热心观众,竟会用这么多三字词来称呼自己的母亲。*

我不解地望向白脱飞太太请求开示。"他认为我是个女巫师,给他的食物里都下了毒。"她若无其事地解说。奇怪的是,她方才并没有提到这个细节,而是直接请我吃了蛋糕挞。

"你要不要吃点有毒金属,医生?"罗宾问我。他指向我的手指还有泥塞在指甲缝里。

我不久前才教导乔治,说我刚入行时举止天真,仿佛是个律师而非精神科医师,总想着用证据改变病人的非理性思想。但现在我已经现实检验过许多怪念头,像什么"下了药"的水和"动了手脚"的食物,我明白了妄想就是妄想,不能按正常人的思维去理解。就算把罗宾家的冰箱吃空,也是什么都改变不了。精神病人总能找到抬杠的理由:"那是因为她还没下毒","你已经先吃了解药",或者"你也不是人类",等等。

"罗宾,你为什么会有这种想法?"

"味道。家里的吃的全是金属味,面包……火腿……就连果干麦片里都有。"罗宾说的大概不是谷物食品中添加的铁元素。

---

* 英文中,母牛(cow)和巫婆(hag)都是三字母词。——编注

他很可能是出现了"幻味",也就是尝到了不存在的滋味。"但是不用担心,"他接着说,"这样不会太久了。"

像这样含糊的说法必须搞清楚。比如一位抑郁患者打来电话说他"在一个不好的地方",我也必须查明他是准备自杀还是去了彼得伯勒。*可还没等我追问,他就猛地上前一步,我们现在的距离,接吻或打架都恰到好处。"给我出去!"他又啐了一口。

我并不想施展已经生疏的自卫技巧,何况后面还有好多病人要看。再说我收集到的信息,已经足够依《精神卫生法案》将罗宾隔离——作为主治医师,我已经获得了这项奇怪的超能力。

"好的,我就不打搅二位了。"我注意到角落里的小电视机,又加了一句,"还有,《倒计时》快开始了。"

"哦,"白脱飞太太一边费劲地盖上铁皮蛋糕盖子,一边插进来说,"他其实已经不看《倒计时》了,大夫。他说那个节目都是在传撒旦的话。你说这和他的病有关吗?"

当然他妈有关了。

"总之,谢谢招待。"我看到罗宾气呼呼的鼻孔,又说,"白脱飞太太,能麻烦你送我出去吗?"我向她睁大眼睛,就像电影里的人质在向超市收银员示意自己处境危险。可还没等她伸手去拿助行器,罗宾就大喝一声:"我来!"

白脱飞太太无奈地看向我。

---

* 彼得伯勒距伦敦100多公里,曾被其居民评选为最不宜居城市。——译注

19 罗宾

罗宾盯着我走出去，然后砰的一声摔上了门。

回到办公室，我立刻填好了一张表格，接着再填两张，就可以启动依法拘留罗宾的流程了。隔离文件的颜色都是芭比粉，这个创意或许来自医院的公关团队，也是他们先提出用迪士尼人物的名字来命名精神科病房的。

看完门诊，我骑车到南丁格尔医院递交罗宾的隔离文件。到了精卫法案办公室，一名身穿外套系着围巾的行政人员正要下班锁门。

"东西就放托盘里吧。"她一边抵着门别关上，一边朝办公桌点头示意。

当我退出南丁格尔医院那一条条漫长而熟悉的过道时，我心里想，不知道布莱欣好不好？格利克大夫回来上班了吗？我已经不是当初在这里刚开始工作的那个毛头小伙了。现在的我明白了精神科医生办公室的窗子为什么不能打开。到了员工停车场，我发誓，空车位更多了。

我父母还是没回我邮件。我们之间的交流明显少了。我们不再每周通电话，老妈也一反常态地没有打来问我新岗位的事。我只收到了一条短信，说我叔叔托马斯又犯病了，他现在有一个无法动摇的信念，就是将有一场劫难消灭全人类，地球上只留他最后一人。我爸不知如何是好，问我能帮把手吗？又来了个该死的转诊，就堆到文件上排队吧。

周日下午，我不用值班也不用跟父母通话，就趁此机会换了床单，这还是今年第一次换。一次在黄水仙病房，一个病人向我们的职业治疗师坦白他每四个月才洗一次床单，这对我已经是奢望了——而他的"日常生活活动"还获得了额外的支持。

电话响起时，我正困在一条羽绒被套里，拼命想找到一个角。当我终于像一个蹩脚的胡迪尼[*]似的从被套中脱身，我发现那是一个未显示号码来电。

"你好？"我的喘息还未平复。

"你好，我是哈特医生，独立精神科医生。请问你是本杰明·沃特豪斯吗？"

"对。"我有些迟疑，希望自己没有看错该死的轮值表，误了这个周末的值班。我一边说，一边把不会致痒的洗衣粉倒进洗衣机，把脏被单随手扔了进去。

"本杰明，有人对你的精神健康状况表达了一些忧虑，我们能不能稍微谈一谈？"

"什么方面的忧虑？"我起了一点戒心，关洗衣机盖的声音也意外地响。

"你这段时间可能压力很大，但还是要尽量保持镇定……"

---

[*] 哈里·胡迪尼（Harry Houdini），20 世纪初魔术家，擅长脱身魔术。——译注

他那种克制的口吻令人火大,依稀在什么地方听过,接着我的心里猛地一惊:我自己的职业口吻莫非也是这样?

"可以请你不要用这种怪腔怪调跟我说话吗?"我说。

"什么腔调呢?本杰明,我对每个病人都这么说话。"

"对每个同行也是吧?我不是病人,我是医生。"

"哦,了解了。"但他的语气显得不太相信。

我听见一支自来水笔接触纸张的沙沙声,那是他在奋力记录这一切。我想叫他停下别写了,但那样说大概又会显得偏执。

我一时怀疑这莫不是纳菲莎的一个精彩的愚人节玩笑,但愚人节已经过去三个月了。

"对,抱歉浪费了你的时间,但你一定是找错人了,我本人也是一名精神科医师,负责一整支精神卫生团队。"

"好——的。"他说,"你有什么事想告诉我吗,本杰明?你是不是拥有某种特殊能力?或者会读心术?"

这家伙认真的。"我已经说了,你真的搞错了。"

"这些问题我们每个病人都会问的——"

"你有没有听我说话?"我打断了他,"我刚才已经明确告诉你我不是病人了。"

这也正是病人会说的话。我担心我再答错几个问题,就会有几个身穿白大褂的男人来敲门了。

"本杰明,你有没有在周围没人的时候听见过说话声?"

这下我真被这小子惹恼了:"有啊,我有一只收音机。"

"也就是说,你从收音机里听见有人说话,他们都对你说些什么?"

"比如今天早上,他们就告诉我要避开北环道,好像是有辆卡车翻了。"

他终于听出了我话里的讽刺:"我们谈点别的吧。我听说你在和母亲的关系上有点问题?"

难道,他手上的转诊信是……我的治疗师寄的?

"那个,倒是,我和我母亲有点长期矛盾,但没什么新鲜的,也不严重。"

"什么样的矛盾呢?"

"哦,就是常有的那些,头生子帮妈妈维持脆弱的婚姻之类。也许是亲子关系太密切了吧,压得我都不知道该怎么恋爱了,就是那一类问题。"

"你是不是打算结束这种……关系动态?"他说。

"唔,是啊,我搬到了离家 300 英里的地方。我还尽量每周只和她通话一次,所以……"

"嗯?怪了。文件上说,你们俩还住在一起。对了,还有一个敏感的问题:你是否想过,要对她造成身体伤害?"

"当然没有!"

这封转诊信真是约瑟夫写的吗?在最近一次治疗中,我曾告诉他很久之前,有一次我妈变得特别恶毒,我逃到哪个房间她都要跟过来,还不停地对着我大喊大叫,喷了我一脸白葡萄酒味。当时我真有一股子揍她几下让她停下的糟糕冲动。可是我也告诉约瑟夫,我当时离开了家,到外面走了很远。何况起了某种冲动或念头,和采取行动也不是一回事吧?约瑟夫甚至把那算成了一件好事,说我选择了破坏性较小的做法。

"好了,本杰明,我再问最后一个问题,"哈特医生说,"我听说,你还从《倒计时》这个节目里收到了魔鬼的消息?"

我眼球瞪得台球大:哦,原来如此!"唔,这件事我可以解释。"我语气平静了下来,"这次精卫法案评估是哪位医生转给你的?"

"我无权披露这一信息。本杰明,你听说过'隔离'吗?"

"听着,伙计。"我打断了他,"这真是个乌龙,那些隔离文件是几天前我本人签发的,病人叫罗宾·白脱飞,他认为他妈妈在给他下毒。我一定是不小心把医生名字和病人名字填颠倒了,不小心把自己隔离了。"

电话那头陷入了长久的沉默,最后是哈哈一笑。"别太在意,是会这样的。"他最后说,"我自己在老年科的时候也填过许多份火化单,一次不小心交上去一份,确认了我自己的死亡。"他又呵呵一笑说,"不过,这个叫罗宾的伙计,你大概要再给他填一次转介了。"

"谢谢提醒,我会的。"

"你别担心,我保证他不会掉出排位,他可以用你的空位。"

我用自己的语言向他介绍了这个病例,用最突出的事件勾勒了罗宾的一生，就好像精神病学的《顶级王牌》（*Top Trumps*，卡牌游戏）：

入院：9次

自杀未遂：3次

之前的暴力行为：1次

抗精神病药物剂量：开20毫克，服0毫克

"淘气的小罗宾不肯吃药。"哈特医生打趣说，"他家的房子进得去吗？"我说白脱飞太太会放他们进去。"很好，那我们就不带锁匠了。"

每当有病人不愿开门，锁匠就会坐在白色面包车中待命。他们会用非破坏性手法进去，比如解码器、撬锁或是万能钥匙。还有一个后备方案是叫警察用撞门槌把大门从合页上撞下来。

"警察有必要到场吗？"他又问我。

"恐怕要的。"我说，我知道罗宾不会自愿跳进一辆救护车的后车厢，"大概多久后能行？定了我好告诉他妈妈。"

"大约两周。"

"两周？这可是紧急病例。"

"我知道，可每个病例都紧急。我们现在人手又紧，情况你也知道。你有没有告诉白脱飞太太，觉得有危险了可以打电话报警？"

"确实没有机会说。"

"唔,问题应该不大。"他说,挂电话之前又补充了一句,"对了,还有,你和你母亲的事,或许可以找个治疗师谈谈。"

我接着拨通的第一个电话,自然是向白脱飞太太解释罗宾的精卫法案评估还要等两周。她的座机铃声响了又响,最后转到了答录机的录音。那是一个友善的男声,听上去既熟悉,同时又遥远,"你好,抱歉没有接到电话。我俩大概都在家,只是把听筒忘在哪儿了!请留言,我们找到听筒会打回去!"

是罗宾的声音,不过这不是相信自己的食物被下了毒、魔鬼正通过《倒计时》的主持人蕾切尔·赖利(Rachel Riley)的一个个发音与他沟通的那个罗宾,而是另外那个精神健全、照顾妈妈的罗宾。如果我能和答录机里的这个罗宾谈谈他的现状,我觉得他肯定会同意重新吃药的主意不坏。可惜我晚了几个月,错过了那时候的他。

当天夜里躺在床上,我脑内总是反复亮起一个不舒服的念头,就像是那种吹不灭的生日蜡烛。

我那时应该把老太太带出来的。

20 托马斯

第二天，我打电话去精卫法案办公室了解进展。

"罗宾已经登上名单，我们会尽快去接他……不，还要再等一阵。他是才转过来的……对，恕我直言，每个病人都很紧急。对了，你有没有告诉她，如果感觉危险可以打电话报警？"

我决心不再打电话去，我感觉自己在对方心里只是个新人主治医师，对整套体制还不太熟悉。

在几次组会上，扎拉、锡德和我们这个人手稀少的危机小组的其他成员已经建议过我别再打电话到罗宾家了，他们说这会激起罗宾的敌对，或者让他明白我们正在组织一次精卫法案评估，他得赶紧从房子里逃走才是。

后来我们两个单独在员工厨房里时，锡德建议我想在这一行干得长久就要疏离些，别投入太多情绪。这一点他最清楚，因为他都干到要退休了。但我生怕这像一道滑坡，只要将共情的亮度调低，就会一路滑向格利克大夫那种完全"关闭"的模式。我向锡德表示谢意，仍然拨打了白脱飞太太的座机，幸好这次她接了:"哦,大夫你好,谢谢你打来电话。罗宾的情况更坏了,可怜的孩子。"

"对了,如果你觉得危险,就打电话报警,好吗?"我说。

"好的,好的。我不要紧。医院的人要我待在家里,好能在他们来隔离罗宾的时候开门。我知道他讨厌进医院,可他自己已经应付不来了。做母亲的遇到这种事可太难了。"

接着她问了我一个心烦意乱的人常问的问题。这个问题超越了我的"医生"身份,直接叩问了我这个同样有亲人的人。"如果是你的家人,你会怎么办?"她说。

最终,我的家人决定让托马斯叔叔重新住院。他人已经在医院了,但病情没见多少好转。

埃丝特本想在周六和我做第一次情侣出游,乘"欧洲之星"列车去布鲁塞尔过一夜。可我家里突然出了这件急事,于是她打算陪我一起北上去精神病院看我叔叔。毕竟她也一直缠着要我把她介绍给家人。

周五晚下班后,我陪埃丝特一起去参加了一场"反抗灭绝"抗议。我俩非常不同,仿佛一阴一阳,但我也认为我们是一支平衡的团队,能各自带来不同的特质。举例来说,埃丝特有趣、热情、关心社会,而我能确保我俩活动不迟到——就目前而言,还能确保我俩不进监狱。

"我们就是要让他们来抓,把监狱塞满。"议会广场上,埃丝特在环境抗议者的口号中大声对我说，"要让这届政府认真对待环境危机，只有这个法子！"

她之前告诉我，集体被捕是甘地、争取妇女选举权人士和民权运动者都曾成功运用的手法。我真想被她的无私精神感化，但我也无法摆脱心中那个无聊的我，生怕被吊销行医执照。更何况我们明天还要去看望托马斯叔叔。

"我知道。我们要把自己黏在大本钟上，好显示时间不等人！"她又说。

"小埃，我们今晚不要被捕好不好？别忘了明天还要北上。"

埃丝特嗤之以鼻，对她来说，明天和明年一样遥远，接着她走进人群找强力胶去了。幸好，其他更有组织的活动分子抢在了我们前面，警察把他们从黏住的东西上拽下来扔进了警用面包车的后车厢。我们到底太迟了。

"没关系，小埃。"我安慰着她，两人一起走回我们的自行车，"我们下次再争取被捕。"

除了将她介绍给家人外，还有一个举动表明我们是在认真交往：我买了一张铁路"双人打折卡"（Two Together）。这意味着就算没别的原因，我俩接下去这一年也被一起乘火车出行的33%折扣绑在了一起。

"拜托明天不要迟到，亲爱的。我希望我们终于有一次可以不用拼命赶火车了。已经订好了上午10点的班次，非上去不可。9点半在国王十字路口见，先美美吃顿早餐，喝点咖啡？然后悠闲地上车，在车上读读书？"

"听着不错。别紧张了，本吉，没问题的。"埃丝特吻了我一下，上车往她的公寓骑去。

骑车回家的路上，我心想刚才应该帮她心算出明天最晚早9点就要出门，那样才赶得上我们9点半的碰头。但我驱散了这个念头，试着信任埃丝特天生的积极性，我还安慰自己，就像她说的，一切都会没问题的。

第二天早晨9:59，我逐渐摆出了每次和埃丝特一起赶火车时的姿势：一只脚踏进车厢，另一只还在站台，以此阻止关门。

她在9:34发来消息："抱歉我有点晚了，已经出门！么么。"

9:52又发来一条："别扔下我一个人走！我们可以躲在下一班车的厕所里，么么。"

我一直期待能走进静音车厢，在我们那两个提前预订、面朝正向的靠窗位子上坐下，然后享用我提前在玛莎百货（M&S）买好的小瓶橙汁，还有新鲜出炉的巧克力可颂——它们已经开始在我的包里淌浆了——接着看看报纸，或者读读我的复习卡片。我可不打算花三个小时在一间不冲水的厕所里躲避检票员。

"车要开了，先生。"列车员吹了一声哨子对我说，这话他不是第一次说了，"你得拿主意，是上车还是下车？"

他可能认为我这样是因为性子优柔寡断。

但其实，就刚才，埃丝特发来消息说她已经在锁自行车了，叫我替她"把车拦住"。

"先生,我最后提醒你一次,然后就要叫英国铁路警察把你拉走了。"

为什么每次和埃丝特一起活动,都要带一些被捕的风险?

那男人的脸已经涨得像大东北线铁路(GNER)的制服一样红了。在他身后,我看见埃丝特正在人群中穿梭,她穿着紫色背带裤和马丁靴,一只背包随着奔跑上下跳动。

列车员顺着我的目光转过身去,和我一起眼看着埃丝特转过一个拐角,沿4号站台向我们跑来。埃丝特看出火车不会抛下她开走,最后几步干脆放慢速度走了过来。

我紧随她登上火车,车门在我们身后关上,火车立刻开动。

"时间充裕嘛!"埃丝特扔下背包说。她甚至不是在开玩笑。她坐在我们预订的座位上,然后向车窗挪了挪,给我腾出地方,可是我站在原地没有坐下。

"本吉,你的眼神怎么像要杀了我似的?"

我牙关紧咬,指甲也掐进了掌心,我想要挥拳击打些什么,什么都行。

我迅速清醒过来,转身去另一节车厢找座位,车厢间的自动门磨蹭着不肯立刻打开,令我的离场少了点戏剧性。

我坐下来凝望窗外。

"请出示车票!"是乐呵呵的检票员,"请所有人出示车票!"

我亮出我的车票和双人打折卡,并假装无知地解释说,埃丝特就在另一节车厢，但其实我很清楚，双人打折卡要求两名乘客必须同行。国铁的条款真的需要为情侣闹别扭补上一条。

"你怎么没和她坐在一起？"检票员问。

"问得好！"我一下来了精神，心想终于有人可以吐苦水了，"昨晚我们明明说好，今早9点半在国王十字站碰头……"

从火车站出来，我和埃丝特乘上一辆优步（Uber），在沉默中驶向医院。

我在普通内科工作时，一到探望时间，病房就会挤满家属，给病人带来健康祝福、葡萄和《休息一下》（*Take a Break*）杂志。有的家属总是急匆匆地提前就来，还有的待到很晚才走。而在黄水仙病房工作时，我们基本不用担心这个问题。我叔叔现在住的这个病房，访客连我在内似乎也只有寥寥数人。

一位和蔼的护士将我领到静室（Quiet Room），然后带来了托马斯。"这是你的咖啡。"她说着递来一副陶瓷杯和碟子，这不是人人得享的特权。接着，她走出去带上了门。

我将糖包中的颗粒倒入褐色液体，托马斯在对面专注地看着，仿佛我是个在往核反应堆中加铀的物理学家。我问他近况如何，他答到一半时突然说："你不用把这个写下来吗？正规的精神科医生不都要做记录吗？"

我努力告诉他，我今天是作为家属来探望他的，不是作为精神科专家，然而我的表态略欠真诚，因为我接着就问了他，既然服药没效果，要不要考虑接受医生建议的电休克疗法。

"我要是把你脑子电熟了,你说有没有效果?!"他冲我大叫。叫完了他开始用后脑勺撞击后方的墙壁："你才不知道那些药或者电击是什么滋味。"砰。"精神科大夫可不用尝那滋味。"砰。

眼下大概不适合告诉托马斯我最近正考虑去我的全科医生那儿开始某项治疗。我想去开一剂化学品，好帮助我早上起床、应付工作并减少阴暗思想。我迅速将手插到托马斯的颅骨和后墙之间。撞击声变成了"扑……扑……扑"。

我庆幸埃丝特等在了食堂。

刚刚离开的护士肯定听见了这间名叫"静室"的地方传出的动静，她闯进来时正看见托马斯痛苦地自残，于是叫我离开。我情愿认为这是因为探视时间已经正式结束，而不是我让叔叔的病情更糟了。家里人还幻想我能力挽狂澜呢，他们是想多了。

我这个礼拜都上夜班，于是周一早晨我赖在床上，回想上周末的情形。埃丝特还是没发来消息，或许她已经决定不要和临床意义上的疯子做姻亲了。我也没给她发消息，我还在为自己在火车上发那么大的火感到不安。约瑟夫是说了"你和你父亲不一样"，但他没体会过那种手掌下意识捏成拳头的感觉。他也没有像我那样，仿佛看见了埃丝特血溅车窗，血量犹如昆汀·塔伦蒂诺的电影。

我不愿多想这个，于是打开了工作邮箱，想为即将来临的夜班做点预习。有时轮班会出现缺口，原因或是员工病倒，或是精神科本来就缺医生，这时医院的人事往往就会给外派机构发送惶急的邮件，请求他们调医生来"代班"。幸运的是今天没人发出这类邮件，因此我打个电话应该就能找来几个低年资医生和一名主任医师。然而我的目光却被另一封邮件吸引了，它是上周五很晚的时候发送的，还注明了"极重要"。

邮件里写的是一个不具名的 49 岁 NHS 服务对象，他和母亲住在一起，正等待接受精卫法案评估后住院。邮件中列出了患者的 NHS 号和出生日期。据报道，他正被警方通缉，因涉嫌杀害自己的母亲。邮件里还说，他是一名危险逃犯，可能携带武器，建议目击者拨打 999 报警，不要擅自靠近。"不要"加了下划线。

我的天……可怜的白脱飞太太。

我从床上跃起，套上工作服就出了门，虽然我的班次还要 10 个钟头才开始。外面大雨倾盆，我决定不骑车也不冒雨等公交车，而是冲一盏亲切的黄灯招手，叫了辆豪华的黑色出租车。

"天气真好。"一身雨水的我刚刚钻进车子关上车门，司机就打趣道。他的雨刷一个劲划来划去，速度和我的心跳一样快。"咱们去哪儿？"

我报出了我们信托之下最大急诊部的名字，在那儿我能查询患者数据库。"好嘞。"他立刻发动车子，脑袋里仿佛装了卫星导航。

若干分钟后，我感觉嘴里涨满胆汁，喉咙深处也泛起刺激的酸味。我好像要吐了。小报的标题一定会这么写：医生疏忽致人死亡，抛弃老妇后吐爆出租车。我身子僵僵的，迫切地想离开车子。或许我还是应该骑车，或者步行，或者跑步。

"那么你是医生喽？"司机说。

"对，精神科。"

"那露一手吧。"他的一只手搭在方向盘上，"我在想什么？"

我见他仪表台上有一只脑袋一颤一颤的丘吉尔脸斗牛犬玩具，空气净化盒上也印着米字旗，于是想说："你是不是在想，那些外国人又来抢我们的饭碗了？"我打赌他一定会点头，一脸"神了"的表情。但接着我又觉得不该用刻板印象去套他。我脑子已经不太清楚了。

"我还没上班呢，伙计。"我希望就此终止这场对话，但我也澄清了精神科医生和大神儿的不同。

"那么，你为什么想给疯子治病？"他不依不饶。

伦敦人不是出了名的冷漠不搭话吗？

"唔，其实老哥，现在正确的说法是'有精神健康问题的人'。"

他又是摇头又是翻白眼："政治正确已经疯了。"

"我不是卖弄学问，"我纠正他说，"严格说应该是'政治正确已经成了精神疾病'。"

"那你为什么想给有精神疾病的疯子治病？"

快要说对了。

这辆出租车真热，我额头上冒出了汗珠，呕吐快忍不住了。我撑过了最后五分钟，没把吃下的糖泡芙反刍在车里，终于停在了医院前门。到了外面，清爽的空气拂过我的面庞，我给了这个友善的出租车司机小费，想以此讨好众神。我一步两级地冲上台阶，向急诊部保安亮出工牌。有那么一瞬间我觉得他好像眼光有异，似乎在想："哦，闯祸的来了。"接着我冲了进去。

进到急诊部的繁忙中厅，我在医生工作站里找了一台没人的电脑。表示载入的圆圈费劲且缓慢地转了又转，最后电脑宣布"服务器错误，请稍后再试"。我他妈等不到"稍后"了。我抓住机箱后面的线抖了几下，没有效果。然后我又给电脑做了一次"电痉挛治疗"：关机再重启。还是没戏。无计可施的我问病房护士长哪里有能用的电脑，她看我的眼神，好像我在要她证明费马大定理。

"轻伤区那里应该有一台好的。"一名医生对我说。他头也不抬，这在医院里倒不稀奇。还是他已经知道了我就是杀害白脱飞太太的那个医生？

我赶到急诊部较为平静的那一半——轻伤区，滑着经过"小心地滑"的黄色标识，看得一旁手持拖把的清洁工直摇头。

中间的护士站里有一台空着的电脑。半路上对面区域的一个病人正大声求助，我径直走了过去没有理他。"这就是典型的沃特豪斯作风。"我心想，"叫他们都去死吧！"

我在电脑前坐下，看着登录界面。在这紧张时刻，我脑子一片空白。电子病历据说可以为医学带来革命，因为它能简化文书工作，节省员工在寻找纸质记录、调整笔墨或者解读医生的潦草字迹上浪费的时间。但这并没有算上额外增加的工夫：要先找到一台能用的电脑，或者回想起本月的专门密码以登入数据库，那密码必须包含大写字母、小写字母、两个特殊字符和至少一个数字，还不能与你过去三年使用过的任何密码相似。

在重设了一个下次还会忘记的新密码之后，我登进去了。就在我等待 Windows 载入的时候，我看见纳菲莎从蓝色帘子后面冒了出来。她皱着眉头向我走来。

"喂，你这是干什么来了？"她问我。

她知道了，大伙都知道了。

"你今天不是夜班吗，本吉？"她接着说，"我还以为要到晚 9 点向你交班呢。"

"小纳，我全搞砸了。"我对她说。我当然迟早有搞砸的一天。我双手颤抖着："你听说那个，呃，'严重意外事故'了吗？"

"那起杀人案？嗯，太悲哀了。大家都在说这件事。"

我就知道，刚才的保安、护士长和医生看我的眼神都有古怪。

"碧翠丝是凶手的医生，你知道吗？"纳菲莎接着说。

"什么？！"

我回想起那第一封电邮。

等一下，罗宾真是 49 岁吗？

"嗯，我也为她难过。当然还有那可怜的妈妈——"

"你等等，小纳，那病人叫什么？"

"唔，叫弗雷迪什么的。新闻上到处都是，一查就知道。怎么了？"

我坐在椅子上头往后仰，整个身体都松弛了下来。然而这是一种糟糕的、病态的松弛：毕竟有人死了，但死的是别人。所以，我的病人和他母亲大概安全了。

我向纳菲莎坦白了一切，她试着安慰了我一番，接着就赶去见她的下一个病人了。

我还没完全放心。我又回到电脑，将电邮中提到的NHS号输入线上数据库，库中果然弹出了一名49岁的病人，叫弗雷迪·托德。我接着读了他的医疗记录，好知道如果他在我值夜班的时候出现，有什么"注意事项"。然而在上周五发出最初的那封邮件之后，情况似乎已经在周末两天有了变化。

记录上说，上周一病人的母亲打电话给危机小组，询问他儿子的精卫法案评估事宜。小组告诉她评估日期还未确定。几天后她又打来电话，这次更加惶急，问情况有无进展。仍是没有床位。隔天再度来电时，她强调儿子的病情已经恶化，正听到有声音在叫他伤害母亲。他还没有真的攻击她，但危机小组答应再去查查进度。仅仅几小时后，患者母亲又打进电话，恳求将他的儿子赶紧收治入院。现在就连弗雷迪自己都希望住院了，表示担心自己可能会伤害妈妈。这个病例被升级提交给了床位管理员，鉴于 NHS 床位持续短缺，最终的决定是去私立精神病院找一个床位并支付其费用。翌日，患者母亲被发现死于家中。弗雷迪去向不明，以涉嫌谋杀其母遭警方通缉。目前，追捕正在进行，精卫法案评估也不再需要，因此被取消了。

乖乖我的老天爷。

接着我又在网上浏览了一番，就像纳菲莎说的，这已经是全国性新闻了。

说来也怪，精神疾病驱动的杀人案总会不可避免地登上新闻头版，但其实杀人案中与精神分裂有关的只占 6%[1]，而与酒瘾或毒瘾有关的则占 1/3[2]。

我看得头晕眼花，一个个词仿佛在网页上游来游去，最后我总算在 BBC 的网站上看出了究竟：上周五警方发起追捕，并表示他们对弗雷迪和公众的安全都很忧虑。然后上周末，警方在一座公园里发现了弗雷迪，他当时正询问几个陌生人有没有见到他母亲，还说母亲体内的魔鬼已经驱除干净了。看来他还不知道是自己掐死了母亲。报道称，弗雷迪此前已经被隔离过 14 次。还有一条信息也公开了，就在弗雷迪母亲死亡的前一天，母子二人都曾恳求医院收治弗雷迪。

我又切回到数据库，输入了我那个病人的姓名。结果令我释怀：就在几英里外，罗宾·白脱飞已经依《精神卫生法案》被实施隔离，并由救护车送进了医院。他已重新开始服药，待病情好转，或者像现在愈加普遍的做法那样，"好得差不多了"即可出院回家，好让那张珍贵的病床接收下一个陷入危机的患者。

我长长吐了一口气，感觉自点开第一封邮件到现在，它就一直压在我胸间。在另一重现实里，弗雷迪·托德和罗宾·白脱飞的结局完全可能逆转。可是，由于运气和其他因素，现在打电话问候病人直系亲属的人是罗宾的医生而不是弗雷迪的，是我而不是碧翠丝。

"哦，我挺好的。"白脱飞太太在电话另一头说，仍是她一如既往的恬淡语气，"我很欣慰罗宾安全了也有人帮他了。我之前真的很担心。"

"你好我就放心了，让你等这么久我还是很过意不去。"我边说边用一根手指堵住耳朵，好挡住急诊部的喧嚣。

"你先别挂，大夫，我还有一件事想请教：为什么找一个床位每次都要等这么久呢？"

我思考着要怎么向白脱飞太太解释其中的门道，同时又维持职业面貌、不显出火气。"我认为，原因就是人们并不像重视身体那样重视精神健康。"我说。

她轻轻嗯了一声，好像同意了我的说法，接着向我道别，挂了电话。

回到公寓，我倒在床上，想在夜班之前睡上一会儿，但我显然是睡不着的。

后来在法庭上，法官对托德太太死于爱子弗雷迪之手，这起本可避免的悲剧表达了哀伤。法官强调了悲剧发生前的几天医院缺乏床位,法官也承认,精神卫生工作者必须在有限的资源中调配,这不是什么值得羡慕的任务。

弗雷迪·托德因为精神失常的缘故不予起诉,他被送进一家高安保司法医院,接受无限期的治疗而非惩罚。相比在病发时残忍地杀害母亲,或许只有一件事更加糟糕,那就是在精神病的迷雾散去之后,残酷地意识到自己究竟做了什么。

21 本 吉

现在不是晚上7:11、7:12甚至7:13，而是7:19。比我往常预约的周一晚7:10已经迟了九分钟，而我还在约瑟夫的候诊室里等着。为什么人人都要迟到？上礼拜约瑟夫更是干脆把我的预约给忘了。终于，排在我前面的女子从里面出来，走了。

接着，约瑟夫悠闲地出来，双手插兜地招呼我进去："嗨。"脸上笑容如常。

就他妈"嗨"一声就完了？

我在长沙发上默默躺了整整八分钟，接着才意识到这阵闷气花了我将近十镑。

"还热着呢。"我终于开口，心里还冒着火。

"什么还热着？"

"这张长沙发，刚才那女人的体温还在。"

"哦？这就有意思了。她是我督导的一个培训生，我让她坐的是那边的椅子。"

我仰头去看约瑟夫对面那把椅子，我第一次和他见面就是坐的那里。我这是疯了吗?

"你还好吗?"他问我,"是不是还有什么话没说出来?我很抱歉刚才超时了……还有上礼拜忘了你的预约。"

上个礼拜我真气坏了:下班了匆匆出来,冒雨骑车穿越伦敦,结果他的门铃和手机都没人应答。我当时站在他楼门前,浑身湿透,像个被抛弃的情人。这种事已经发生过好几回了。我本来真的很想跟他谈谈我去探望我叔叔那次,或者我反复出现的梦。或是埃丝特迟到的事——可是现在说这个,就好像我在对守时这事小题大做似的。

"你可以对我发火的。"他说。

我没说话。

"你和你父亲不一样。你这层温和的伪装下压抑着攻击性。你觉得自己快要爆发了,但其实不会,因为有人在帮你。"

这听起来像一个乐观过头的宣言,毕竟我那次在火车上差点就被怒气冲昏头了。

"你在试着用另一种方式处理冲突,可是你过度补偿了。用语言传达合理的不满是一种健康的能力。你老是这么'和善',老要别人叫你'本吉',这是在将自己婴儿化,因为你在害怕你所知道的成人会做出来的事。可你要是把什么都封起来盖起来,那么总有一天你会像一只压力锅似的,因为某件小事爆开。新闻里说的好丈夫突然因为妻子忘了买香蕉而杀掉妻子,就是这么回事。"

我沉默片刻后终于说道:"约瑟夫,你的这些小理论,我怎么知道它们到底对不对呢?"

我们这些人追随约瑟夫,每周付钱给他,因为我们相信他是对的,因为他能为他所说的"正常"绘出蓝图。可是,如果后来发现他的世界观是扭曲的,他本人就是病态、痴傻或邪恶的,如果他的"产线"有重大缺陷,结果又会怎么样?我们会不会像那些需要召回的电器,因为随时可能自燃?

"我们无法确定我一定正确。"约瑟夫说,"但我认为,你还是在对我隐瞒什么,本。"

"你他妈为什么要叫我'本'?我告诉你多少次了,我的名字叫'本吉'!"

"这样喊出来好多了,本吉。"他竟还是那么平静。没有爆发,没有反击,也没有强力。

他是在试探我吗?

我默默躺了一会儿。"我好像知道我为什么想做精神科医生了。"我最后说道。

"说下去。"约瑟夫说。

我抬眼注视他,只见他闭上了眼睛,就像一个哲学家将要听到新的理论。他有时候摆出这副表情是为了专注于词句,但外人真的很难分辨他到底是陷入了沉思还是在治疗中间打盹。至少有一次他是真睡着了,醒后推说是午饭吃得太饱,他还说:"本吉,抱歉我瞌睡了,你刚才说你很焦虑,担心和别人在一起时显得无聊。"

"嗯,"我缓缓开口,希望能通过这场年终考核似的对话,"我最近一直在想,我选择精神科是为了取得修补自己家庭的密码。"

约瑟夫点点头,似乎在哪里藏了一本正确答案似的:"那你现在是什么感觉?"

"唔,觉得丧气,学了这么多之后,我明白了精神科大夫并没有私藏什么,所谓的密码并不存在。"

我闭上眼睛,不让泪水聚集。约瑟夫的批发纸巾我只用过一次,是因为感冒。长沙发上的垫子鼓绷绷的很不舒服,可我还是只想睡过去。但即使睡得着我也不能睡,这张治疗沙发就算打了折也比萨伏依(Savoy)酒店的床还贵。

"你想到了什么?"约瑟夫沉默片刻后问我。

"也没什么。我太累了。我只是躺在这里回想我做过的每一个决定:这人是不是太戒备?那人是不是瞒了什么没说?某某怎么还没回我电话?哦,某某大概已经死了。满脑子都是这些。"

我停下喘了口气。

"这份工作好像全靠经验、直觉、体感什么的。要收治病人,我就得为他们争取床位;要是没收治,我又要担心他们的安危。我没料到做精神科医生会这样。"

"嗯,和《欢乐一家亲》*不太一样吧?"约瑟夫说。

---

* 《欢乐一家亲》(Frasier),主人公为精神科医生的美国喜剧。——译注

"你觉得我抑郁吗?"我问他。

"不,我觉得你只是一个普通的 NHS 精神科医生。"

"也许吧,可是我为什么老有那种念头……"

"什么念头?"

"嗯,我也说不好,就是那种叫我自杀的烦人念头。还有那个反复出现的梦。"

几天前的晚上,我一身冷汗地从梦中醒来,心里又是迷糊又是害怕。又他妈是那个在停车场的噩梦,我的心怦怦直跳。窗外天还是黑的,只有月光。看了眼手机,才凌晨 3:14。但我还是起床了。

之前约瑟夫将这解释为弗洛伊德所说的"死亡本能"。他说,人随时被夹在两股对立的冲动之间,自我保存和自我毁灭。

"约瑟夫,我知道精神疾病不会传染,但我真的认为人会从环境中吸收点什么。我在血管外科的时候,每次下班都要洗我的刷手服,因为它们闻起来就像烂肉。我在消化内科干的时候,是什么味你也猜得出来。到了精神科,弥漫在空气里的就变成了病人的痛苦。这东西可不是把衣服放洗衣机就能洗干净的。它会一直跟着你。"

约瑟夫思索了片刻。"也许,吸收一些痛苦,是帮助别人的代价。"他最后说。

然而我真的在帮助别人吗?

我接着说:"这东西,靠心理治疗也是洗不掉的。"我已经太累，顾不上照顾约瑟夫的感受了，"我有时觉得，这个不停搜罗往事的过程，反而使我状况更糟了。"

不知我是不是被精神分析这个左道旁门洗了脑。每当我向几个弟弟唠叨"说出来总是好的"这句教条，并建议他们也接受心理治疗时，他们都说："不用了，本吉，谢谢，我们当中只有你在做这个，也数你最不开心，实话实说，无意冒犯。"

我还尝试过和父母打开话匣子，但同样没有成效，我几个月前发去的邮件，他们都还没理会呢。

"告诉我，约瑟夫，精神分析到底是一门科学，还是在用黑话胡说八道？"

"是科学。"

"好吧。所以有一天我的心情会好起来喽？"

"你会的。"约瑟夫说着在他那张安乐椅的橡木腿上敲了两下，"讨个吉利。"*

---

* 西方世界认为敲击木头能趋吉避凶。——译注

22 出岔子了

"人是从自杀桥哪一侧跳下去的?"

我在凌晨4点出头赶回急诊部时,唯一能想到的只有这个问题。我不记得自己是什么时候变得这么冷血的——是个渐进过程。

急诊部内,跟我通过电话的那个粗鲁的护士长只看了我一眼——手肘上打着补丁的外套、皱皱的圆领衫、牛仔裤、舒适的鞋子——就问我:"精神科的?"

他们怎么总看得出来?

我点点头。

"抱歉让你睡不成美容觉了,大夫。下回我一定关照他从自杀桥的南侧跳。"护士长说。

我勉强挤出点笑容。她指向精神科的一间单人诊室。

单人诊室内,一名注册精神卫生护士(RMN)正在守着病人,一个我平常只在白天见到的病人。

他佝偻着身子,面孔低垂,双手戴着那副熟悉的无指手套。

与肮脏的手套形成鲜明对照的是缠在左前臂上的洁白绷带和固定右手腕的闪亮石膏。他在低声地啜泣。空气里，是那股混合了没洗澡的人肉和威士忌的熟悉气味。

我真想冲他大叫："你他妈不是保证过吗？！"

但我说的却是："塔里克，我是本杰明，今晚我值班。你怎么了？"

他连头都不抬一下，只是一味盯着地面呜咽，偶尔也呻吟一下。他的样子比平时更脏，不过对一个没条件淋浴又刚掉进一丛茂密荆棘的人来说，也不算意外。

边上的护士耸耸肩说："我来了他就这样，问什么都不说。"

"塔里克，你有什么话可以跟我讲。"我说。

他抽嗒嗒地想要说出一个句子："他……他……"可是刚起个头就又哭了起来。

我这睡眠不足的脑袋过了一会儿才缓过来。接着我回想起了护士长最初那个电话里的一个细节："……酒气强烈……说只想死……最好的朋友昨天死了。"

我这才注意到塔里克的脚边空空如也——没有泰森。

快下夜班时，我走进洗手间。我望向镜子，镜子里朝我回望的，是一个苍白忧愁，我几乎认不出来的男子。

手机上还是没有埃丝特的信息，倒是我父母发来了一条，那是一封无言的邮件，只附了一条链接，指向的是一篇关于虚假记忆综合征的文章。

我向日班医生交了班,然后到食堂加入一众睡眼惺忪的员工的行列,准备像往常一样喝一杯夜班后的热巧克力,然后骑车回家,努力在隔壁那一帮注射类固醇的邻居举铁的乒乓声中入眠。*

乐呵呵的食堂阿姨热情地和每个人打招呼:"早上好,亲爱的,你好吗?"

在筋疲力尽的值班后,这样小小的善意举动对我大有帮助——至少平常是这样的。

可是今天,面对这张笑脸,我的内心却有一部分想要发作,想质问她到底有什么可高兴的。

我好吗?

我他妈到底在干什么?

我他妈到底在干什么?

我他妈到底在干什么?

我他妈到底在干什么?

"我很好,谢谢。"我说,"你也好吗?"

---

* 每个人应付夜班的方式都不一样。我在外科短暂实习过一阵,那儿有个同事超推崇先服一粒安眠药,再驱车 20 分钟回家,等第 30 分钟药效发作,他脑袋正好躺上枕头。这原本是个可靠的计划,直到有一天他意外地遇上了堵车。

第三部

恢 复

recovery：1. 回归正常的健康、精神或体力状态
（名词） 2. 对某件失物重获掌控的过程

23　新冠病毒

山姆进家门时高举着两卷一包的厕纸,仿佛举的是世界杯。"这是我在乐购从一个老太太手里抢来的。"他一边打趣,一边摘下口罩。

我继续玩《FIFA 世界足球》,他开始洗手——进门洗手已是新常态。接着他一屁股坐上沙发,拿起一个 PlayStation 手柄。

"听说在意大利,太平间都不够装了,只能用溜冰场存尸体。"他边说边和我选择球队,我没搭话,"还有,这儿的一些医院已经开始把垃圾袋当防护服穿了。"

"哦。"

"听说现在死亡人数已经——"

"妈的你能不能专心玩游戏啊!"

他顺从地注视屏幕,看着像素构成的球员们走上绿茵场。我们都知道这个环节没必要专心。

如果现在能和约瑟夫谈谈对我肯定很有帮助,可他还没弄明白怎么做虚拟远程心理治疗。

"你今天除了玩 FIFA，还干了别的吗，本吉？"

"干了！我泡了澡，泡了三回。我想放松一下，你忘啦？"

在听说泡泡浴的解压功效已获科学验证后，我到药妆店买了六瓶浴液。我在过去两周的假期里每天泡澡三次，总共泡了42回。不过我对泡泡浴的功效还没有百分百确定。

今天白天，我在浴缸里倒了一大股 Radox 的"舒缓减压"款浴液，然后泡了进去。似乎没有多少效果，于是我从浴缸里出来，又加了些"感受幸福"款，伸手在水里划拉几下，搅出泡沫，然后重新跳进浴缸。还是没感觉。最后我急了，仿佛一个钻研泡泡浴炼金术的疯狂教授，一股股加入高档的"睡眠芳香疗法"款。我真的需要 Radox 能帮我"复原身心"或"重返岗位"。

"还有本吉，妈一个劲问我你的工作怎么样，我不知道该怎么跟她说。"

"就说一切都好，反正她只挑自己喜欢的听。不过有一件事她可能爱听，我和埃丝特又开始说话了。"

我和埃丝特上周在手机上"说"了一回。我们开诚布公地谈了那次周末约会时发生的事。我说了她总迟到的毛病，即便我已经表明了某些活动对我相当重要，她依然不能准时，这令我十分生气。她也说了她的牢骚，就是我从不向她吐露我的真正想法，也从不谈我的家庭。我表示这方面我会改进。她还说，我平时"行为古怪"，显得漠不关心，还常找蹩脚借口回避与她相处，问我是不是外面有人了。她说她已经找到了规律，就是我总在周一晚上去会那个人。于是我坦白了心理治疗的事。"那治疗师是女的吧,她叫什么名字?"她狐疑地问。我告诉她治疗师是男的,叫约瑟夫。她对我接受心理治疗没有意见,并不认为我是疯了或情况糟糕之类。所以当她问到我的工作时,我决定再告诉她几件别的事情。

几个月前,就在塔里克从自杀桥上跃下的当天,我值完夜班回家后替自己约了一个全科急诊。我在预约单上故意没有透露我是医生,因为那天我只想做个病人。

"名字?"坐在桌子后面的接待员一脸漠然地问我。就算去简餐店(Pret A Manger)吃饭,你获得的招待也比某些NHS机构热情。

"本杰明。"

"姓?"

"沃特豪斯。"

我做低年资医生时短暂地在全科干过一阵,我知道她这会儿在干什么:给三个方框打钩,然后提前发送到全科医生的电脑上去。我已经为第三个问题做好了准备。

她从一只超大罐子里吸溜了一口能量饮料。"看全科医生的紧急理由?"她的嗓门比刚才大了一些。

"唔……抑郁(depression)。"我低声回答。

她噼噼啪啪地敲打键盘,一边大声将"抑郁"拼出:"D……

E……P……R……E……S……几个 S 来着？"在我后面排队的一个病人友善地插了一句"两个"，仿佛我们在玩医学拼字游戏（Surgery Scrabble）。然后我就去坐下等了。

就像火车站的发车表，我们的名字一一显示在候诊室的电子屏幕上。接待员似乎不小心将"病人就医理由"写进了"姓氏"一栏，姓氏则写进了"就医理由"栏，因为屏幕上的人名是"特雷弗·痔疮"——"痔疮"（haemorrhoids）竟然全拼对了。刚才还站在一张椅子边上的一位老者缓步走向 2 号诊室。

我向接待员提醒了这一失误，我可不想让候诊室里的人都认为我叫"本杰明·抑郁"。

轮到我时，接诊我的是一位史密斯大夫。"有什么可以帮你？"他对着电脑问。

我到这儿来是想试试百优解。只要能提高我的血清素出厂设置，让我每天早晨能够起床上班就行。虽然这种药我已经给别人开了几百次，但自己考虑服用还是在不久之前。我总觉得药是给病人，不是给医生的。

医务人员不喜欢让病人告诉他们答案，于是我故意装傻，一项项列出了我的症状。起初一切都很顺利，直到他询及工作压力，并问我从事的是什么职业。

还是不要说我是当兵的吧。

慌乱中我说了"滑雪教练"。

"听上去挺有意思啊。"史密斯大夫说。

"是啊,可我现在已经不喜欢了。有时候我很想做个了结。"

"了结滑雪?"

"不,是那个……"

"哦哦。"

这是第一次在约瑟夫之外,我向其他人坦白自杀的念头。我一直和我妈一样有着冲动的自我毁灭想法。这些想法会为了没有收到短信这样的小事就怂恿我自杀。

压根没人喜欢你。

你是件毫无价值的垃圾。

但有一件事你能做!

就是这类胡话。这些念头老是像不速之客一般,自发地进到我脑袋里,我也尽量不让它们太肆无忌惮,真正进到我的内心。它们刚到玄关,鞋还没脱,我就把它们踹出门去。但最近它们强行进入的次数越来越多了,说出来的话也越发诱人,如果别人有这种表现,我多半会判定他们是抑郁症。

它们仍在噩梦中侵入我的睡眠。其中的象征意义当然令约瑟夫兴奋,比如在我试图吞气自杀的那片空旷的医院员工停车场里,那个冷血的西装男或许代表了 NHS 的管理层,他们唯一关心的是员工的痛苦不要公开表达。他和我都刻意忽略了一个事实:这个梦或许还有些别的意思,或许就是我不想活了。

不过,我知道我对史密斯大夫要表现得恰到好处:既要抑郁得让他给我开药,又不能抑郁得让他把我转给本地的精神卫生团队——那样只会在我庞大的工作量上再添一个名字。接到自己的转诊，那一刻应该会很魔幻吧？

"我没想过确切的了结方式。"我澄清道，"也从来没有真的做过什么。"我的确没有订购过伏特加、剃刀片之类的，也没有强行打开过高楼锁住的窗户。"我就是觉得有点，活着有什么意思呢，你懂吧？"

史密斯大夫第一次抬头看我。他有着棕色的眼珠，里面透着疲惫。"我懂。"他说，"我跟你说，许多事情都可能造成倦怠。先抽个血吧。"

我没有立刻挽起毛衣袖口，但随即又担心自己演病人演得太过，好像连医生怎么采血都不知道了，难不成还是等女病人流出经血，或者在男病人的鼻子上打一拳？

"请把袖子卷起来。"他说。一阵刺痛之后，他将采血瓶封口，希望瓶里装了答案。

然而，精神疾病神秘就神秘在不会对医学检验现身。我知道他希望能为我的症状找到"器质性"原因，比如贫血或者甲状腺机能低下，就是那些可以轻易治疗的问题。我很能体会他迫切地想要"做些什么"的渴望。

他递给我一张"危机小组"宣传页，这是个古怪的时刻，毕竟我包底下就塞了一沓这东西。

"告诉你个好消息！"几天后的一个早晨，史密斯大夫在电话中说，"你只是维生素 D 有点低。拿好处方，给皮肤晒晒太阳，你很快就会好起来的。"

我顺从地服下维生素 D 片，继续拖着疲惫的身子去上班。我告诉纳菲莎全科医生给我开了日照，她听了甚至邀请我跟她还有她未婚夫一起去希腊海滨度假。这个提议很大方，可是在我看来，带一个抑郁的朋友去度浪漫假期，可能会将好心情一扫而空。况且我本来也请不了年假，因为我一走危机小组就一个医生都没了。于是，走投无路的我只好到商业街的美黑馆（Tanfastic）去照灯箱，希望能晒黑一点儿。

两周之后，我又回到了全科医生的候诊室。这次我注意到墙上有一张海报，用数百粒焗豆标示了精神健康问题的普遍性。它注明"四个人里就有一人"，图中有大约 1/4 的焗豆不是通常的橙色——他们这儿用来指代病人的颜色和 NHS 惯用的那种蓝色出奇地相似。

这次的全科医生换人了，叫阿里大夫。她人很和气，至少眼睛是看着我的。看着坐在面前晒得浑身黝黑的我，她应该很难相信我真的抑郁吧。可她至少认真听我说话了。她说我的维生素 D 水平在正常范围，而我告诉她，自杀的念头就是挥之不去。

"你做什么工作的？"她隔着眼镜注视我，露出教科书般的关切表情。她的电脑屏幕转到了病人看不见的角度，她的诊室暖洋洋的令人安心。室内一角放着一盆模样幸福的龟背竹。

我想到了要"敞开"的说法，就像打开外面海报上的焗豆罐头那样。按照这个说法，对精神疾病不必感到羞耻，就算得病的是医生。也许，想要得到我盼望的化学方剂，这一次我必须换一条策略。我得诚实一点。

"我是精神科医生。"我抱歉地低头盯鞋。

"老天爷！"她惊呼道，"那我最好还是给你开点抗抑郁药。"

回到家，我盯着那张"氟西汀20毫克，每日一次"的处方。这正是我在每天匆忙的工作中开给病人的东西。无力对他们的社会处境做出大力改善的我，也只能开具这种全天候、泛用途的心理"布洛芬"了。我想象过自己每天早晨服下这药然后艰难跋涉去上班，就像二战士兵不停使用增强体能的安非他明，从而无休止地冲锋、一连几天不睡、对疼痛也不知不觉那样。

但是到头来，思索良久之后，我却将处方揉成一团，扔到了我家摇盖垃圾桶的最深处。

抑郁的"化学失衡"理论是精神病学术研究者在20世纪60年代最先构想出来的，接着大型药企热情推广，将这一理论大口大口"喂"给公众，让他们不加咀嚼地全盘吞下，于是，今天的英国，每年都要开出7000万张选择性血清素再摄取抑制剂（SSRI）处方。化学失衡论帮助抗抑郁药成了全球使用最广泛的一类药物。直到现在，精神病学家才坦言，并无可靠证据支持抑郁系由血清素不足引起。[1]现在承认有点晚了，全社会已经有八九成的人成了这一理论的信徒。[2]

在工作中，我也对这个过度简化的"化学失衡"抑郁理论产生了怀疑。如果这真是抑郁的机制,就像可以用胰岛素为糖尿病人控糖那样,为什么抗抑郁药对 30%—50% 的人无效?为什么证据都在指出,抗抑郁药的效果只略高于安慰剂糖丸?[3] 这还没算上堆积如山的负面试验结果,它们因为没有显示任何效用而从未发表出来。*

我早就有一种感觉,之前在派对上遇到那位戴软呢帽的女士时也感觉到了,就是将抑郁简单归结为生物状况,是对人生之混乱程度的极大淡化。

毋庸置疑,无数人的生活因精神药理学而脱胎换骨。对于一些人,抗抑郁药颇具解放意义了,有时甚至能救命。但对于另一些人,这类药要么全无作用,要么在心理上将乐趣也一并抹杀,造成严峻的副作用(惊人的是,其中一种正是增加自杀倾向),一旦停药会出现难以忍受的戒断症状。它们还可能干扰视线,使人们忽略造成人类苦难的社会政治动因。

如果目前的方针有效,我也不会介意。但医学人类学家指出,在现代医学快速进展的局面下,只有一个分支反而在变糟,那就是精神病学。自 20 世纪 80 年代至今,医院开出的抗抑郁药增加了 5 倍,意味着获得这类治疗的人数量空前,而现实却远

---

* 在医学上,这就相当于某人上传了一条视频,显示他高高抛出一只篮球,正好命中篮筐,而其他数百次没有投中的尝试他都没有上传。想更多地了解这个问题以及其他偏差,可见古达克(Goldacre)所著《坏的科学与坏的药企》(*Bad Science and Bad Pharma*)一书。

不似预期：自杀率并未下降，社会上失能的人也没有更少，而是更多了。[4] 抗抑郁药是一件迟钝且残缺的工具，精神病学仍未迎来如同青霉素问世一般的重大时刻。

我感觉我的问题不太是脑内的化学过程出了毛病，而是出在我的处境上。于是我申请了停职。不难理解，我没在申请表上写真实原因。我没有直言工作使我得病，而是推说想要追随自己的创新兴趣（经典的"不是你们的问题，是我的问题"托词）。我的申请被迅速驳回。如果你因为精神或身体的疾病苦苦挣扎，上头会认为那是合理的停职事由，可我又担心"精神问题"被写进我的档案。想想也真是讽刺。* 我还得知，另一个总会得到批准的事由是要回家带孩子，不过我只想休个长假，倒不必因此就把一个新生命带来世上。†

我对上头的决定提出异议，去了申诉会，见到一个名叫鲍勃的人，他是个性子随和的精神病学家，已经从一线退休转做教育工作。我满以为他会询问我的"抗压力"（resilience）——

---

* 当人们在装病时选择精神疾病而非躯体疾病，精神疾病的污名才算真正洗脱。比如：
雇员（嗓子沙哑）："我感觉不舒服，今天不去上班了。"
上司："没事的，听起来你只是重感冒了。"
雇员（嗓子依然沙哑）："不，不是感冒，是我昨晚在黑暗中尖叫给叫哑的。"
上司："哦，是啊，听说最近很多人得了这病。"

† "爸爸，小宝宝是怎么来的呀？""唔，有时候爸爸医生和妈妈医生不喜欢他们的医学专业，所以就……"

这是个时髦的新词，它把问题干净地推到个人身上，不去追究个人在其中工作的那个破烂体制。但令我意外的是，他却说："一眼看上去，就知道你被掏空了。"

这是种奇怪的感觉：一个著名的隐而不显的问题，竟然在你身上显现了。我眉间的竖纹已经开始令面庞起皱，别人也常喜欢说我看起来特别地疲惫。就连不久前按响公寓门铃来传教的一名"耶和华见证人"信徒，在看到我的样子后也从门口后退着说："抱歉先生，我不打搅你休息了。"

鲍勃表示他会尽量帮我推翻上面的决定，我立刻感到一阵轻松，随即又涌起了临阵脱逃的羞耻。我感谢他，还一个劲地对他道歉，他说："本杰明，可别道歉。"说着给我晃了晃他写字板上的一张打印名单："在你之后，我还要接待这么老多医生。"

有鲍勃帮忙，上头终于准了我停职。唯一不妥的只有一个小问题：停职期从 2020 年 3 月开始，正赶上全球疫情暴发。

我和山姆继续玩着 FIFA，气氛尴尬而沉默。我知道他有许多话没说出口，我自己也在整天琢磨这件事。

我毫无悬念地打赢了他，毕竟这阵子我天天在玩游戏。我是最后一分钟靠一记倒钩球破网得分的，加时赛已经踢了很久，我连庆祝的心情也没有了。

"啊，真他妈……"我在终场哨声吹响后说。

"怎么了？"

我关掉电视。

"我可能还是得回去上班。"

"回去也许挺好，本吉。但你确定做好准备了吗？你可是在浴缸里泡了好多次。"

说起来真是恼人：我这么辛苦才争取来的休息，只休了两周就遇上了这种倒霉事。但抱怨一场全球瘟疫不该这时候来，大概也不能为我赢得多少同情吧。

"啊啊啊啊！！该死该死！！"

我整天发狂似的追看 BBC 新闻，还从纳菲莎那儿打听新闻媒体还不知道的信息。她前不久泪汪汪地打电话给我，当时上头紧急通报已有部分精神科医师被重新部署到普通病房，他们还复习了对危重患者的气道管理。

新冠病毒及其并发症危害的不仅是人的肺部，还有心灵。皇家精神科医学院预测有"一大波"精神疾病即将到来。纳菲莎说这是"我们的第三次世界大战"，我意识到情况真的很糟，因为她甚至没有提下个月的婚事。

退休的医生也纷纷复出帮忙，甚至有人建议加快医学生进病房的快速流程，以应对需求。我想象着脸蛋粉红、一头起床乱发的乔治穿上生化防护服的样子，他绝对会吓得拉裤子。

我知道非回去不可了。我也希望驱使我出山的是责任感甚或英雄情结，但其实主要还是幸存者内疚。还有，如果将来我有孙辈，我不想在他们问我"爷爷，新冠大流行的时候你在做什么"时，只能回答："呃……孩子，我玩了好多盘FIFA。"

我想像个超级英雄般一跃而起，在背后响起的昂扬音乐中宣告："对，这家里有个医生！"

但实际上，我只是掀开羽绒被，从胸毛上掸掉几粒巧克力麦片，又挠了挠屁股。在山姆的微笑鼓励之下，我找到手机，又在别处借了些力气——或许是肾上腺素，又或许是泡泡浴液发挥了效力。我拨通了前不久才离岗的精卫信托的电话，向人事部表明了在人手短缺时紧急顶班的意愿。

"谢谢你，本杰明，能今晚就来吗？"

24 安格斯

于是，离岗短短两周之后，我又回来上班了。

我发现这场肆虐全球的瘟疫倒是帮我从个人问题上分了心，我也积极运用了老妈的技巧，大力投入到别人的问题中去。

自我离开后，有些事变得不一样了。加护病房比原来更忙了，但精神科病房没有太大不同。反正疫情之前这里就常常超负荷运转，现在只是多了些个人防护装备，但还是不敷使用。

第一班值到八个小时，当我看见安格斯没穿鞋就走上了街，我知道出大麻烦了。之前在急诊部我已经感觉不太对劲，当时他刚刚获准放假，就说发现了一剂能拯救世界的新冠疫苗——考虑到他的专长并非病毒学而是卡车驾驶，这番表态尤其惊人。

我没有考虑后续行动就追了上去，他正光着脚在马路上逆向跑动。为什么精神失常就非要不穿鞋呢？

对于"潜匿"（"逃跑"的医学婉词）病人，我们的规程是通知警方稍后去其住址探访，并将病人送回医院。但是以目前的混乱形势，我不想放安格斯回到他那个有幼儿居住的家中。

24 安格斯

还坐在急诊部时,我告诉安格斯,我和他妻子一样,很担心他和他周围的人,因为过去一周,他始终开着空载的卡车在全国转悠,一直没有睡觉。为了大家的安全,我说将他强制收入精神病院是最好的办法。他听后朝我扔了一把塑料椅子——就算你没接受过医学培训,也知道这表示"不行"。接着他就跑了,鞋落在了急诊部。

换作平常,保安一定会拦阻他,可今天他们正忙着约束几个家属,他们垂死的亲人正呼出载满新冠病毒的最后气息,而他们还想到身边送他最后一程。当一切都是未知,必要的规程又尚未订立,每个人都只能竭尽所能。于是我成了那个追赶安格斯的人。

他沿着医院外的主路继续奔跑。在封控之前,像这样一个周六的凌晨5点,外面必定还有出租车、公交车和几个醉酒狂欢的人,但现在却是一派诡异的末日后景象。

我感到筋疲力尽,脑子像蔬菜汤似的一团混沌。安格斯忽然停下步子,转过身来。从这个角度我真正看清了他的体格:这个苏格兰人的肌肉、骨骼加脂肪超过110公斤。那张布满雀斑的面孔变得通红,不是累的就是气的。我到底打算怎么做?给他一个橄榄球式抱摔?要是他朝我冲过来怎么办?像是听到了我的想法似的,他真朝我走了过来。

"安格斯。"我歇了口气说道,"我们回去找个比较私密的地方说话吧?"这句我一再使用的套话现在毫无意义,因为整个伦敦就我们两个人还在外面。

"上帝，为什么这个人要跟着我？"他仰天问道，手也指向了渐渐显现的云朵，"告诉我，他是想偷走我的疫苗吗？"说罢停顿片刻。四周一片寂静,只有几只早起的飞鸟在我们头顶啁啾。他垂下脑袋，神色茫然。上帝没有答话。

天上飘起了细雨。"主在唾弃我们。"安格斯说。

这时他妻子也赶了上来，挡在他身前，温柔地抚摸他的手，仿佛在安抚一个噩梦之后的惊惑儿童。"小格，你这小傻瓜，你可是无神论者，不记得了吗？"她用她苏格兰的喉音说道，同时温柔地挽住他的臂弯，"我们回人行道上去吧。"

安格斯没有照办，反而又最后向我迈了一步。我不必学过NHS防身术，就知道他不是来和我拥抱的。"上帝啊。"他向天怒吼，"难道这人是想偷走我的妻子？"我默默等着，将命运交到了神明手中，或者用精神科医生的话，是交给了精神分裂症。

他想必是听到了一声"是的"，因为下一刻他就冲我发起了进攻。他虽然睡眠不足，却拥有一身狂野到近乎超自然的蛮力，只是抬腿一踢，我就双脚腾空，后背摔到地上，就像《街头霸王》里那样。接着他跳到我身上，他妻子又压到他身上。我们在湿润的柏油路面上扭作一团，沙砾嵌进手肘，面孔近得可以闻出彼此的上一餐。就在他妻子哀求着最终将他从我身上扯开之前，我记得我心中想的是："今天是第一次回来值夜班，有一件事好像是要遵守的……对了，是保持社交距离。"

我们努力把安格斯哄回了急诊部，他的东西还落在这儿。到达后，我们强行把他扭进单人诊室，砰的一声关上了门。不出所料，他在里面砸了几下门，然后专心对着墙唱起了国歌。

他妻子转头看我。她脸上的这副表情我见过，在无数受到震惊的家属脸上见过。当人们在鲜花与亲友的簇拥中戴上婚戒时，他们不会预见到这样的场景；伴郎致辞中如果提到了遗传的精神病倾向，往往也不会博得哄堂大笑。安格斯的妻子多半认为，婚礼誓言中的"无论疾病健康"指的不过是在丈夫流感的时候为他泡一杯感冒冲剂，而不是将她的这位爱人从医生身上扯开。我从前就见过、听过这种模式，不光是在钟情园艺的马尔坎身上。只要经历过两三次这样的发作，有的病人伴侣就会不堪忍受而离开。

"我从没见过他这样。"她终于能说出话了。她虽然站在丈夫身旁仅几米之遥，看上去却像全世界最孤寂的人："他平时是那么的……安静。"

"孚民——望，心欢——畅，治国——家，王运——长……"

"他平时是个温柔的巨人。"

"我相信。"我边说边照料自己被柏油擦伤的胳膊。

"上——帝保——佑女——王。"安格斯唱个没完。

"我不知道他为什么要唱这个。"她摇着头说。

"唔，至少他现在安全了。"我说。

听到这句安慰，她的坚忍终于崩溃，压抑的泪水涌了上来。

她用双手掩住面孔。我注意到，随着时光推移，她的婚戒已经勒进了无名指的肉里，得用洗洁精才能取下来了。

我和几个护士呆呆站立，保持着两米的强制社交距离。我的脸上摆出教科书般的关切神情，我当年就是凭这一手在医学院的实践考试中拿了"共情分"满分。但现在这么做毫无意义，因为我戴着口罩。今天在马路上和他们夫妇挤成人肉三明治的时候，我已经打破了一次社交距离守则。如果我们三人当中有一人感染了新冠，那现在我们多半都有了。再违规一次又何妨？

于是，我上前一步，把一只手搭在了她肩上。

在我没完没了地填补紧急轮值表上出现的空缺时，医院内的大多数现象都隐隐透出了一层新冠的底色。随着员工们纷纷感染或自我隔离，空缺每天都在出现。

有个焦虑的男青年对感染新冠极为恐惧，每次有人打喷嚏都会惊恐发作。还有个患强迫症的女孩满脑子都是防御病原，连洗手都用漂白剂。还有个有自杀倾向的抑郁患者，本想大量服用扑热息痛，却因药品短缺无法做到。我还从谢丽尔发来的短信中获悉，现在康宁中心也挤满了从社区转去的新病人。

疫情造成的紧张在网络上也清晰可见，由于缺乏权威情报，科学界也未得出任何公论，大众只好自己填补这片信息空缺。在脸书上，我小学里认识的一个老朋友用大写字母怒斥新冠是政府控制社会的阴谋。据说比尔·盖茨就是幕后黑手。"他们将来要在疫苗里置入微芯片。崇拜撒旦的全球精英已经结成了一个恋童圈子，只有唐纳德·特朗普能阻止他们。"

这种论调已经接近疯狂，是我在精神病房里才更习惯听到的偏执念头。也许阴谋论和妄想只有一个区别，就是相信的人够不够多。

至于我本人，则是继续工作，虽然我也说不太清楚现在应该如何工作。我并不觉得自己伟大，只是如果我不工作，脑袋里（不是外面）的那个负面声音并不会对我客气。只要我做的事对别人有帮助，我就会少一点时间忧虑。在紧急情况之下，医疗干预会显得更为正当。医生们在危机中也往往能爆发出额外的能量。另外很好的一点是，我可以随时拒绝接受排班，不过知道了这一点反而意味着我绝对不会拒绝。这是我从未有过的掌控感，不像之前的我因为受制于主治医师的三年培训协议，只能像仓鼠似的在无情的跑轮里跑个不停。

疫情前，我有一次向埃丝特抱怨工作，她像往常一样直率地说："你有没有想过换个科室？比如去外科之类的。如果你能给病人更大的帮助，或许感觉会更好。"

我对于精神科的幻灭，以及我之后申请停职，部分原因都是我担心自己并没有帮上任何人，或者别人也根本不想要我的帮助。但现在形势变了，之前从不需要精神卫生关照的新病人，现在都在乞求我们的支持。

还有一件事大概也支撑了我：我和埃丝特和好了，决定试着继续相处下去。

另外,有一个杀人病毒在外面横行无忌,我早已不再计较父母不读我电邮的事,又开始和他们说话了。

几天后,我接到了信托"安全管理专家主管"打来的电话。

"本杰明,我听说了上周五你和安格斯·麦克劳德之间的意外。我很难过。你还好吗?"

"嗯,我还可以,谢谢。"我说。

"真的没事吗?"电话中的女声继续说道,"DATIX 报告[*]说当时冲突得很凶。我们通常不希望医生对病人进行身体限制,你也肯定不必追病人追上大街,尤其是那么激越的病人。我们目前会在这类事件之后为员工提供心理疏导。"

"不,我真没事。"为安慰她我又补充了一句,"我其实还蛮享受那一幕的。"话刚出口,我的脸就因为这句无法撤回的过度分享扭曲了起来。我知道现在说什么都太迟了,就像你在安排了漂白洗涤后刚刚按下洗衣机的启动键,就透过窗口看到里面有一只红色的袜子。

"你具体享受里面的什么呢?"

我打定了主意不向这个陌生人诉说我的人生经历,于是只简单回了一句"不知道"。

"唔,我看你绝对需要心理疏导。"她说。

---

[*] 英国医疗系统的"意外事件报告"平台。——编注

我已经厌烦了别人对我说这句话。我深吸了一口气。"其实我接受精神分析已经好几年了。"我对她说,"我的治疗师说,我成年后做这些事,是在潜意识里弥补小时候无法阻止父母之间的暴力行为。"

"这样啊。"她的表格上没有为这一段留出空格,"那你保重,本杰明,再见。"

25 费 米

"可能有人还不了解情况:费米,45 岁男性,患有精神病,自认为自己是个狼人。"护士长雷吉对我们说。

我已经选择正式回来上班了,因为无休止地参加紧急轮班并不会计入我的主治医师培训。我可以等到 12 个月后再接着停职,那时这场疫情肯定结束了。现在支撑我的是 NHS 员工的同志情谊、来自全国的明确支持,以及"喂饱前线"(feed the front line)运动的免费三明治。

我们目前的岗位在医院的男性精神加护病房(PICU)——有些心灵也需要无微不至的照护。病房隐匿在精神病院深处,是重症精神病患在最错乱、最危险的阶段待的地方。

我和应急小组的其他成员挤在员工办公室里。这里就像黄水仙病房的那只长方形大鱼缸,只是玻璃更厚实。这仿佛是水族馆里的参观台,可以观察另一侧的奇妙热带鱼类。这里有精神病房常有的喧嚣:偶发的喊叫,刺耳的警报,还有磁力门无休止的哐啷碰撞声。并且在这里——之前那位规培医生告诉我说——病人捶玻璃更用力，有的还会飞身踢门吸引你的注意。

昨晚他在电话里对我做了一番坦诚的交接："你以为自己见识过疯狂——直到你来 PICU 工作。这里的患者特别严重，对自己的病往往自知力为零。他们全部在隔离中，由于你常常需要给他们强力用药，他们个个都会恨你。但除了这点，这还算是份不坏的工作。"

挂掉电话，我将新单位的地址输入谷歌地图查询。这家医院离我的住处骑车只要 30 分钟，但是我接着注意到它的谷歌评分只有 1.3。其实也不意外，因为评分者通常不认为自己有病，所以被关禁闭、被强行用药自然会愤愤不平。这种心态在部分评论中体现得淋漓尽致。

一位达伦的评语："现代刑房，全员恶人，疗法危险且效力极差。"奇怪的是他又给医院打了满分 5 星。

还有其他严重而具体的指控，比如一位夸梅写道："这些人权侵犯者把我关了六个月，还给我注射毒药。"下面是医院的回复："抱歉我们的服务未能满足您的期待。"

还有位卡莱布似乎比较知足："我母亲差点死在里面。可以免费泊车。"

员工办公室里，雷吉继续向我们通报："费米是昨天开始关禁闭的，起因是他无故袭击了一名护士，造成护士被咬伤住院。我们要进入禁闭室给他送食物，注意了不是素食菜谱，不能再犯这个错了。我们还要设法给他用药，做临床观察和心电图。

然后由新来的医生跟他谈话。"他说着望向了我。他显然是在说我,这是无可逃避的事实。

幸好在 PICU,我上面还有一位主任医师,他是个热络的约克郡男子,做事片叶不沾身,叫图克医生,着装和我一样随意,穿着暖和的羊毛衫、深色的牛仔裤和一双半休闲风的运动鞋。医院里有一条不成文的规定:精神科医师可以穿运动鞋,或许是因为我们更容易被病人追着打。他在今早上班时把我的袭击报警器发给了我,现在它已经别到了我的皮带上。我们商定了由他负责早间查房,我来做资深医师禁闭检查。想到自己已然"资深",我身躯微微一震。

"你看我们还有什么要注意的吗,大夫?"雷吉问我。

"呃,关于狼人的事。我其实怕狗。"

"好吧,月圆的时候你可以不去。"雷吉的话引得同事们一阵大笑。在这个极端的环境中,面对病情沉重的患者,显然没有时间留给我自己的软弱——我后来发现它反而帮了我。我曾听说过一项研究,它发现抑郁的人往往把"我"放在句子开头,而在康复之后,他们的视野会拓宽到关注"他"人。

我快速浏览费米的病历。他之所以被收治,是因为邻居投诉他把头伸到窗外"连连嚎叫"。医生和警察上门去隔离他时,他是四肢着地来应的门。

刚入院时,费米显得较为平静,只在说话之间嚎几声。他任由病房医生做了查体(医生注意到他毛发较多,但不算太重)。

他也同意医生给他验血，但随即就因为医生不许他喝血瓶里的东西发了怒。他跳到员工身前，在离他们脖筋几厘米的地方磨牙，接着他又在争斗中咬了一名护士的胳膊，直咬穿皮肉，才满足了他对血的渴求——就像一个酒鬼在酒吧拒绝给他一杯之后直接冲到了啤酒龙头之下。

已经有人把费米的诊断代码（"变狼妄想症"）输入系统。其实这个结论下得还是有些匆忙，我还得先去看看那名被咬的护士变异了没。

"哦，他还在地板上排便了。"雷吉说，现在想起这个有点奇怪，"那个我们也必须清理干净。"说着他对某人点了点头，那人手上已经备好了一只塑料袋和一块湿抹布。

我们穿上一套由口罩、橡胶手套和可撕式围裙构成的"盔甲"，迈着沉重的步子走入过道。要对战狼人，这可不是我的首选防护装备。但我也无法否认，我心中有那么一点奇异的兴奋。当我们在走动中穿上塑料围兜，它们在身后翻飞的样子就像"NHS超级英雄"的斗篷。这时候大家对这副打扮还不反感。

一名护士坐在一面结实的加固窗户边上。她身旁的电脑屏幕上传来对里面的监控画面。我注视监控屏幕，发现房间中央盘绕着小小的一坨东西，在惨白的地板上分外显眼。"那个就是……"我问。

护士点头。

"他今早情况怎么样？"我又问。

"他在睡着的时候很乖巧。"她疲惫地笑了笑。

我浏览了她身旁用圆珠笔填写的禁闭文档：

- 禁闭开始的时间：昨天下午 2∶35
- 禁闭决定是否对患者告知：是
- 患者对禁闭的看法：你们都去死，我他妈把你们全杀了，去死吧

吵醒一个扬言要屠光我们的人，只为让他服下一种或许能打消这个念头的药物，好像有违常理。但规矩就是规矩，而且他也到了服某种药的时间了。严格说来，这个时间早就过了，他几个月前已经停了抗精神病药。说来也怪，见此情景，我内心的冲突居然减轻了，因为医疗干预的必要性变得更加清晰。精神病学的世界通常是灰色的，但此时此刻，正常与不正常之间的光谱却近乎黑白分明。我们都偶尔会觉得涣散、消沉、焦虑、执迷，有时还可能偏执，但即便在假惺惺的晚宴上，我想也不会有人思索道"大家不是偶尔都有点像狼人吗"。

PICU 的理念是对病人做"激进"治疗，他们有时会使用巨量的抗精神病药，甚至超过《英国国家处方集》（BNF）这本英国药学参照标准所建议的安全上限。可是，对精神病强力出击，就像用化疗轰击癌症一样，也会对病人造成伤害。而且不同于癌症治疗，PICU 的病人很少是同意接受治疗的。

"来分一下：左臂，右臂，左腿，右腿，腰，两脚。"雷吉向他这支临时部队派了任务。大家纷纷点头，每个人都对发生扭打时自己要制止的身体部位很满意。"我来按住头部。"雷吉庄严宣布，考虑到费米咬人的前科，这绝对是下下签。

医生一般不必干这种体力活，部分是为了不给医患关系增添变数。护士们必须努力制造融洽的医疗气氛，但有时也要将病人按倒，这是一个无解的悖论，所以他们自然在精神科病房的袭击事件中首当其冲。

"费米，我们来给你送点东西。"雷吉通过对讲机说道，"请在床垫上坐好，后背靠墙，对，就这样。"

加固门被猛地推开，最魁梧的几名护士快步进去，活像《星球大战》里的暴风兵，我就躲在这层人体盾牌后面。里头并没有掷出脏话、拳头、粪便或是更糟的东西。费米坐着没动，或许是还没完全睡醒，一双脏兮兮的脚伸到床垫外面。

有人铲起地上的大便扔进塑料袋，动作随意得像一位狗主人。另一人收走他的晚餐盘，里面的刀叉看上去已经用过——是个进步。又有人给他换上了早餐盘。我们先奉上和平的礼物，希望他能因此同意我们的体检要求，乖乖服下药物，不要再从员工身上咬几块肉下来。

"早安，费米。"我上前跟他打招呼，就像一个乐呵呵的酒店经理在安排客房服务。对禁闭中的病人是不建议握手的，就算没有全球疫情也一样，于是我暂时拉下口罩，露出一个我希望还算温暖的微笑:"我是本杰明,这里的一个高年资医生。幸会幸会,抱歉我们人有点多。"

"你带的人根本不够,我的力量相当于一百个男人。政府已经把我的身体划为法定危险武器,因为我可以把你们全部撕成碎片。要我撕给你看看吗?"

我知道我的前任对 PICU 里公开的或者迫近的暴力威胁感到不安,一有动静就躲进医生办公室。我则相反,在将来,一听到叫喊或尖锐的警报声,我就会凭肌肉记忆从椅子上跃起,冲到事发地去调解骚乱。旧的习惯很难消除,这地方竟使我格外心安。

"不用了,谢谢,费米。我倒是希望我们可以少一点争斗。"我平静地说。

费米仰头嚎了一声。接着他用手指掰开嘴唇,露出与几颗常人无异的门齿,他非说那是狼牙。

考虑到和错乱的病人辩论他们的病态想法对治疗无益,只会激起敌对心,有些富有创意的临床工作者建议医护也调到病人的"精神病波长"。现在看来正是尝试的时候。

"我以前应该没有遇见过狼人。不过无论是不是狼人,我们都不能容忍咬伤病房工作人员。你可以接受吗?"

"只要你带来了我吃的食物。"

我从医疗记录中得知,费米只想要生肉。虽然 NHS 的餐饮员工会尽量满足各种饮食要求,但费米就只能在纸盘子里吃培根和香肠了。

"我们为你烹饪了一顿美味早餐,这块培根好像有点不熟。"我说,"能不能让护士测测你的生命体征,像是体温、血氧饱和度之类?"

"别操心那个——我是不死的。"

"好吧,但还是让我们测一测吧?这是医院的规定。"

一名魁梧的护士把医用推车推过来,在费米的胳膊上缠了一条血压袖带。另一名护士将一只血氧仪夹上他的指尖,第三名护士将体温计插进他的耳朵。

"我是活了五千岁的狼人。我的血氧饱和度100%。我的体温和熔岩一样。"费米说。

一名负责记录结果的学生护士看向我,我摇了摇头。

有人看着明亮的嫩绿色屏幕报出了数值:"血压143/84,心率89,呼吸18,体温37.1,血氧100%。"

"我就说嘛。"费米说道,接着他突然一跃而起,咆哮道,"哎呀老天,我感觉野兽要出来了!"

护士们伸出手去,手心向下想安抚他。他的眼珠从眼眶中瞪出,我小心翼翼地低垂视线不与他对视,这是所有动物都能看懂的服从姿态。

"费米,你坐下来,大家就不会这么紧张了。况且现在还是早上,狼人是不会在白天变身的。"

"是吗?"他在房间中四下张望,一脸迷茫。

他过去几天大都彻夜不眠,这里也没有窗户。

"是啊,你看,现在才早晨 8 点。"我把手表举给他看。

"哦。"他显出了意外,然后重新坐了下去。

我和整个团队都放松了下来,心说谢天谢地,我们上的不是夜班。

接着就该攻坚了。

"谢谢你,费米。我们终于可以谈一谈你的药了。我们带来了两种形式,口服或者注射。如果你能吞下药片,那对大家都好。你更喜欢哪种?"在精神科,我们会假意尊重病人的自主权,但是无论采取何种形式,医生的药物一般都会进入病人的血流。病人的选择,只限于药物怎么进去。

"滚蛋!我知道那是诛灭我的毒药。"

在这样的对话中,摩擦常有消长,有几股无形的力量控制着氛围的紧张度,就像费米的嚎叫对象——月亮,牵引潮汐的涨落。随着气氛忽高忽低,我们大伙的血压也跟着时起时降——如果我们耐心充足,并能用语言缓和紧张,通常血压就会降低一些。而当一股波澜升级为海啸时,事情就麻烦了。

"真的不是,费米。这药是为了让你头脑清醒。你要是不肯吃药片,那我们恐怕只能用另一种方式了。"

应急小组扎稳了步子,雷吉将蓝色手套的腕口向上拉了拉。

我乐观地向费米递出盛着药片的纸杯。他仔细打量了一眼,一巴掌将纸杯拍掉,接着张开大嘴向我们冲来。

在争斗中，费米的胳膊腿甩个不停。我曾听说有一个精神病人临近吃药时竟然会在浑身涂满黄油，好让自己难以约束。费米倒没给自己膏油，但他虽然不是真能以一当百，对付十个还是可以的。护士们则追赶着自己分派到的身体部位，但也有的先随便按住一处，后面再换——当一记右肘重重撞上你的眼眶，你会觉得自己就该按脚。一阵漫长的扭打后，大家都抓住了自己能抓住的部位，费米浑身各处都被一具不同的身体压在了地上。我则柔弱地站在他上方，徒劳地想用语言使他冷静下来。接着他被翻了个身，牢牢按到床垫上。有人拉下他的裤子，两根针头扎进他的臀肌，一根里装着抗精神病药，另一根是速效安定剂。野兽般的低吼和惨叫从他口中迸出，令人心悸。突出的眼白诉说着他的恐惧：这个人真的相信自己要被扑杀了，就像兽医院里的一条狗。

每每这种时刻，我都禁不住怀疑精神病院是否真的有益病人的健康。曾有一个住院病人告诉我说，他是被关进精神病院之后才想自杀的。另一个吓坏了的住院病人真诚地问我："我这是在地狱吗？"

当费米的挣扎渐渐平息、痛苦的叫声变得轻柔，我开始思索不这样的话还能如何。让严重错乱的病人把员工当早餐吃掉？还是展开盘起的疯人院铁链，掸掉束缚衣上的灰尘重新启用？禁闭、身体拘束和强行用药不是好安排，但也许是最不坏的。

大约五分钟后，强力的高剂量药物从费米的臀部进入血流，最终完全浸透了他的脑子。他从舌头直到脚趾,全都变得软绵绵的。他说想上厕所。一个接着一个,应急小组的成员缓缓松开他的身体,各自退后一步。费米跌跌撞撞地走向一旁没有门的马桶,我们听着他不受控制地射出短促的尿液。接着他瘫回到床垫上。

"我真的不想这样,费米。"我说的是实话,"也许下次你可以直接吞药片。"

精神科医生的肩上压着一份沉甸甸的责任,就是判定何时结束一次禁闭。一个病人对之前的暴行表现出后悔,并保证今后不会再犯,大概就可以安全地放回普通病房,让他恢复一小点自由。而如果病人并无悔意,仍然威胁将来要如何如何,或是有和暴力相关的持续精神病症状,就说明禁闭应当继续。

"费米,你对那个护士的遭遇感到难过吗?"

他现在双眼深陷,毫无生气。"不。"他昏沉沉地说道。

"我打个比方,假如现在回病房,你会保持低调,还是……"

"我会杀光每一个人。"

好吧,那就继续关着吧。

午餐时间,我在公共厨房里翻腾,想找一个茶包和一些牛奶,这时一个员工进来问我:"有什么可以帮你吗?"听那语气,她其实想问的是:你在这儿搞什么鬼名堂?

"哦,嗨,我只想泡一杯茶,再跟图克大夫去查下午的房。

这里的东西是自己拿吧？还是要往一个瓷猫里投钱？"

"我们这儿必须自带茶包。"

"哦，是因为该死的新冠病毒？"

"不是，我们从前有一只瓷猫，规定大家每个月往里面放一镑，可总是一批人一直付钱，一批人一个子儿不付。"她边说边打量我，我知道她把我归入了哪类。我觉得我对这个女人比对费米还怕。

我有时挺纳闷的，为什么NHS这个欧洲最大的雇主，一边肯为某些癌症药物的一个疗程狂撒几十万镑，一边又不愿意多花点钱为它的130万员工买些牛奶、速溶咖啡和茶。有了更高的工作热情和效率，创造的效益支付那些价值一镑的茶包肯定绰绰有余，而我也不用浪费时间努力打开那把密码挂锁了。

那名员工扭动密码解锁，打开柜门，露出了里面的茶、速溶咖啡和饼干。她挑了个茶包，我乐观地以为是给我的，但她转手将茶包放进了一个印着一个大"M"的杯子，不许字母表上的其他字母用它。接着她关上柜门，锁回挂锁，并重新打乱了数字。

"用一下。"这女人打了声招呼，就倒起了我刚刚烧开的水。她接着打开冰箱门，从一只全新的两升装牛奶瓶里倒了一点牛奶，瓶子上也写了她的名字。我呆立原地，傻傻地举着一只空马克杯，这杯子多半还是别人的。

"哦，不好意思忘了说。商业街上有家商店，走路七分钟就到。"她告诉我。

我道了声谢,心说得赶紧查房去了:"对了,我叫本杰明,新来的医生。"

"我是玛格丽特,这儿的医务长。"说话间,她向厨房外面走去,"希望你喜欢这儿的工作,这儿的同事人都挺好。"

26　海　星

"你好，约瑟夫。你的摄像头关掉了……底下那个按钮……对。"说话间，下班回家的我一头栽到自己床上。在帮约瑟夫搞明白高科技之后，现在我周一晚上的治疗都在 Zoom 上进行，这能保护一把年纪、风险很高的他。有一次治疗中间，他一点没有怠慢，即使身处自己安全的客厅，也在整场 Zoom 会谈中始终戴着口罩。

自从封控中的"居家办公"开始以来，他已经放松了传统精神分析模型的边界。比如今天我就看到他坐在花园露台上。上周，他更是充分发扬了"治疗是一场旅行"的比喻，试着在开车去超市的途中给我做治疗。

"说说你现在是怎么应付病房压力的？"他和着背景中的鸟鸣声问我。

我给他讲了我泡澡的情况，他扑哧一笑："听上去像 50 年代的沐浴疗法又回潮了。睡得好点了吗？"

我说我现在每晚都在床上读《英国医学杂志》。读到对接受非心脏手术的病人使用口服抗凝药或低分子量肝素预防血栓效果之比较的荟萃分析,对于我的失眠真的颇有疗效。

我确实在积压的过刊中发现了一则有趣的故事,之前不知为什么错过了。故事说的是一个精神科主任医师,工作了 22 年,却被人发现是个假医生。你或许认为,她糟糕的医疗结果早该令人警惕了,但虽然这位佐莉亚·阿莱米(Zholia Alemi)毫无资质可言,她的临床技能却从未引起过忧虑。正相反,在审判时,证人都表示她的医治"非常合理"。直到她伪造一位年迈病人的遗嘱、试图继承其房产,才终于引来了怀疑。

"很离谱是不是? 22 年啊。"我把想法说给约瑟夫听,"她到底是怎么装下来的?"

约瑟夫对我这个道德问题的回答出奇地直白:"白大褂可以在化装服饰店买到,再加上几张伪造的证书和人们对医生天然的信任,应该就成了。*而且我猜,即使有病人怀疑自己的精神科医生是假货,也只会换来加药而已。"†

约瑟夫被他自己的这个暗黑笑话逗得哈哈大笑,接着偷偷

---

* 在谷歌上迅速一搜,就能找到墨尔本一个冒牌产科医师的事迹,此人告诉一对一心求子做了试管授精的夫妇说女方怀孕了,但其实没有;美国加州也有一个冒牌外科医生,是直到把自己的一张大脸印到白大褂上才穿帮的(这即便对于一名外科医生来说也太自恋了)。

† PICU 曾有一名病人报告夜间在他的房间里看见有小动物在跑。图克大夫为他又开了一种抗精神病药来对付幻视。后来,我有一次值夜班,也在病房看见了那只老鼠。于是我取消了他的新处方,并给灭害部门发了电邮。

抿了一口冰水——还是金汤力？"听到这种故事，你会忍不住怀疑精神病学这门科学到底有多严谨。"他说。

再过几年我就要当主任医师了，可我仍然觉得自己还穿着校服。又是那该死的邓宁-克鲁格效应：懂得越多，反而感觉自己懂得越少。不过话说回来，既然一个冒牌货能混过五年医学院、两年低年资医生、六年精神专科培训而始终没有引起任何怀疑，就说明这个专科确实还有很大的探索空间。

"嗯是啊，如果精神科的同行连主任医师和骗子都分不开，我确实要怀疑这些花里胡哨的培训有多大必要了。"我附和道。

"心理治疗也是这样。我们使用花哨的字眼，是因为科学要求必须有一套共同的语汇，它也会给我们一种庄重感。可是研究指出，病人能否好转的最大决定因素，不是治疗师的资质水平、行医年份或者治疗方法。"

"那是什么？"

约瑟夫在他标志性的夸张停顿后说道："……是治疗师和患者的关系有多好。"[1]

"哇。"我慢慢体味着这句话中简单的力量。

"你说起这些，是不是因为你不想干了？"他问。

我后来总是无休止地向约瑟夫抱怨我内心的冲突有多激烈。有时候精神病学的缺陷实在太大，非个人可以弥补。即使我努力在行医中更合乎伦理（无论具体是怎样），我都依然感到无奈，和我为了对抗气候危机冲洗可回收垃圾时的心情一样。

又或许，将我的忧郁归结为职场不顺只是一个方便的借口——我不是一向这样开心不起来的吗？*

精神病学当然有它的不足，但是和其他专科相比，它毕竟有一些独特的难题要面对。

"我应该不会转行。"我对约瑟夫说，"我喜欢这一科，虽然常常并不喜欢——你明白我的意思。我只是想让它变得……更好一点。有时候你忍不住想，政府是不是故意想毁掉NHS？但如果放弃，就什么也改变不了，对吧？"

"是这样。"

我通常能够克服这股失败情绪，也许是因为怀着有朝一日情况能够好转的希望。或许我爸我妈历经艰难仍对婚姻忠贞不渝，靠的也是这种思想观念。我最好在下周日跟他们通电话的时候说一说这股坚忍精神。是他们教会了我不逃避。

"可现实和我的期待毕竟不同。你知道吗，在我的医学院录取面试上，有面试官问我打算怎么改变世界？"

约瑟夫大笑："那人显然有救世主情节。你不可能拯救每一个人，但也不能因此放弃。我跟你讲过那个海星寓言没有？"

"好像没有。"

---

* 研究指出，即使在医学院里，有意愿进精神专科的学生就已经比向往其他科室的同期更抑郁了。也就是说，这门专业天生会吸引苦恼的灵魂，而在职业生涯中同人类的苦难周旋并不能帮助他们多少。或许逻辑是这样：如果无论如何你总会进精神病房，那最好还是同时也能领薪水。

约瑟夫喝了口水润润嗓子，然后讲道："一个老人在海边散步，沙滩上全是涨潮时被冲上岸的海星，他看见一个男孩正在把海星一个个地扔回海里。老人问他在做什么，男孩说：'我在救海星。'老人呵呵一笑说：'孩子，搁浅的海星成千上万，只凭你一个人，能救几只？'男孩拾起一只海星，轻轻投入海里：'我救了这只。'"

27　逃离精神科

今天是节假日周末前的星期五，因为热浪来袭，又因为病房不能开窗，NHS 的暖气也关不掉，病房升到了 33 摄氏度，活像在雨林里。每当这种时候，几台积灰的老风扇就会被请出来，让热空气能稍微流通一点。

我找到费米时他正赤膊站着，凝视他卧室窗外的一堵红砖墙。那是旁边的一栋楼，两条防火窗帘为他框出了这幅平淡的风景。窗帘轨道是磁吸的，你要是把出院的希望全寄托在上面，窗帘会塌下来。

费米服用精神类药品已经几个月了。他的变狼妄想已经消失，自回到开放病房后也没再提过非肉不吃的要求。不久前，在我们的职业治疗师主持的一个烹饪兴趣小组上，他还做了一张蘑菇比萨，并且和大家分着吃了。不过，曾经生气勃勃的一双眼睛，现在已变得呆滞。

我从他卧室的门边探进脑袋，短暂地拉下口罩，好露出我依然希望还算温暖的微笑："费米，你有空吗？要查房了。今天轮到我查，图克大夫参加培训日去了。"

"我们能不能就在我这间牢房里谈？"他说。

"这不是你的牢房，这是你的卧室。"

他生气地说道："那我什么时候能出去？"一双渴求的眼睛又望向了窗外的那堵砖墙。

"快了，等我们换掉你的利培酮就行了。"

在终于找到一种药物成功扭转费米的妄想之后，又出现了一个隐患：副作用。

"我还是觉得自己在变成女人。我的老二不管用了，胸也在变大，"他坐到床上，说出了最坏的消息，"乳头还开始淌奶了。"

"我很难过，费米，有时候是会这样。"费米眼下服用的抗精神病药利培酮，能将催乳素提升到通常只有孕妇或新妈妈才有的水平。

我们探讨了其他方案和它们的常见副作用：奥氮平会造成嗜睡、糖尿病和心脏病；喹硫平也是如此；阿立哌唑会引起名为"静坐不能"的内心躁动，这种体验极为难受，有病人会因此而自杀；老一代抗精神病药物如高抗素[a]（珠氯噻醇）会导致奇怪的动作，如摇晃、颤抖、抽动，以及不可逆的口舌痉挛；或者氯氮平，这种绝佳的抗精神病药有着最充分的证据，但可能引起致命的心脏炎症，将抗击感染的白细胞减少到致死阈值，还可能造成严重便秘，使最常服用它的病人死于肠穿孔。

无怪乎病人在听到精神科医生说"这些是上好的药，不必担心"的时候,并不总会觉得安慰。

"这些脏药我一个也不想吃。"费米说。

"可惜啊,费米,在这个国家,你这种病的金标准疗法就是抗精神病药。"*

"我倒想看看你吃下这些破药会有什么效果。"他说。我叔叔托马斯也曾邀请我这么做过。

我真的考虑过向药房讨点病房里过期的抗精神病药,反正它们都是要送焚化炉销毁的。精神科医师要参加培训日,比如图克大夫正在参加的那种,在其中我们要学习如何"表现"共情,就像在读戏剧学校。但是从来没人鼓励我们真的设身处地为病人着想,并试着理解病人是经过了怎样的一番成本收益分析,才觉得必须将我们开的药冲进马桶。†

这场疫情突显了,我们只要愿意,就能迅速制订出有效的

---

* 这里有一个令人不适的真相:以结果来说,患严重精神疾病的人在发展中国家(那里药物更稀缺,而家庭纽带更紧密)反而恢复得比我们这里要好(WHO, 1973)。考虑到这一点,芬兰的"开放对话"模式,即允许病人选择"不用药"的疗法,或许会为治疗带来革命。药物变成可选项目,治疗者则对病人投入更多的时间、探求欲及非药物资源。引人注目的是,在这一胁迫较少的模式下,76%的"开放对话"病人(其中仅 1/3 使用了抗精神病药)在五年内回归了工作或学习(J. Seikkula et al., 2006)。而在英国(药物仍是主流疗法),在职的精神分裂患者仅有 8%。

† 在 20 世纪 60 年代,实验精神病学家不但会亲身试用病人的药物,甚至还要尽量体验精神分裂的症状,虽然时间比较短暂——方法是使用致幻剂,模拟典型的幻视幻听。这样他们也有正当理由在工作日嗑迷幻药,并一连 12 小时呆望着自己灯芯绒裤子上的起伏与褶皱了。

疗法。但在大型药企乃至全社会看来,精神分裂症并非当务之急。你绝看不到商业街上有慈善人士为"精神分裂研究"募捐。这个领域已经几十年未见突破了。市面上没有出现更"干净"的药物,只有把老配方重新包装成新药。投入是有的,但迄今还没有结出成果。美国国家精神卫生研究所的前所长坦言,在他的任期之内,虽然研究所豪掷 200 亿美元研究精神疾病,却没有真正改善病人的生活。[1]

结果就是研究进展缓慢,病人只能数月经年甚至数十年地滞留医院。医院礼品店出售的"早日康复"卡,乐观得叫人心碎。每周五早晨,图克大夫只要在,都会请 PICU 团队分享"好消息"。通常是在一阵尴尬的沉默后,再由这位永远快乐的约克郡主任医师总结一句:"行,祝大家今天愉快!"不久前,我们的职业治疗师分享了一个 30 多岁的前机修工自己去店里买牛奶的事,大家纷纷祝贺,仿佛他是攀上了乞力马扎罗山。

"反正我不需要吃药。"费米说。他虽然已经不再公然自视为狼人,但他显然还需提升对自身疾病的自知力。

"费米,我们现在只能到此为止了,我还要去别的病人那里查房。你再想想,我们之后再谈?"我真希望今天傍晚就能有一种现代的抗精神病药闪亮登场,不带副作用,也肯定不会致他死亡。

我转过身,皮带上的钥匙串叮当作响。费米盯着它看,时间好像久了一丢丢,于是我向室外走去。

"费米,你恢复得很好,别把出院的事搞砸好吗?回头我打印点材料给你,看哪种药你最能接受。如果你能保持这个势头,我们也能给你把药换掉,那我想有一两个礼拜你就能出去了。"

吃过午饭,费米看见我和雷吉在走廊里说话,蹦蹦跳跳朝我们过了来。我调出烂熟的腹稿,准备向他解释为什么他还需要吃药,为什么还得在医院住一阵子。

"大夫,我觉得应该办一场乒乓球锦标赛,让大伙都运动起来。"他说。

"好主意啊,费米!"我最喜欢看到病人好转这种时刻,让我觉得这份工作还是值得的。

"可是里面太热了,"他接着说,"我们在院子里比吧。"

所谓"院子"指的是户外的一小方水泥天井,中间有一块人工草坪,周围是五六米高的围栏。

雷吉看着我说:"照规定,东西是不能搬到外面的。"

这是典型的 NHS 官僚式鬼话。当初,同样是这套宣扬"卫生与安全"的机构式鬼话,否决了我在黄水仙病房的"垃圾桶午餐"。我看见费米的额头上沁出了汗珠。

他和大部分病人眼下都穿着背心或者赤膊,室内的气温高得离谱。此外,我对自己掌管着他人的基本人权一事仍感到不安。如果有任何折中方案能拉平这里的阶层,我都会积极采纳。

"雷吉啊,只是玩玩乒乓而已嘛!"我说。

"好吧,但是你得负责。"雷吉说。

费米和我俩碰了碰手肘表示感谢,我和雷吉将乒乓球桌推到外面,阳光洒落到我们身上。

"要不摆在围栏边?那里有阴凉。"费米提议,他今天真是一肚子好主意。雷吉和我照做了。接下来病人们又从里面搬出特别加了配重的凳子给观众坐。

雷吉又看了一眼我说:"照规定不应该……"

但我没理他。看到费米和他的病友们这样充满力量,我只觉得欣慰。他们的干劲有点太高,足足搬了十把凳子到外面,但我不想苛责他们。再说多几把凳子又能怎样?

"你想玩一局吗,哥们儿?"费米说着把球拍递给一个名叫伊曼努尔的病友。

其他人也信步走到外面观看,其中一些人平常从不与人交流。我们都被比赛的怡人节奏催眠了:乒……乓……乒……乓。很快所有凳子上都坐了人。

我和雷吉自豪地在一旁看着,欣然和病人一起说说笑笑。双方的边界消失了,有那么一阵,似乎没有了"他们"和"我们"的分别。大家看起来就好像一群普通男人,夏天早晨在公园的户外乒乓桌打球。

"我要去准备下午的药了。"过了一会儿,雷吉说,"本杰明,你一个人在这里看着可以吗?"

我点点头,雷吉走向室内。不出所料的是,才几分钟过去,我的呼机就响了，得去回个电话。我环顾左右想找个人替我看守，但我们实在缺人。乒乓球赛仍在蓬勃的兴致中进行着，我从不记得院内有过这样融洽的气氛。"你们继续玩吧，我一会儿就回来。"我对他们说道。

我匆匆进去，脸上仍带着笑容。我们看到了"健康"的费米：机灵、友善，为大家的身体健康着想。他不再急着离开了，似乎已经彻底懂得，现在医院才是最适合他的地方。

我按着呼机回了电话，是图克大夫想问问情况，我告诉他一切尽在掌握。挂掉电话，我顺着喊叫和欢呼声朝院子走去。我就知道户外乒乓是个好主意！

可是回到院子，我却惊讶地发现比赛已经停了。所有超级重的凳子都搬到了乒乓桌上，像儿童积木似的垒成了一座塔，费米就在摇摇欲坠的塔尖上，抬头看着高围栏的顶部。

"费米，停下！快下来！"我一边大喝着阻止，一边也不能否认周围的欢呼令人迷醉。这是一个激动人心的时刻，对费米、对其他病人，怪的是甚至对我也是如此。短短的一刹那间，我明白了一切：我感受到了空气中的团结和幸福，也看清了费米伫立其上的这座凌乱凳塔。我感觉到的恐惧和敬佩同样强烈。这是因为图克大夫不在而临时起意的行动，还是一个准备了数月的协同越狱企图？

现在是完成这场伟大逃亡的唯一机会，失不再来。费米只要纵身一跃，就会成为一个自由人。他弯曲膝盖，用力向下一蹬。

可是他的劲太大了，脆弱的球桌撑不起这沉重的负载，那一摞凳子连同费米一齐垮了下来。

人群发出失望的哀鸣。

听见巨响，雷吉赶忙跑了出来。他先是甩了我一个"我就说吧"的眼神，然后和我一起扶着一跳一跳的费米进入诊室，我一边帮他包扎肿起的脚踝，敷上冰块并安排了 X 光，一边暗暗对自己说或许有的规定并不全是荒唐。

那天下午，费米成了其他病人心中的英雄，他的壮举在病房内传颂。在艺术兴趣小组上，有人甚至用绘画重现了这个场景，还把那座凳子塔画得宛如比萨斜塔一样高——一样直。

而在雷吉和其他员工看来，我就是乒乓桌需要换腿的责任人。

现在乒乓球赛又换到了室内。

当大傍晚，我在电视室找到了费米，他正和其他病人在一起看真人秀《逃入乡间》（*Escape to the Country*）。

要是你理想的度假胜地包含岛屿，不如考虑一下苏格兰的外赫布里底群岛（Outer Hebrides）？

他见了我，站起身，撑着拐杖一瘸一拐地走了过来。幸好只是扭伤了脚踝。走廊里空落落的，只有伊曼努尔在门边游荡，他努力装出"正常"的样子，徒劳地希望有某个还分不清病人和医护的天真临时工会一个疏忽放他出去。这种越狱方式不太上镜，但常见得多。*

我们站在炎热而幽闭的走廊里，照着明亮的人工灯光，电视里不停传出含糊的说话声，是一对幸福的夫妇在交谈：……从前在城里生活总觉得被困死了，现在我们好像住进了美梦里！

"费米，我给你的材料你抽空看了吗？"

"我暂时还是接着吃那种会淌奶的药吧。"他说，"那样大概能少花点钱买吃的。"

我听罢莞尔："那你应该很快能出院了。但拜托到了周末不要再干那种事了。"周末的员工比平时还少，但我最好别让费米知道这个。

他羞怯地笑了笑："抱歉啊，大夫。"

"对了，你的脚踝怎么样？"

"还疼着，但不要紧。你怎么样？"

"我还好，就是差点被你吓出心脏病。"说完我俩一起大笑。

我确实感觉还好。回归工作的过程竟比我想象得顺利。我似乎属于一类特殊的人：对于我们，疫情没有造成变化，甚或是还改善了一点精神健康。我感谢政府认证的借口，使我能从现代生活中退一步、慢下来，能为快进的生活按下暂停，能不内疚于只为上班才离开公寓。我现在还充分利用起了每天的锻

---

* 不像一般的护士穿标志性的浅蓝色制服，精神科护士和病人一样只穿便装。这样的初衷是为了去除等级高下的感觉，但也意味着精神健全和不太健全的人看起来会十分相似。

炼机会，跑步越久，就似乎越能将抑郁或不管是什么东西甩到身后。此外，我们的公寓也变得安静，令我的睡眠得以改善，因为现在只有"必要"的产业还在运行，而谢天谢地（至少对于我们），健身房不包含在内。

背景中响起一声警报，激起了一阵短暂的恐慌，员工们跑来跑去查看警报的源头，发现它来自另一个病房才松了口气。然后警报停了。

这就是奈杰尔和希拉会喜欢的宁静海滨孤寂啊！*

我和埃丝特的关系也进展很好，除了正常的磕磕绊绊。本周末我们就要像房产节目说的那样，"心动不如行动"，搬到一起住了。我们相中了伦敦的一间小"平房"，租金并不离谱，周围安安静静，屋后甚至还有一片漂亮的公用区。虽然今天在医院的公共庭院里体验了那样的意外，看到屋后的这片空地我还是相当兴奋。

员工们适逢周末来临时的轻松，病人们肯定是感受不到的。虽然偶尔有两出好戏可看，但病人们还是更常抱怨生活枯燥，他们在这里一住就是数周、数月甚至数年，难免觉得无聊。许多人已经不再计算日子，医院正面那只巨钟也早就停了，完全是一派时间静止的气氛。

---

* 指 Nigel and Sheila Jacklin 夫妇，他们在英国一滨海小镇居住 20 多年，2018 年因投诉被禁止向邻居的房产内探看，也不准经过邻居家走去海边——特别是投诉方，五年前开在他们家对面的心理工作坊。——编注

电视里，主持人仍在啰里巴唆。

赫布里底群岛的活动特别丰富，你可以远足、游泳、观星，或是去获奖的酒吧里勾留一番……

"周末我能外出吗？"费米问我。

"我觉得现在还不妥。"我说。隔离中的精神病人常用的一个逃脱方法是劝说医生放自己出去散步或购物，作为恢复的一个环节——接着就一溜烟跑了。*"这个我们下周再聊吧。"我说。

费米疲倦地点了点头："你这个假日周末有什么好玩的事吗，大夫？"

这时封控已进一步放松，天气预报说未来几天都是晴朗的蓝天。明天我会帮山姆搬家到谢菲尔德，在那里他有几个做银匠的朋友，也终于能奢侈地租一个自己的卧室了。到周日我和埃丝特就要搬进我们新租的房子，周一的法定假日，我们计划和纳菲莎还有她未婚夫一起去公园，吃一顿保持社交距离的野餐。

"也没什么啦。"我说。

---

* 每当病人潜逃，医院都会拜托警察把这些开小差的人送回病房。脱逃的诀窍，是不要返回你在 NHS 患者记录上的地址。有不少病人刚刚在电视前坐下，打开一罐啤酒准备庆贺，窗外就闪起了蓝色警灯。狡猾的病人会跑得更远。有一回我打电话给一个病人，他获批了六小时假，但过后没有回来。结果，我意外地听见了国际长途的铃声。"再会了，窝囊耗子大夫！"他说完挂断电话，人已经安全抵达了里斯本海边。

28　家　人

"你好,约瑟夫,能听到吗?你好像开了静音。对。你别挂,我去一个没人的地方跟你说。"我拿着手机站起身。

因为科学博物馆暂时关闭,埃丝特正在家降薪留职,我拖着步子从她身边走过,从客厅进到卧室并关上了门。

"现在好了。"我在我们的床上躺下来说。

我们的这方新"空间"只有一个毛病,就是空间不够。新居的面积不到 40 平方米,只相当于一间双车位车库,房产电视节目主持人可能会变着法子夸它"温馨"。浴室只有淋浴,我只能用埃丝特在同城网站(Gumtree)上买的一只浴盆来继续我的泡泡浴疗法,我把浴盆放在了后门外的公共庭院里,到晚上就从厨房龙头接一根水管往里放水,再用浴帘把它围起来。

"你们俩都安顿好了吗?"约瑟夫问。

我告诉他,埃丝特和我还在适应同居生活。诸如睡前习惯这样的家庭琐事还需要磨合。我为了对抗失眠,在泡澡后就要远离咖啡因和屏幕,躺在床上借着读医学杂志来放松精神。等埃丝特钻到床上，我们给对方一个晚安吻，这时候睡意上来，我们把灯关掉。可是几分钟后埃丝特会再打开灯，对我说些放松的事情，像是"我们的钱不够撑到月底了"。接着她再度关灯，然后对我说："晚安！"

约瑟夫大笑道："老话说得好，分享心事就等于把心事全推给别人。"

"哈哈，大概吧。我们还没杀掉对方，还算不错。只是……"

我对约瑟夫说了最近和埃丝特的一场争吵，焦点是沥水架上放刀叉应该哪头朝上。我们住到一起是为了更深入了解彼此，而第一个要了解的就是彼此的洗碗偏好：她喜欢把尖刃朝上放，我喜欢尖刃朝下。我刚开始以我的角度复述争论，就听见薄墙壁另一侧的客厅传来了一声："……才不是那样！"

我决定去公园完成治疗。

约瑟夫常常提醒我俄狄浦斯情结，这个弗洛伊德的理论认为，从恋情方面说，男孩总在潜意识里想和像自己母亲的女性在一起。我向来认为这个说法纯属迷信，因为吸引我的女性都和我母亲正好相反。我妈是白人、金发、情绪冲动、喜怒无常，而埃丝特是东南亚人、黑发、情绪冲动、喜怒无常。

我妈常辩解说，发生在我家屋檐下，偶尔还外溢到门外的桥上或谷仓里的暴力，都是爱的证明。"我们吵架，是因为在乎。"她会这么对我说，"如果不在乎，我们根本懒得吵架，对吧？"

这是一种扭曲的逻辑，但现在我也接受它了：无论是哪种感情，只要足够强烈，都等同于强烈的喜爱。这意味着，当我难得与平静、坦率、适应良好的女子约会时，只要她们不对我大喊大叫，不偶尔搞拳打脚踢或是抄起装着开水的水壶乱扔，我就会觉得哪里不对劲。

和我妈一样，埃丝特也是个斗士，所以我才能比较自然地配上她这块锯齿状的拼图。可怕的是，虽然理性上我有时会质疑我们的恋情是否明智，但脚好像就是止不住要朝那个方向走。

"你忍不住亲近这股无常的脾气，但至少你在努力反省了。"约瑟夫说。我现在坐在公园的一只秋千上，它正可以用来比喻我人生中最重要的两名女性的情绪状态。此地离我的住处才几百米远，但愿埃丝特不要听见。

约瑟夫表达过担忧，他生怕我会和埃丝特重演我父母的错误，他称之为"重复强迫行为"（repetition compulsion），他说我不是非走这条路不可。

"你有没有跟埃丝特说过，让她做些心理治疗？"约瑟夫问。

"她说太贵了做不起，不过下周是她生日，我替她支付了几次治疗，就当礼物。"

"好礼物。"

"生日卡我写的是：'爱你本来的样子，但是……'"

约瑟夫哈哈大笑。

我大概不是第一个照自己的喜好塑造伴侣的人。就连亨利八世的第六任妻子凯瑟琳·帕尔（Catherine Parr），明知丈夫休掉过两任妻子、处决过两任,另有一任死于生产,还是认为"我能改变他"。

"不过总的来说,我们还算是不错的。"我说,"我觉得,我们和我羡慕过的那些幸福、正常的伴侣看起来大概没什么不同。只是在家务琐事上有些矛盾吧。"

我告诉约瑟夫我已经不再一个人去超市了。现在我和埃丝特结伴同去,她随手把看中的东西丢进我提的购物篮里,主要是泰瑞薯片和冷冻薯条。

"我喜欢她问都不问的态度,因为这现在就是'我们'的购物篮。"

说起来简直像个奇迹,到今天还没有病人或病人家属要起诉我,因此每过一年,我的医疗保险公司都会继续送我一张 10 英镑购书券。我办公室书架上最新添置的一本是自助经典《少有人走的路》(*The Road Less Travelled*),作者是精神病学家斯科特·派克(Scott Peck)。

在新冠到来之前,这本书中的智慧或许显得陈腐,就像印在茶巾上的那种"鸡汤"。就比如提到宽恕,派克说宽恕别人对自身也有益处,因为怀着怒气的人会停止成长。然而在疫情笼罩全球之际,这些教诲却越发使人共鸣。加上现在的新闻会在公布足球比分之前会先宣读当天的死亡人数,也令人格外体会生命的脆弱。这使大家不仅意识到什么东西,也意识到什么人才是真正重要的。如果这个助推还不够，那么今天恰好还是父亲节。

我拨通家里的固话号码，是老爸接的。"哦，本吉啊，不巧，你妈在办公室。"今天是星期日，但这并不总能妨碍我妈去工作。

"没关系的，爸。我其实是想找你聊聊。"

"哦，那挺好啊。"

"还有，父亲节快乐。"

"谢谢，好孩子，也谢谢你送的卡片。"

WH 史密斯书店里的父亲节卡片上好像都有工棚的插画，有的还画了谷仓。母亲节卡片上画的则都是一杯杯白葡萄酒或琴酒。也许我的父母和大家的父母没有多少不同。

"不客气，爸。你最近怎么样？精力好点了吗？"

虽然住在空无一人的山里，老爸却在不久前不知怎的染上了新冠，他病得特别厉害，还因此复发了 2 型糖尿病。"我就快好了，每天都感觉又壮实了一点。"他说。

"哦，不错不错。那个，今天是父亲节，我就想说……"我的下半句话悬在半空没说出来，那是我不记得自己曾对老爸说过的话。我的本能是咕哝几声，把话藏在一声咳嗽后面，或者快快地说完。可是，我稳住了自己，吸了口气："我就想说，我爱你，爸。很抱歉我从来没有好好说过这个。"

"嗯，好孩子，我也爱你。"

我家人向来很擅长用各种爱称来代替人名，即使在比嗓门的时候也不例外。我父母会对彼此尖叫"我真希望从来没遇见过你，亲爱的！"或者"你他妈毁了我们的日子，宝贝儿！"在我家，爱与恨从不遥远。

"还有，爸，我想跟你道歉。从小到大，我一直对自己说你是个坏爸爸，因为你对妈和我们兄弟几个做了那些事，让我忽略了你做的绝大部分都是好事。所以，对不起。"

接着是一阵沉默。一时半刻之间，电话里没传来任何声音。最后老爸终于开口了："我也常常担心，怕我和你妈妈的行为会妨碍你们哥儿几个的成长。"

他的这句话，我将永远一字字地记在心里。此时我的眼中闪出了泪花，我本能地要将眼泪憋回去。我觉得自己无论走到哪里，都在费力地背着一个沉重的家庭包袱，不确定那是真实的还是想象出来的，甚至该不该由我来背。而这一刻，我终于将它掷到了地上。老爸的这句坦白使我立刻感觉肩上一轻：原来他也在担心那些乱飞乱射的心理弹片。

原来让他坦白竟是这样容易。我好似发现了一招魔法，抑或解锁了电脑游戏的"开挂"法门。我之前采用的策略是硬逼着我父母忏悔，结果只激得他们炸毛、戒备。而换了现在这种法子，先承认自己的小错，老爸似乎就愿意跟上来了。我仿佛开辟了一片空间，里面足以容下一份道歉。

这次老爸罕见地偏离了我的童年"无忧无虑"的官样说法，也没有说我最糟糕的记忆只是想象的产物。老爸的这番表态标志了一次转向。我曾对约瑟夫说，我从未痛快地哭过，虽然我肯定总有一天会补上这一课。这一课老爸已经补了，他坚硬的皮肤下隐藏着一个善良敏感的灵魂，如今，他每隔几小时就要哭一次。我刚开始还替他觉得尴尬，但现在已经视之为家常便饭。

他的眼泪因何而流，一直是个谜。他哭出来的场合，可能只是一场平常的对话、一局桌游，或是在《古董巡回秀》(*Antiques Road Show*，老牌鉴宝节目）上看到了一只精美的怀表。

他是家里的头生子，父母都是二战幸存者，属于不说废话、振作起来干活的那一代人，只要餐盘里还有碳水，头上还有屋顶，敌机不在轰炸，他们就觉得没什么好伤感的。于是，在一辈子压抑痛苦并信奉"男孩不哭"的哲学之后，我爸的泪腺里积满了泪水，只要情感微微摇曳，就能引得他的泪河决堤。

这些眼泪并不是为某人阁楼上的一件珍贵传家宝而流，它们是来自往昔时代的旧眼泪。我真希望自己能给它们做一次碳测年，像考古学家测定古代的出土物那样，追溯它们的来历：老爸一定也积存着很多创伤、悲痛、失望和被回绝。但我猜想，他应该也有许多泪水来自对自己之前行为的懊悔。

"谢谢你，爸，我真的很感动。代我向妈问好，我下周再打电话来。"

有了现在这扇开诚布公的窗口，或许我也能在老妈那里重启这个话头了。虽然多半仍会像我之前的数百次尝试那样徒劳，可是万一呢。

在连续值了好几个夜班之后，新冠的限制也又放松了一些，我有了几天假期。想到家人，我决定去看看奶奶。

"还记得我今天要去看你吗？"当天早晨我打了个电话过去。

"当然记得！"奶奶在电话里撒了个小谎，"让我看看有没有其他安排。"我听见她用健康的那只手在推车上摸索她的日记本，那部推车上装满了她所需的一切：手机皮套、眼镜、一把梳子、电视指南，还有100支写不出来的圆珠笔。我甚至不确定她的日记本到底是不是今年的，但其实也没什么关系。

"没安排！"她忙乎了一阵终于说道，我能想象她关节炎的手指压在今天的那个空格上，周围是茫茫一片的其他空格。

在她那边的前门外面我做了一次抗原检测，结果阴性。她反正已经得了新冠，像对待轻微感冒似的根本不当一回事。她的后门照例敞开着。我进去洗好手，护工丽塔正在准备午饭，我们聊了几句。我看见奶奶在客厅的老地方坐着轮椅，于是走过去亲了亲她的面颊。这些日子，大家自然都和彼此保持距离，在我的身体接触下，她开心地笑了。

"本吉来啦。"我一边说，一边握住她的手，我自己的手已经用酒精凝胶消了毒。

"哦，你好啊，本吉！"

"奶奶，以后你要先确认这个不认识的大胡子男人是谁，再让他亲你哦。"

"你真好，能来看我这个傻乎乎的老祖母。"

"才没有！你表现都还好吧？"我问她。

"还凑合吧。"

奶奶已经90多岁，虽然15年前就已经无法行走，却违背医学地活到了今天。我的祖母是个坚不可摧的人。

"以后可能还要封控，我提早给你带了圣诞卡和一些花。"

"哎呀，真漂亮，是什么花啊？"她端详着长长绿茎顶端的黄色花朵，仿佛在解读象形文字。

"是郁金香啊。"

"哦，对哦。"她说。

我转身和客厅里的另一个人打招呼，他就坐在平日坐的那把靠窗的椅子上。

"嗨，托马斯。"我对叔叔说。

"你好，本杰明。"他用一贯平板的语调回答，我们互换了喜庆的红信封。

"最近好吗？"我用轻松的口吻问道，尽量表现得更像一个侄子而非精神科医生。

"我还好，嗯，还好。"

"能出院真挺好的。"

他的眼睛不再圆睁，眼神也不再狂野，家族标志的秃头向后仰着，脖子扭来转去，这典型的"托马斯动作"令人安心。

他说过世界即将毁灭，差点让他说对了。真的有一场全球瘟疫杀死了数百万人。现在气候危机又造成了如同《圣经》中描写的气象事件，新闻里几乎天天报道。托马斯并非当代诺查丹玛斯，*这只是个不幸的巧合。就像精神病院大门前的那只坏掉的挂钟，每天也能准两次。

"今天星期五，我们是不是能欣赏表演了？"我说。

"是啊。"托马斯羞怯地答道。

"太好了，我去泡茶。"我说。

我去厨房转了一圈，带回一个托盘，上面摆了几只马克杯，我拿起一只端到祖母唇边。有一件事永不会变，就是她对一杯热茶的无尽渴望。

这时，托马斯已经装好他的单簧管，正对着簧片吹气，这件乐器中随即逸出惊人的叭叭声。

"我先热热身。"他这么宽慰我们。

他不久前才开始学吹单簧管，现在每周五都会来吹给奶奶听，这么做其实颇见"心机"，因为他知道这名身子瘫痪、困在轮椅上的听众跑不掉。他有时也会到他独自居住的邻镇的街头去卖艺，他还对我开玩笑说，路人给钱大多是叫他别再吹了。

我叔叔虽称不上本尼·古德曼，†但无疑也是精卫领域的一则成功故事。他在24岁第一次入院之后又重回职场，驾着一辆面包车派送包裹。他后来甚至努力做回了原来的建筑师专业，

---

* 诺查丹玛斯（Nostradamus），16世纪法国预言家，著有《百诗集》预言世界毁灭。——译注

† 本尼·古德曼（Benny Goodman），美国单簧管演奏家。——译注

虽然其间又数次复发住院，但还是断断续续工作了30年。所幸，那以后他有了一位更理解他也照顾他的雇主——我的祖父。

托马斯吹了《绿袖子》《姑娘你会去吗？》和《祝你圣诞快乐》，*奶奶在一旁跟唱，那些歌词仍完好地储存在她大脑的某条神秘褶皱里。半小时后，托马斯已经气喘吁吁，他的听众只有一半还醒着了。

"奶奶太兴奋，给累坏了。"我微笑着对托马斯说。

"她没事，她没事。"

"是啊，她挺好的。"我这么说着，心里却知道并非完全如此。

就算是和家人相处，我有时也很难撇开自己医生的一面，对看见的每个人都忍不住要诊断一番：或是询问托马斯（妄想型精神分裂，F20.0）最近在吃什么抗精神病药，或是大略监测一下奶奶（血管性痴呆，F01.0）的认知衰退。我宁愿相信这是爱的举动，是在让我的亲属不必等候就能获得一次免费诊察。

"她是还好，但我看她的痴呆更严重了，对吧？"我接着说。

"你这么觉得？"

"嗯，恐怕是。"

"我倒吃不准。"叔叔说。

奶奶睁开了眼睛，或许是她的耳朵被管乐声灼痛，又或许

---

* 三首歌的英文名依次为"Greensleeves""Will Ye Go, Lassie, Go?"和"We Wish You a Merry Christmas"。——编注

是午餐的香气飘进了客厅。

"你好啊,奶奶,我们正说你呢。"我说。

"哎呀,亲爱的,我又干什么了?"

"没有没有。"我轻抚她的手臂说,"我就是想,你要不要来玩一种游戏,试试你的记性?"

"好啊。"她说,"我记性好着呢。"

我就用简易智力检测量表里的问题问她,是筛查痴呆用的十道题。就比如:我们在哪儿?你生日是哪天?第二次世界大战是哪天开始,哪天结束的?

"好了,下一题,现任英国首相是谁?"

我觉得她或许真能答对这题,因为她的电视总开着,鲍里斯·约翰逊也从不缺席新闻。

"哦,那个人啊,他叫什么来着?"她说,"就是那个满口假话、笨手笨脚的托利党员?"

这题我算她对了。

但是总的来说,她的低分无疑显示了痴呆正在恶化。

"那么奶奶,你知道我是谁吗?"我指着自己的脸,作为一条额外的线索。测试已经结束。我只是不甘心要沦为她眼中的陌生人。

她茫然地看着我。

"我是本吉啊,你儿子约翰的大儿子。"

"哎呀,你好啊本吉,你好啊亲爱的。"她说,"你真好,能来看我这个傻乎乎的老祖母。"

"我可喜欢来了。你看这是谁？"我指着丽塔问奶奶，丽塔正好进来，手上拿着一只水壶和几个玻璃杯，她是照顾奶奶的两名欧陆人护工中的一个，负责给她做饭，带她上厕所，替她擦洗身子并搬她上床睡觉，这份工作她已经干了20年。奶奶只是茫然地望着我。

"我是菲利帕还是丽塔呀？"丽塔问奶奶，特地在自己的名字上加了重音。

"菲利帕。"奶奶自信地答。

"很接近了。"丽塔亲切地用手指抚过奶奶的银发，然后回厨房干活去了。

我端详着奶奶，奶奶则望着托马斯把单簧管拆成一个个零件仔细放好。这一刻，她的表情不再茫然，而是透出了清澈和温柔的爱意。

在我叔叔第一次被精神科收治的六个月里，祖母始终尽责地去探望他，频率仅次于我爸。她总是一个人去，因为我的祖父当时和其他亲戚一样，不相信也无法相信叔叔得了精神疾病——至少一开始是这样。

但真爱是无条件的，就像我妈总用她的另类方式提醒我这一点。小时候她给我掖被子时，总说即便我以后成了连环杀手她也爱我。

托马斯和他的妈妈似乎对彼此都是这份感情。因为没有伴侣，他生命中的主要女性就是我奶奶，他每周来看她三次，从不爽约。

托马斯每周二会替奶奶购物，并做些零碎家务；周五给她吹曲子；周末就推着她去教堂——她之前在那里组织了几十年的主日学校——之后两人一起吃午餐。

他承认自己天生不善言谈，大多数时候只是和奶奶一起默默坐着。但那也是两人共享的一份爱的静默，托马斯的默默陪伴也绝不会被奶奶忽视。

"那么这又是谁，奶奶？"我终于指着叔叔问道。

"这是托马斯。"她答得毫不犹豫。

"你好啊，亲爱的，今天只有我在。"今天是周日，老妈接起了电话说，"你爸在外面造阳光房呢。"

"什么阳光房啊？"

"就是贴着房子边搭出来一间小房，玻璃顶棚玻璃墙的。"

我从老剧《弗尔蒂旅馆》(*Fawlty Towers*)里搬了一个笑话来接她的话，我和几个弟弟曾经都很喜欢："或许以后他还能把房子朝左边挪一点？"

"哈哈。"老妈讽刺地说，"是该挪挪。"

"马斯洛需求等级里没说这个吧，妈？食物、住所和安全之上，是一间凉棚？"

"你要是自己有房子，或许就懂了。"她说。听到她这么酸我，我哈哈大笑。

"我们几兄弟都能养活自己,你可以退休啦。爸也不用再建房子,你们可以真正开始为自己而活了。"

"可别这么说,亲爱的。你是能养活自己了,可山姆才刚有了一间卧室,伤脑筋啊。"

我必须接受一点,就是老妈永远能找到担忧的事情,老爸也大概会不断地在各种东西边上扩建。老爸的持续搭建,就是在努力营造更好的生活。而老妈的持续担忧,能让她分出心来不想自己。但她绝不会喜欢我这么对她明说。

"厨师、艺术家和银匠在经济上都没有多少保障。"她接着说,"至少我知道你过得还行,因为在伦敦就连NHS的医生也买得起不错的吃的用的。"

眼下还是别告诉她我在黄水仙病房吃的"垃圾桶午餐"了。

"还有,你的堂兄弟表姐妹什么的,都有孩子了。"

其实他们大约只有一半做了家长,但老妈对夸大绝不陌生。

"你知道吗,我是很想做奶奶的。"她还在说,"我要求不高,只要一个孙辈就够了。"

听到这句"我要求不高",我只有无奈地哈哈两声。自那辆奶蓝色大众甲壳虫以来,这话我们已经听了太多次。

"妈,总有一天,我们四兄弟里肯定有人会给你生个孙子孙女的。我其实有另一件事想跟你说,不知道合不合适。你知道我在做心理治疗吧?"

"老天，对哦，那个差劲男的约瑟夫。他又让你觉得你的童年很惨了？我看他根本不知自己在说什么。你确定他有执照？"

"对，妈，他有执照。"

"唔，除了帮你克服怕狗问题，听起来他只会把水搅浑。"

"他那样说只是为了推进治疗，往事必须拿来分析处理。我打这个电话，就是有几件事想跟你聊聊。"

"哦哟！"老妈紧张地做出夸张的害怕声。

上回和老爸的通话涤荡心灵，对我帮助很大，现在我准备对我妈也复制这一招。

"妈，我知道家里就你一个女人肯定很不容易。我每次告诉别人我有三个弟弟，对方总说：'四个男孩？你妈真可怜啊！'加上爸整天造磨坊，你一个人扛下家里的开销肯定好难。我以前大概觉得这是理所当然，真对不起。"

"谢谢你，好孩子。"

"我知道，有那种工作压力、社会隔离和对老爸的窝火，最简单的缓解方法常常就是倒一杯……"

她咳嗽一声打断了我："亲爱的，我们明天再说好吗？"语气显得惊慌。

"明天？"

"明天，对，明天，明天更好。你爸还没回来，我们还得做点吃的。我还有好些衣服要熨……"

"可是，你上次就是这么说的，妈。"我决定坚持把话说完，

"我其实只想说，我爱你，妈，对不起，我不能在爸每次发作的时候保护你……"

不知为什么我哭了起来，这绝对不在计划之中。我再也说不下去，也许是因为这罕见的情绪表达，弄得老妈也把持不住了。

"谢谢你打电话来，亲爱的，可我现在不行，就这样吧，好吗？"她嗓音变得沙哑，眼泪应该要止不住地流了，"对不起，现在我实在不行，我爱你，好孩子。我好爱你。"说着她挂了电话。

29　新开始

英国在封控中度过了圣诞节,再往后就是新年,前方就是 2021 年了。今天我要去接种疫苗。

就在我穿过医院正门的自动门时,天花板上的一只测温仪自动发出了自动化风格的尖啸:"停止,检测到高温!"门口那个百无聊赖的 NHS 守卫挥手示意我进去:"他们真不该把这东西和风帘暖风机装一起。"

一位别着"志愿者"徽章的女士为我指出临时疫苗接种点的方向,在直走、左转、右转、再直走、乘电梯下楼、左转、右转、再左转之后,我终于彻底迷路了。

一个吹着口哨的搬运工提着一笼脏衣服来救了我。搬运工是一群始终乐呵呵的人,他们的工作是跨病房做搬运,搬床单、病人、冷掉的尸体。

"哦,你走错路了。"他听明白了我在找疫苗接种点,"我带你去吧。那地方没标太清楚,是为了让反对疫苗的人找不到。"

可似乎连支持疫苗的人也找不到了。

他把我带到了地方。轮到我时，一名护士领我走进一个小隔间，我卷起袖子。"今天给你打辉瑞疫苗，这是现有的三种疫苗之一，你大概已经听说了。"她感叹道，"之前没有疫苗的时候望眼欲穿，结果一下子有了三种！"

我感到了一下"尖锐的刺痛"，接下来只等身体对新冠病毒产生免疫就行了。我感觉这一刻意义非凡，对她谢了又谢，但她却说："你知道疫苗不是我发明的吧？"

我知道不是你，几个月前我刚刚在街上追过那个发明者！

我坐进了一间安静的等候室，以防出现不良反应。在这珍贵的一刻钟里我无事可做，只能陷入思索：大家曾经日思夜想的疗法现在成了现实。然而对全世界的几百万人来说，这几种里程碑式的疫苗还是来得太晚了，其中就包括部分一线的NHS员工及医护人员。比如，我待过的某个急诊部就有这么一位接待员，面生雀斑，人很活泼，现在却可怕地消失了。

就好像NHS的创立是第二次世界大战这朵乌云的一道银边，这场危机竟也催生了一些好东西，就像一场森林大火之后冒出了嫩绿新芽。随着整个星球按下暂停键，野生动物开始蓬勃发展，即便在城市里，现在我和埃丝特每天清晨也会被鸟鸣唤醒。威尼斯那些一度遭受污染的河道，据说现在也变清澈了，又据说，连恐怖组织"伊斯兰国"也命令它的战士别进攻欧洲，生怕感染。可见每朵乌云都有银边。

我已经轮到了精神科培训的最后一岗，这意味着再过一年，我就有资格当主任医师了。*升到这个资历有一个额外好处，就是在我新的社区岗位上，办公室能奢侈地照到自然光。我书架上的书记录了我在精神科培训期间如过山车一般的情绪起伏。我那游历已久的坚强仙人掌也熬过了这些年头，现在立在窗台上，沐浴在窗外洒入的阳光之中。

培训期间，我总是因为一件事反复沮丧：每个病人我都只能见几次，就要调去别的岗位了。如果从此再见不到这些病人，我就会一直惦记着他们的近况。他们是奇迹般地好转了，还是变得更糟了？他们还活着吗？

我疑惑的对象包括像马尔坎那样的病人，他们早在疫情之前就开始保持社交距离了。还有佩姬那样的病人，他们始终像走旋转门似的在医院进进出出。还有塞巴斯添那样的，一次和医生的偶遇或许就获得了一条生路。全世界还有千百万名的安东，他们从疫情之初就开始服抗抑郁药，"脑内化学过程"都在同一时间神秘地消停了。

不过我毕竟在同一个 NHS 信托下工作了好些年，始终负责同一片区域，偶尔还是会碰上一些熟名字和旧面孔，都是我在之前的岗位或值班的时候认识的。这些罕见的机会能使我一窥

---

* 医生的专业培训比较凄苦，但幸好——电视里是这么演的——等我当上了主任医师，人事部门就会有人来给我发一辆阿斯顿马丁和几根高尔夫球杆。

旧时的"连续性照护"是什么样子，那时候有的医生和病人是一生的老相识。当病人还和上次见面时一样受着折磨，我就会感到气馁。好在不总是这样。

一个年纪和我（几乎完全）相同的男人坐了下来。他穿着干净衣服，大胡子梳得整整齐齐，肩上也没背着背包或睡袋。

"塔里克，再见到你真好。"我说，"我现在在这个团队工作。你看起来……不一样了。"

有时某人会在尝试自杀后意外幸存，颇为违背科学规律。你可以说是神力干预，或者有好运降临，总之冥冥之中给了自杀者第二次人生机会。他们要么是将致死剂量的扑热息痛呕吐了出来；要么踢开凳子之后断的是绳索或者屋梁而不是脖子；要么是一根软管已经通过车窗接上老排气管，引擎却发动不起来了。或者是像塔里克这样，在漆黑的夜里从15米的高桥上坠落，下面却恰好垫了厚厚一层树莓树和灌木丛。

距上次见塔里克已经有一年多了，当时他刚刚跳桥，我正在急诊部值班。急诊部的单人诊室里灯光炫目，将塔里克反衬得格外暗淡凄凉。他没有像一些自杀幸存者描述的那样，在双脚离开金属围栏之后，当自身在现实和比喻的双重意义上被重力牵引着向下坠时，懊悔自己犯下了可怕的错误。塔里克没有灵光一现，也没看见什么白光。要说他有所懊悔，他只是懊悔这次尝试没有成功。

"最近过得怎么样？"我问他。

"我还行，日子有好有坏……不过大多数是好的。"

"在医院住得如何？"

"也还行吧。对了，在急诊室的时候，我不该吼你，对不起。"

"没事。被隔离应该不是什么好玩的事。跟我说说医院里的情况吧。"

"唔，我参加了你一直唠叨的那个戒酒项目。后来就戒了。我还参加了几个小组，在那里认识了几个朋友，都不是酒鬼。社会服务部门努力给我找了套房子住。但楼下就是一家酒水店……"他说着露出了苦笑。

我大笑，心里一半不敢置信，一半又毫不意外。

"然后病房心理咨询师告诉我，哀悼什么的很有必要……不仅仅是为泰森，也为所有其他事情。"

"我真的很为泰森难过。"

眼前的景象令我感到奇怪：塔里克变干净了，诊室换了间新的，我的生命、地毯或电脑线也都不再受到明显的威胁了。

"他本来就老了，我应该给了他一个还可以的狗生吧。"

"看样子，你又有一份新责任了？"我看着趴在他腿上打哈欠的牛头犬宝宝说。

"这是霍利菲尔德。"他说。

我们俩都扑哧笑了出来，我还是第一次瞥见塔里克这样全情绽放笑容。

预约的时间快结束了。塔里克并不显得抑郁，无须再住院服药。他需要的是不要每天喝三升威士忌，也继续和心理治疗师交流，信任让他不用再继续睡大街的服务机构，并且找到另一个活下去的理由。

"干得好，塔里克，真的。人说戒酒比戒海洛因还难。我真为你高兴。"

他又喜笑颜开。

"对了，这可不是引诱你去吸海洛因哦。"我加上一句，引得两人又一齐大笑。

NHS的精神科里有一个悲哀的现实：每当有病人康复，你就必须向他道别，好腾出地方迎接下一个有需要的患者。

"看你的状态，真的不必再看这个抑郁门诊了。根据医疗记录判断，戒毒戒酒团队就能好好支持你。你准备好不再来了吗？"

"当然。"他说。

虽说他的生活还谈不上翻天覆地，但无疑朝正确的方向迈进了一步。现在就认为塔里克将迎着落日的余晖一路前行，从此过上幸福的生活，还为时尚早。迪克莱蒙特和普罗查斯卡（C. C. DiClemente and J. O. Prochaska）的"阶段变化模型"指出，任何行为修正都要经历六个阶段：前意向阶段、意向阶段、准备阶段、行动阶段和维持阶段，有些人还会经历最后一个不祥的"复发"阶段——如果楼下的酒水店里有买一送一的私酒，复发的可能性就会略微增加。不过眼下，让我先为塔里克的成绩干一杯气泡苹果汁吧。

再往后,惯常的怀疑就会爬上心头,我会琢磨,塔里克是不是状态太好了;我还会担忧,他的愉快情绪或许并不真是康复带来的,而是我正好赶上了他喝下几杯后最陶然的时候。

"塔里克,在门诊结束前,你还有什么想和我聊的吗?"

"没有,我想能说的都说了。"他从地上抱起毛茸茸的一团霍利菲尔德夹在胳膊下面,起身向门口走去。接着他说:"哦对,就还有一件事。"

咯噔。

有些病人,常常是男性,会拖到最后一刻给医生出难题,有的还压根不是征求医学建议。于是有时候,当一次看似风平浪静的门诊接近尾声,病人会突然投下重磅炸弹。这种行为甚至有一个专门的名称,叫"门把手现象",比如"对了,我的左胸有压痛感"*"去自杀桥走哪条路最快"或者"还有一件事,我怎么才能搞到一张三级持枪证?"

"什么事?"我问他。

"唔,我,呃,只是想说,那个……"

他话还没出口,眼神先接上了我的,曾经浑浊泛黄的一双眸子,已经恢复了健康的乳白色。

"……谢谢你。"他说。

这一刻我好像明白了约瑟夫的海星寓言,我眨了眨眼,努

---

* 可能预示严重的心肺疾病。——编注

力抑住眼中泛起的泪水。然后我望向电脑，假装被一封电邮吸引了注意：一个泪汪汪的精神科大夫在抑郁门诊可树立不了什么好榜样。

但或许我应该高兴：在经历了一段可怕的麻木之后，我终于找到了，或者应该说是找回了情感。之前受培训的时候，我会担心被病人的情绪所影响。但现在我明白了，精神科医师要是被疲惫磨灭了同情，直变得铁石心肠，那才是大得多的问题。

我重新望向他说："是我应该做的，塔里克。"

"我们也许再也不会见面了，趁我没走，你想摸摸霍利菲尔德吗？"塔里克提议，"这对你也许有好处。"

在两年来的第一次面对面治疗开始之前，我借用了约瑟夫的新厕所。

在前几次的 Zoom 谈话时，他就预告过他趁着封控重新装修了卫生间。他说他之所以要告诉我这个，是因为治疗"空间"的一致不变，能提供极重要的稳定性，之前他只是在墙上挂了一幅新画，结果病人就崩溃了。不过我感觉也有一部分原因是他想向我卖弄他在封控期间的手工成绩。总之，那个 20 世纪 70 年代风牛油果配色的盥洗室已成过去，取而代之的是现在这间极简风新厕所。我一边在棱角分明的水槽上洗手，一边心想这间厕所大概不是唯一改变的东西。

当约瑟夫在阔别 18 个月后第一次叫我进去时，我们四目相对，看见对方的衰老都难掩惊愕。凑近了看，他的头发已经全白，我也长出了灰发和早来的鱼尾纹。

"嗨！"他热情地招呼我。

我自动倒在了那条熟悉的鼓包长沙发上，最初我是那么害怕躺上去，而现在我的脊背却已完全熟悉了它的轮廓。那只蜘蛛仍在天花板上——又或许是它的子孙。我全身离约瑟夫最近的是脑袋，他无疑看到了我日渐光滑的头顶。那感觉肯定像一只飞鸟翱翔在不毛之岛的上空，俯瞰潮水越退越后。谈到秃顶，我已经比较理智，快要接受自己多半得在植发上花一笔钱了。

我仰起头来看他，但映入眼帘的只有他的鼻孔。

"能再见到你真好，约瑟夫，我是说三维的你。"

"我也是。他们说在 Zoom 上做心理治疗就像做爱戴安全套，感觉上总差点意思。"

"你这句很有弗洛伊德的风格。"我说着，不禁琢磨约瑟夫的性生活到底安不安全。

"那么，你有什么新进展没有？北边去成了吗？"

解除封控意味着和许多人一样，我终于带着埃丝特和家人面对面团聚了。

我告诉约瑟夫，我和埃丝特一起乘火车北上纽卡斯尔，一路上甚至不用躲在厕所里。在走入那间融合餐馆去见她爸妈之前，埃丝特重申了她的东南亚父母更愿意谈论食物而非情感。当我说出我的专业是精神病学，她妈妈会心一笑说："难怪你会找上埃丝特,她是我们家最疯的一个。"我问埃丝特妈妈工作上开不开心,她忙对我挥手说:"不不不,我不需要心理治疗!"接着就推荐起了粤式点心。菜单送来时,埃丝特告诉父母我可能会选清淡的菜,因为乡下人吃不了辣。于是,我故意点了一道边上画了三只辣椒的菜。那冒着泡的红咖喱一开始并不刺激,但半分钟后,我就不得不喝下了三杯白水,还吃了一碗酸奶。

我告诉约瑟夫,在那之后,我爸开车接上我俩,去了我家那座四下荒无人烟的房子。埃丝特说好像"无忧无虑的田园"。

"唔,没出什么问题吗?"约瑟夫问。

封控时,约瑟夫曾提醒我,报纸上说家庭暴力和家庭酗酒都攀上了令人忧虑的峰值。我怀疑这股全国性趋势的部分动因是社会隔离,而这种隔离对于我的父母绝不新鲜,他们因此风平浪静地度过了封控。

"没有,我父母那段日子过得相当不错。"

时光软化了老妈愤怒的棱角,也使她的情绪和反应不再强烈。如今她只在周末饮酒了。老爸的步调也慢了下来,他的身子越来越弱,有时候在镇上,陌生人会主动帮他提购物袋。我已经好几年没看他发火或是露出凶相了。

"但有些事情是不会变的。"我接着说,"我妈还在接诊新案例,虽然她已经到了退休年龄。我渐渐觉得,她要是不工作,压力反而会更大。"约瑟夫微笑着表示同意。他自己想必也快70了。"我爸还在对家里的房子修修补补,把房间挪来挪去。那天我正要去用楼下的厕所，却发现不知怎的被他改成了另一间迷你厨房。"

约瑟夫大笑："你母亲需要保住职业上的墙界，你父亲却需要不断建造真墙。"虽然上了年纪，约瑟夫依然敏锐，"你的家人觉得埃丝特怎么样？"

"我觉得他们挺喜欢她。他们说她很风趣。但很犀利。"

"你就喜欢犀利的。"约瑟夫说罢我们一齐大笑。

"我妈甚至没叫我跟她分手，这是进步。很快我们的家庭聚会上就要多一个人了。"我兴奋地继续道。

自我长大成人，我的家人们就始终在默默地（我妈和奶奶则不太默默地）追问，为什么在恋爱结婚和生儿育女方面，我和几个弟弟被一众同辈亲戚甩了这么远。除了我之前没正经谈过恋爱这个小小的生物学障碍，我有时也担心自己会是一个坏爸爸，会养育出不幸的儿女。但我弟弟乔希对此毫无顾虑。

几周前的圣诞节当天，还在封控中的家人们在各自家里，通过 Zoom 拆开了为彼此准备的神秘圣诞礼物。乔希送给老妈的是一本名为《好奶奶指南》（*The Good Granny Guide*）的书。等老妈终于回过神来（夹在书里的婴儿超声图也提了个醒），她整个人跳了起来，她拥抱老爸，然后在厨房里幸福地跑来跑去。

"他们怀的是男孩。"我告诉约瑟夫，"我们家人只会生男孩。"

在我和埃丝特到访前，老妈从阁楼里翻出了我们小时候穿过的全部衣服，准备等小菲南出生后再传给他。一条条蓝白道儿的背带裤和自家手缝的拼接被子都保存完好。老爸也翻出了他用便携式摄像机拍下的我们婴儿时期的可爱举止,一起看着那些画面,他像往常一样从头哭到尾。

如果说我的家族DNA中潜藏着一个基因,主管精神分裂、暴力、酗酒或男性秃头,那么其中一定还有一个基因支配着爱。

"你知道吗、约瑟夫,我父母都是好人。"

"我知道。"他发自真心地说。

我们静坐了一分钟静思默想,最后约瑟夫终于忍不住了。

"你觉得我的新卫生间怎么样?"他问道。

致 谢

首先,感谢我的家人允许我说出你们的故事——至少是从我的角度。

感谢我三个不那么小的弟弟,乔希、盖布和山姆,我为了求证记忆的正误,和他们通了无数个电话。

感谢我的爸妈能接受一个相当现代的观念,就是要把心事说出来,而不是无视它们并希望它们自动消失。也感谢他们让我待在田野尽头的旅行拖车里写出了本书的部分段落。原来有的时候彻底的隔绝是件好事。我爱你们俩。

感谢我智慧且勤奋的代理人,Curtis Brown 的 Lucy Morris;了不起的 Cathryn Summerhayes,是她最开始看好我;也谢谢后来的超级替补 Rosie Pierce。

感谢我在封控中参加的网上写作课程 Curtis Brown Creative (CBC),谢谢优秀的导师 Cathy Rentzenbrink。谢谢 Jennifer Kerslake 主动将我的作品寄给了几家出版代理商,并随即帮我敲定了一家。

感谢 Jonathan Cape 和 Vintage 的团队，尤其是我的两位编辑 Bea Hemming 和 Jenny Dean，她们各自都展现了无穷的镇定和热情。现在你们大概后悔告诉我一些作者拖稿了十年吧，我才拖了两年还算不赖呢。

特别要感谢 Jamie Coleman，他虽然加入较晚，但绝对是一位书籍魔法师。

谢谢我的文字编辑 David Milner 容忍我改个没完。

也谢谢 Vintage 的宣传、市场和销售团队：Mia Quibell-Smith、Maya Koffi、Katrina Northern 和 Amelia Rushen，谢谢你们推广本书。

谢谢埃丝特，无论在书中还是现实里，她都是许多人最喜欢的人物。

谢谢我的"奶奶"，她其实是融合了我的祖母和外祖母这两位妙人。

谢谢我叔叔让我把他也写进书里。

显然也要谢谢我的治疗师约瑟夫。

谢谢为我提供想法的喜剧演员朋友们：Jake Baker、Rich Hardisty、Matt Hutchinson、Ed Patrick、Johnny White Really-Really、Ian Smith、Dave Green、Ben Clover 和 Jordan Brookes。尤其是 Richard Todd 帮助我从场景中挖掘出了更多。Dan Audritt 和 Kat Butterfield 能从任何事情中看出好玩的成分，Chris Stokes 给本书起了标题。其他人因为字数限制我只好不提，你

们自己明白就行了。

谢谢我的老老老伙计 Al、Henry、Nafisa、Si、Matty、Bas、Felix、Ol、Pete、Nick、Dragon 和 Jenny，谢谢他们的电话和鼓励，也谢谢他们来参加章节通读会。

谢谢国际叙事机构 The Moth，我在为他们的伦敦晚会做主持人时，学会了如何先说好一个五分钟的真实故事，再过渡到用八万词进行漫长叙事的艰巨任务。

谢谢 House Productions 的 Juliette、Harriet、Molly 和 Cal，她们拥有无限的耐心，并想象出了本书登上屏幕的样子。谢谢 Susanna Waters，我们是在 CBC 的电影剧本课上认识的，她的意见很有帮助。

谢谢雅法蛋糕和约克郡茶的生产者，是你们帮我在写作过程中获得营养，保持专注。这本书没了你们是写不成的。

感谢精神科的朋友们阅读初稿，并指导我如何避免被吊销执照：Max Pemberton、Amy Jebreel、Dan Hughes、Senem Leveson、Laura Korb、Jonny Martell、Mark Horowitz 和 Graham Campbell。还有历史上的精神病学家们，好的和不那么好的，我借用了他们的名字来称呼书中的角色。也谢谢那些努力把未来的精神病学改造得更富同情和人性的同行们。

最后，当然还要感谢你们，我的各位病人。

资料来源

前 言

1. According to the Centre for Mental Health, accessed 2023. www.centreformentalhealth.org.uk/parity-esteem.
2. According to NHS England, accessed 2023. www.england.nhs.uk/statistics/statistical-work-areas/bed-availability-and-occupancy/bed-data-overnight/.
3. According to the Royal College of Psychiatrists, 2019. www.rcpsych.ac.uk/news-and-features/latest-news/detail/2019/11/05/hundreds-more-psychiatric-beds-needed-to-help-end-practice-of-sending-patients-hundreds-of-miles-for-treatment-says-rcpsych.

第 01 章

1. According to the British Medical Association, 2023. www.bma.org.uk/bma-media-centre/junior-doctors-can-make-more-serving-coffee-than-saving-patients-bma-warns-ahead-of-three-day-strike.

第 03 章

1. Andrew Scull, *Madness in Civilization* (Thames & Hudson, 2015).

第 07 章

1. Aamna Mohdin, 'Mental Health Act reforms aim to tackle high rate of black people sectioned', Guardian, 13 January 2021.

第 08 章

1. Peter Moszynski, 'GMC to look into higher number of complaints against over-

seas trained doctors', *British Medical Journal*, 1 August 2007.

第 10 章

1. Luke Sheridan Rains et al., 'Understanding increasing rates of psychiatric hospital detentions in England: development and preliminary testing of an explanatory model', *BJPsych Open*, 14 August 2020.

第 20 章

1. National Confidential Inquiry into Suicide and Safety in Mental Health (NCISH), 2016.
2. 'Homicide in England and Wales: year ending March 2022', Office for National Statistics, 2022.

第 23 章

1. Joanna Moncrieff et al., 'The serotonin theory of depression: a systematic umbrella review of the evidence', Molecular Psychiatry, 20 July 2022.
2. C. M. France, P. H. Lysaker & R. P. Robinson, 'The "chemical imbalance" explanation for depression: Origins, lay endorsement, and clinical implications', *Professional Psychology: Research and Practice*, 38(4), 2007.
3. Andrea Cipriani et al., 'Comparative efficacy and acceptability of 21 antidepressant drugs for the acute treatment of adults with major depressive disorder: a systematic review and network meta-analysis', *Lancet*, 21 February 2018.
4. James Davies, *Sedated: How Modern Capitalism Created Our Mental Health Crisis* (Atlantic Books, 2022).

第 26 章

1. Adam O. Horvath & B. Dianne Symonds, 'Relation between working alliance and outcome in psychotherapy: A meta-analysis', *Journal of Counseling Psychology* 38(2), 1991.

第 27 章

1. Adam Rogers, 'Star Neuroscientist Tom Insel Leaves the Google-spawned Verily for . . . a Start-up?', *Wired*, 11 May 2017, www.wired.com/2017/05/ star-neuroscientist-tom-insel-leaves-google-spawned-verily-startup/?mbid =social_ twitter_onsiteshare.

译名对照表

A
阿尔茨海默病：Alzheimer's disease
阿立哌唑：aripiprazole
安定剂：tranquilizer
安非他明（苯丙胺）：amphetamine
安慰剂：placebo
奥氮平：olanzapine

B
白优解：Prozac®
保柏（全称：英国互助联合会）：BUPA（British United Provident Association）
暴露疗法（满灌疗法）：exposure therapy, flooding therapy
被爱妄想（钟情妄想）：erotomania
被害妄想：persecutory delusion
边缘神经：peripheral nerve
边缘型人格障碍：borderline personality disorder（BPD）
扁桃体：tonsil
变狼妄想症：clinical lycanthropy
便秘：constipation

辩证行为疗法：dialectical behaviour therapy（DBT）
表皮：epidermis
丙泊酚：propofol
病毒学：virology
病理学：pathology
病理医师：pathologist
病原学：aetiology

C
采血瓶：blood bottle
查体：physical examination
产科医师：obsterician
肠道菌群：gut microbes
痴呆（失智）：dementia
除颤器：defibrillator
杵状指：clubbed fingers
穿孔：perforation
创伤后应激障碍：post-traumatic stress disorder（PTSD）
催产素：oxytocin
催乳素：prolactin

D
大脑：cerebrum
单胺：monoamine
单胺氧化酶 -A：monoamine oxidase-A
[静脉]导管：cannula
地西泮：diazepam
邓宁-克鲁格效应：Dunning–Kruger effect
癫痫：epilepsy
电解质：electrolyte
电痉挛治疗（电休克治疗）：electroconvulsive therapy（ECT），electric shock therapy
动机缺失：amotivation
多巴胺：dospamine

E
俄狄浦斯情结：the Oedipus complex
额叶：frontal cortex
额叶切除术：lobotomy

F
[癫痫]发作：fit，seizure
[抑郁]发作：episode
[癫痫]发作后期：postical
反向移情：countertransference
放射科：radiology
肥胖：obesity
肺野：lung field
肺源性心脏病（肺心病）：pulmonary heart disease（PHD）
疯人院：[lunatic] asylum
氟西汀：fluoxetine

G
肝素：heparin
高级住院医师：senior house officer（SHO）
高抗素：Clopixol®
膈肌：diaphragm
个人防护装备：personal protective equipment（PPE）
宫颈：cervix
共情：empathy
孤独谱系障碍：autism spectrum disorder（ASD）
骨科医生：orthopaedic
骨髓炎：osteomyelitis
顾问（主任）医师：consultant
关节炎：arthritis
规培医生：trainee
国际疾病分类第 10 版：the International Classification of Diseases, Tenth Version（ICD-10）
腘绳肌：hamstring
过度补偿：overcompensate
过敏：allergy

H
虎杖：knotweed
护理员：health care assistant
花粉热（花粉过敏）：hay fever
化疗（化学疗法）：chemotherapy
化学阉割：chemical castration
幻视：visual hallucination
幻听：auditory hallucination
幻味：gustatory hallucinations
[英国]皇家精神医学院：The Royal

College of Psychiatrists
黄疸：jaundice
回避型依恋：avoidant attachment
荟萃分析：meta-analysis
或战或逃反应：fight-or-flight response

J
激越：agitated
急救推车：crash trolley/cart
[院前]急救医生：paramedic
急性肾衰竭：acute kidney failure
急诊部：Accident and Emergency, A&E
加强监护：intensive care
简易智力检测量表：Abbreviated Mental Test Score (AMTS)
教育督导：educational supervisor
阶段变化模型：Stages of Change Model
节礼日：Boxing Day
结肠：colon
结构式访谈（标准化访谈）：structured interview
戒断症状：withdrawal symptom
金标准：gold standard
紧张症：catatonia
惊恐发作：panic attack
精神病：psychosis
精神病性症状：psychotic symptom
精神病学：psychiatry
精神分裂：schizophrenia
精神分析师：psychoanalyst
精神疾病：mental illness
精神科医生：psychiatrist
精神类药品：psychotropic drug

《精神卫生法案》：the Mental Health Act
精神药理学：psychopharmacology
《精神障碍诊断与统计手册》：*Diagnostic and Statistical Manual of Mental Disorders*（DSM）
精神状态检查：mental state examination (MSE)
痉挛：spasm
静脉滴注：intravenous (IV) drip
静坐不能：akathisia
军情五处：Military Intelligence, Section 5 (MI5)
均值回归：regression to the mean (RTM)

K
抗甲氧西林金黄色葡萄球菌：methicillin resistant Staphylococcus aureus (MRSA)
抗精神病药：antipsychotic
抗凝药：anticoagulation
[侧流]抗原检测：lateral flow test (LFT)
科塔尔综合征（行尸综合征）：Cotard['s] syndrome, Walking Corpse sydrome
恐犬症：cynophobia
夸大妄想：grandiose delusion
喹硫平：quetiapine

L
阑尾炎：appendicitis
老年病科：geriatrics
利培酮：risperidone
连续性照护：continuity of care

临床主任：clinical director
路杀：roadkill
氯氮平：clozapine

M
麻痹（瘫痪）：paralyse
麻醉医师：anaesthetist
马斯洛需求等级：Maslow's Hierarchy of Needs
美国国家精神卫生研究所：National Institute of Mental Health（NIMH）
美沙酮：methadone
门把手现象：the doorknob phenomenon
门齿：incisor
米氮平：mirtazapine
拇囊炎：bunion

N
脑电图：electroencephalogram（EEG）
脑瘫：cerebral palsy
匿名戒酒会：Alcoholics Anonymous（AA）
疟疾：malaria

O
欧洲工时指导：European Working Time Directive（EWTD）

P
帕金森病：Parkinson's [disease]
皮肤病学：dermatology
皮下脂肪：subcutaneous fat
贫血：anaemia
扑热息痛（对乙酰氨基酚）：paracetamol
普通内科：general medicine
普通中等教育证书：General Certificate of Secondary Education, GCSE：[英国]

Q
气道：airway
气闸室：airlock
前驱症状：prodrome
前意向（无打算）[阶段]：pre-contemplation stage
强迫障碍：obsessive-compulsive disorder（OCD）
青霉素：penicillin
情感淡漠：apathy
氰化物：cyanide
躯体变形障碍：body dysmorphia（BDD）
去机构化：deinstitutionalisation
全科医生：general practitioner, GP
全麻（全身麻醉）：general anaesthetic

R
人格障碍：personality disorder（PD）
认知行为疗法：cognitive behavioral therapy（CBT）
日常生活活动能力：activities for daily living（ADL）

S
筛查：screen

神经科学：neuroscience
神经性厌食：anorexia nervosa
神经症：neurosis
肾上腺素：adrenaline
生态治疗：eco-therapy
尸检：autopsy
失眠：insomnia
失温：hyperthermia
失忆：amnesia
湿啰音：crackle
食管：oesophagus
试错：trial and error
试管授精：in-vitro fertilisation（IVF）
试验：trial
嗜睡：lethargy
刷手服：scrub
双相［情感障碍］：bipolar
司法精神病学：forensic psychiatry
死因裁判官：coroner
苏醒室：recovery room

T
太平间：morgue
太阳穴：temple
碳测年：carbon-date
糖尿病：diabetes
听诊器：stethoscope
通气：ventilate
臀肌：gluteal muscle

W
妄想障碍：delusional disorder
围产：perinatal

文拉法辛：venlafaxine
5-羟色胺：5-hydroxytryptamine（5-HT）
物质滥用障碍：substance-misuse disorder

X
消化内科：gastrointestinal medicine
哮喘：asthma
心电图：electrocardiogram（ECG）
心肺复苏：cardiopulmonary resuscitation（CPR）
心理咨询师：psychologist
心内科：cardiology
心脏停搏：cardiac arrest
幸存者内疚：survivor guilt
选择性血清素再摄取抑制剂：selective serotonin reuptake inhibitor(SSRI)
学习障碍：learning disability
血管外科：vascular surgery
血管性痴呆：vascular dementia
血清素：serotonin，即"5-羟色胺"
血氧饱和度：oxygen saturation level

Y
严重意外事故：serious untoward incident（SUI）
炎症：inflammation
厌恶疗法：aversion therapy
衣原体：chlamydia
医疗质量委员会：Care Quality Commission（CQC）
依恋：attachment
胰岛素：insulin

抑制：inhibition
意识错乱：confusion
意向（打算）[阶段]：contemplation stage
应激源：stressor
《英国国家处方集》：British National Formulary（BNF）
英国国民健康服务体系：National Health Service（NHS）
英国教育标准局：Office for Standards in Education, Children's Services and Skills（Ofsted）
《英国精神病学杂志》：*The British Journal of Psychiatry*（*BJPsych*）
英国医师协会：British Medical Association（BMA）
《英国医学杂志》：*The British Medical Journal*（*BMJ*）
英国医学总会：General Medical Council（GMC）
婴儿化：infantilise
幽闭恐惧：claustrophobic
预防血栓：thromboprophylaxis
[大英帝国] 员佐勋章：Member of the Most Excellent Order of the British Empire，MBE

Z
躁狂：mania
针栓：needle chamber
真皮：dermis
震颤：tremor
镇静剂：sedative
整形科：plastics
止血带（压脉带）：tourniquet
致幻剂：psychedelics
痔疮：haemorrhoids
中风（脑卒中）：stroke
重伤罪：grievous bodily harm（GBH）
重性抑郁：major depression
注册（主治）医师：registrar
注册精神卫生护士：Registered Mental Health Nurse（RMN）
注意缺陷多动障碍：attention-deficit hyperactivity disorder（ADHD）
自杀意念：suicidal ideation
自愿安乐死：voluntary euthanasia
自知力：insight
最小限制原则：least-restrictive practice